吉狄马加 著

Poets Round Table
Cross-cultural Conversation on Nature, Humanities and Poetics

诗人的圆桌

关于自然、人文、诗学的跨文化对话

江苏凤凰文艺出版社
JIANGSU PHOENIX LITERATURE AND ART PUBLISHING, LTD

图书在版编目（CIP）数据

诗人的圆桌：关于自然、人文、诗学的跨文化对话 /
吉狄马加著. — 南京：江苏凤凰文艺出版社，2021.1(2022.2 重印)
ISBN 978-7-5594-4623-7

Ⅰ. ①诗… Ⅱ. ①吉… Ⅲ. ①诗学－研究 Ⅳ.
①I052

中国版本图书馆 CIP 数据核字(2020)第 234418 号

诗人的圆桌：关于自然、人文、诗学的跨文化对话

吉狄马加 著

出 版 人	张在健
责任编辑	于奎潮　孙楚楚
装帧设计	周伟伟
责任印制	刘 巍
出版发行	江苏凤凰文艺出版社
	南京市中央路 165 号，邮编：210009
网　　址	http://www.jswenyi.com
印　　刷	苏州越洋印刷有限公司
开　　本	880 毫米×1230 毫米　1/32
印　　张	9.25
字　　数	200 千字
版　　次	2021 年 1 月第 1 版
印　　次	2022 年 2 月第 2 次印刷
书　　号	ISBN 978-7-5594-4623-7
定　　价	68.00 元

江苏凤凰文艺版图书凡印刷、装订错误，可向出版社调换，联系电话 025-83280257

目录

共建一个更加理想的世界
　　——对话美国印第安诗人西蒙·欧迪斯　　001
为了人类的明天
　　——与俄罗斯诗人叶夫图申科对话录　　013
诗人预言家的角色并未改变
　　——与匈牙利诗人拉茨·彼特对话录　　046
诗人仍然是今天社会的道德引领者
　　——答英国诗人格林厄姆·莫特问　　060
在时代的天空下
　　——与叙利亚诗人阿多尼斯对话录　　069
用语言进行创新仍是诗人的责任和使命
　　——与立陶宛诗人温茨洛瓦对谈录　　102
身份、语言以及我们置身的世界
　　——与吉布提诗人切赫·瓦塔对话录　　115

诗人在任何时候都需要回望自己的精神故土
  ——接受保加利亚作家、翻译家兹德拉夫科·伊蒂莫娃的采访 149
或许通过人类的自我救赎，这个地球才会变得更好
  ——与澳大利亚诗人马克·特里尼克对话录 169
诗歌是现实与梦境的另一种折射
  ——答法国诗人菲利普·唐思林问 196
从语言出发，或许同样能抵达未来
  ——与法国诗人伊冯·勒芒对话录 204
传统与创新以及诗歌给我们提供的可能
  ——答罗马尼亚诗人卡西安·玛利亚·斯皮里东问 234
诗的玄奥，或体现在词语和文本上的极大整齐性
  ——答意大利诗人奎多·奥尔达尼问 248
选择诗歌，就是选择生命的方式
  ——答土耳其诗人阿塔欧尔·贝赫拉姆奥卢问 259
愿诗歌能长久地敲响生命之门
  ——答乌拉圭诗人、评论家爱德华多·爱斯比纳问 273
让诗歌成为通向人类心灵的道路
  ——答委内瑞拉诗人弗莱迪·纳涅兹问 282

共建一个更加理想的世界
——对话美国印第安诗人西蒙·欧迪斯

西蒙·欧迪斯,来自美国西南地区普埃布罗的阿科马部落,是当今最受尊重以及最被广泛阅读的美国原住民诗人、作家之一。他的著作包括 Woven Stone, After and Before the Lightning, From Sand Creek 等以及其他众多诗歌、小说和儿童文学作品。他是亚利桑那州立大学的董事教授(Regents Professor)以及该校原住民讲座系列的主持人。

吉狄马加:西蒙·欧迪斯先生,您作为在美国印第安社会非常有影响的诗人和文化学者,您的到来让我们感到非常高兴。从对你的介绍里我们知道,你是阿科马部落的成员,而我的故乡在四川的大凉山,我们这个民族的历史也非常悠久。那天跟您见面的时候我就说过,以前我们虽未见过面,但我们是精神上的兄弟。这次你从遥远的美国来,对我们来说也是弥足珍贵。我也想利用这个机会和你就有关土著民族的生存、保护、发展问题,包括文化保护,包括对未来的看法交换一些意见。我希望我们在非常轻松、自由的环境下

美国印第安诗人西蒙·欧迪斯。

进行对话。你有什么问题可以随便问我,我也有一些想问你的问题,希望你不要介意。

西蒙·欧迪斯:我也很高兴出席此次国际土著诗人圆桌会议。一开始,我不知道会议地点就在青海,而青海是多民族聚居地。来到青海,意识到这次会议对藏族及其他民族的重要性。我觉得我们之间确实有许多共同点。最重要的一点,对于世界上的所有原住居民而言,诗歌首先是一种知识,一种有关世界的基本看法。在这样一个场合,大家交换这种知识,确实是很有意义的。

吉狄马加：我完全赞成西蒙·欧迪斯先生的看法，因为现在全世界都处在一个现代化的进程中。而现代化对我们人类的发展进程来说，到底起到多大的推动作用，以及实际上存在的很多问题，都让人们对它提出了质疑。在全球化过程中，不同民族的文化的延续，尤其是少数族裔的文化延续，在某种意义上，对于未来的人类社会显得尤为重要，我们从大量的历史典籍和一些实证材料里可以看到，少数族裔的很多的智慧、思想，实际上是人类文明重要的源头。

西蒙·欧迪斯：我同意你的看法。有关这些问题，我写过三本书。今天正好我的汉语译者余石屹先生也在场。我的基本观点都写在这三本书中。我希望这三本书出版之后中国读者能够读到，同时，本地的读者也能够读到。在我们阿科马传说中，原初的知识对于种族生活和延续至关重要。而阿科马的传说、知识就体现在我们的诗歌之中。对于阿科马人，诗歌不仅仅是诗歌，更是一种世界知识。诗歌同时还是阿科马人的精神生活中心。因为我们意识到诗歌对于文化的传递、延续至关重要。

吉狄马加：我与你有同感。因为我们彝族，可以说在中国各个民族里面是史诗最多的一个民族，创世史诗大概接近十部，而我们彝族人现在遗存下来的重要典籍，包括我们的一些哲学著作，也基本上是用诗的形式写成的。实际上它不仅仅是艺术的一种形式，更重要的，它确实是一种知识。另外它还是我们哲学和生活观念的很重要的精神表述方式。在此我想问西蒙·欧迪斯先生一个问题：美国从现象上看是一个移民国家，似乎更强调人在国家概念中的公民身份,而不太关注个人的民族身份,您如何看待这一问题?作为民族诗人,您是不是更强调个人的族群身份?

西蒙·欧迪斯:你这个问题问得好。谈到这个被人称作"美利坚合众国"的国度时,我更愿意强调我们是这块土地上的原住民。为什么?因为我们和土地的关系非常密切。根据我们部族的口头传说,太阳教诲我们的祖先说:"你们并不是这块土地的主人。你们只是一群使用者。所以你们有义务照管好地球。"太阳也没有说这片土地是我们的私产。太阳唯一告诫我们的就是土地是众生万物的家园,为我们提供衣食之利,赋予各种生命。因之,我们有责任照管好土地。

我要强调一句:我们土生土长,是这里的原初住民。我们并不是什么印第安人之类。这种称谓是外来的,不是内生的。印第安人,这个称谓对我们而言,空洞,毫无意义。

这个称谓最初源于哥伦布,所谓的美洲大陆的"发现者"。其实,哥伦布初来乍到,见到美洲的原住民,最初称他们"神子"。后来,莫名其妙,"神子"变成了"印第安人"。就我们而言,我们从未以"印第安人"相称或自称。我们原住民都有自己的称呼。比如,居住在阿科马地区的人,就被称作阿科马人。

吉狄马加:其实,在中国有很多少数民族,他们都有自己的自称,比如说我们彝族称自己为"诺苏",什么意思呢?就是"黑色的民族"的意思。在我们彝族的原始崇拜里面,崇拜火。很多中国西部的少数民族都有火的崇拜,彝族尤其为甚。这两天我的故乡在举行盛大的火把节。火把节实际上就是对太阳的赞颂,对火的赞颂。因为人类的一切光明,都来源于太阳。就像刚才西蒙·欧迪斯先生说的,太阳啊,土地啊,河流啊,这样一些土著民族生活里赖以生存的元素或者带着一些象征性的东西,其实对我们来说,都非常重要,它们已经成为我们集体无意识中的一个重要组成部分。现在我们和土地的关系,和生活环境的关系,跟西蒙·欧迪斯先生刚才说到的对土地的理解,我感觉到我们都有一种同感。

从文字介绍中知道,您属于亚利桑那州的阿科马部落,您在文章中说,认同自己生活的土地就是认同自己的身份,是这样的吗?你们阿科马部落今天还有多少人口?他们是集中居住,还是分散居住?

西蒙·欧迪斯:阿科马人人数稀少,不过区区四千五百人。其中,近四千人居住在新墨西哥州,而非亚利桑那州。大部分阿科马人居住在联邦政府划定的所谓保留地。其他少数阿科马人迁徙到外地,受教育,从事各种职业谋生。我本人就在亚利桑那州立大学执教,而我儿子则在美国东部地区工作生活。

实际上,阿科马人属于普埃布罗部族国盟的一支。整个普埃布罗由二十支小部落组成。阿科马人和其他部落有亲缘关系,但也有很多不同点。全美人口现在接近3.5亿,全部"印第安人"占全美人口不到1.1%。所以,阿科马人在美国发出的声音微乎其微,分享到的权力同样可以忽略不计。这些权力多被联邦各级政府、各种商业组织垄断了。阿科马人原来的居住地幅员极为辽阔,现如今生活在极为狭小的保留地。

吉狄马加:您曾经说过,对于土著民族来说,必须确定对水以及

吉狄马加与美国著名印第安诗人西蒙·欧迪斯。

其他自然资源的神圣权利,我想问的是现在在美国,如果政府和企业想在原住民的居住地开发资源,原住民是用何种方法和方式来维护自身的合法利益的?另外,国家法律层面上有严格规定吗?

西蒙·欧迪斯:你的问题问得很好。我回到前面谈到的一个关键论题。我们来到世上,对土地,对土地之上的各种植物、动物都要尽到一份责任。而当今美国政府及各种商业组织要利用和开发原住民的土地资源。

他们这样做有一个理论前提:他们是把人和土地分开来看。就是说,土地归土地,人归人。土地和原住民没有什么关系。事实并非如此。当政府及各种商业组织闯入原住民的土地,大肆进行商业开发,他们其实侵犯了原住民的权利。

我们认为我们的生命和土地休戚相关,可悲的是,我们的观点并不被美国宪法以及各种法律条文认可。美国立法的根本原则就是把人和土地分离开来。因此,当原住民的权利、资源遭到侵蚀时,我们无从获得法律救助。

面对这类纠纷,我们也做过一些努力,但收效甚微。比如,我们就曾到联合国声索我们的权利。2007年联合国响应我们的诉求,发布了一个土著人权利方面的宣言。然而,一旦具体落实到美国的法律层面,就问题很多。主要原因是,美国的法律是因所谓国家利益所设,而不是用来保护原住民的。其实,美国政府特别害怕原住民声索自己的权利。

吉狄马加:现在因为全世界资本的自由流动,跨国的大公司可以说到了全世界的任何一个角落。很多原住民,特别是土著居民,他们生活的地方,水啊,包括其他一些相关的资源,都在不断地被开发的过程中。怎么能让这样一些土著居民有更大的空间来获得他们应有的利益,我想这不仅仅是一个生存权的问题,我觉得这也是人权的一个很重要的范畴。目前,在全世界进行着超过任何一个时候的资源开发和经济发展,而原住民的权益如何保障,已经成为一个世界性的问题。

西蒙·欧迪斯:委实如此。跨国公司在世界各地原住民居住地,从中东到非洲,从南美到太平洋诸岛,都极为活跃。他们所到之处,资源过度开发,环境遭到破坏,危害极大,威胁原住民的生存权利。

吉狄马加:关于这些土著民族和土地的关系,实际上都有一个共同的传统,就是我们和土地的联系就是我们生命的一个部分。我们彝族人认为创世的时候,有血的动物有六种,无血的植物也有六种,在我们过去的传说里,人和六种动物是兄弟,和六种植物也是兄弟,这在我们彝族人的传说里被称为"雪族十二子"。实际上,这种观念,本身就说明我们人类与所有的动物、植物都是平等的。

西蒙·欧迪斯:文学,尤其是诗歌,具有一种内在的潜质和能力,把人类、众生与大地联系在一起。诗歌,作为一种精神方式,表现了人和土地根本的关联。诗歌非常重要。

诗歌不是一种纯描写符号,不只是写在纸上的东西。更深层意义上,诗歌表现了人和土地在本源意义上的联系。因此,我们写诗必须承担一种责任。必须在诗歌中表现这种人和土地的精神关联。欠缺了这种表现,人生就失却了意义,诗歌就会变得空洞无聊。

吉狄马加:我今年年初的时候去了一趟南美的秘鲁,在此之前我也看了一些很重要的南美土著作家的作品,像阿格达斯的小说、塞萨尔·巴耶霍的诗歌,我有一个总的感觉,就是土著民族今天的生活,包括他们对未来发展的期盼,从某种意义上说,在他们身上都具有某种宿命的东西。我认为今后人类的发展,要更多地关注一下土著民族的生存,解决一下他们生存的危机,帮助他们未来的发展,这不仅仅是人类社会发展的责任,还应该被放在更高的道德高度来认识。

西蒙·欧迪斯:你刚才谈到拉美文学中土著诗人们的写作中弥漫着一种宿命的情绪,这个观察是真实的。欧洲白人对美洲大陆实行了五百年的殖民主义统治。带来了极为可怕的后果,几乎摧毁了原住民的心灵世界，扭曲了他们的思维方式。所以，美洲土著文学骨子里总有一种挥之不去的宿命论的阴影。很多人屈从白人的殖民主义，放弃了反抗，放弃了希望。我以为我们不能这么轻易坐以待毙。我写过一本书，其中一章就叫作"反抗"。当然，白种人肯定不愿意看到这样一种愿景：即这片大陆终究应该掌握在对土地、众生更有责任心的人手中。

吉狄马加：您在写作时，更多的时候是用阿科马部落的语言思维，还是用日常的英语进行思维？您常常会陷入一种分裂的状态吗？

西蒙·欧迪斯：我认为文化认同与写作应该是一致的。当我自称是一个阿科马人时，我的意思是我来自一个叫作阿科马的部落。这就是我的身份。对此，我毫不怀疑。这个身份赋予我一份坚实的自信，使我毫无愧色立身天地之间。我们每个人动笔写作时，确实会纠结于一些困惑。但这种困惑并不至于使人产生自卑感，以致分裂感。

16世纪上半叶，西班牙人弗朗西斯科来到我们的居住地，他冠之以"普埃布罗"这个名称。再比如，我叫西蒙·欧迪斯。欧迪斯是西班牙语，不是阿科马语言。如此一来，是不是有人会担忧我们心理分裂？还不至于。我只是把这些外来语称谓视为我们部族历史的一部分而已。其实，在阿科马语言中，我压根儿就不叫"欧迪斯"，我另有所称。

所以，此刻在你面前，接受你访谈的这位先生既是"欧迪斯"，又是一个另有所称的阿科马人。

吉狄马加：您这次来中国，到青藏高原参加这样一个非常有意义的活动。既然是一次对话，您有什么感兴趣的问题、想了解的问题，可以坦率地说出来。

西蒙·欧迪斯：我有一个问题要问你，即身份认同。你本人是一个原住民诗人，您的身份与一般政治意义上的中国人有什么不同？你如何看待这两者之间的联系或是冲突？

在美国，对原住民来说，自主权、自治权非常重要。虽然人们常说美国是个移民国家，但原住民的权利并没有得到保障。原住民维护自己的权利，只有一个途径：坚持自治自主的主张。比方涉及原住民地区土地和资源的利用、开发，原住民必须有话语权和主导权。这不仅仅在法律上是正义的，在精神层面上也有重要意义。因此，美国虽说是个以基督教为主的国家，但在很多情形下，这些基督教徒未必都会严格恪守教义行事。

吉狄马加：中国是一个多民族的国家，中国现在有五十六个民族，这五十六个民族都有比较悠久的历史，他们中的大部分都是原住民，都生活在中国这片土地上。当然也有一些外来的民族，但他们的数量不大。我生活在中国的西南部，我所属的民族是西南部两个最大的民族之一，这两个民族一个是藏族，一个是彝族。我们这个民族的文化、历史非常悠久，我刚才介绍过，我们这个民族在古代有近十部创世史诗，这在全世界也是少有的。另外，我们这个民族，像印第安民族一样，有自己的历法——太阳历，有自己古老的文字，我们使用文字的时间跟汉族的一样悠久，有两三千年的历史，我为我们民族的文化感到骄傲。彝族人创造了灿烂的古代文化，有自己的历法,有自己的文字,有自己的生活哲学,有完整的价值体系,这对彝族人来说,尤其是对我个人来说,意义非常重要。作为一个中国人,作为中国这片土地上的民族成员之一,我们要明确一点:中国灿烂的文化是五十六个民族共同创造的,在这一点上,我历来坚持民族不分大小,每一种贡献都是不可忽视的。中国现在所形成的民族版图,有一个很大的特点,就是多元共存。多元共存是中国一个很重要的社会学家、人类学家费孝通先生提出来的,他的提法反映了一种客观现状,中国今天的民族现状就是不同民族有自己的特点、自己的传统,代表着那个民族的历史,同时在中国这样一个多民族的家庭里,又形成了一种文化共同体。所以,我认为从更广泛的意义上,它是一种互相包容的关系。因为中国的传统文化、主流文化,历来强调的是包容而不是排斥。

实际上,维护原住民、土著民族的权益,重要的是在精神层面,因为一个民族很重要的一点就是他的精神存在。精神存在都没有了,这个民族也就失去了它的灵魂。所有的民族都面临生存、发展的问题,对他们的资源怎么更好地加以保护、利用,这个生存与发展的问题,我想对全世界任何一个政府包括相关的组织来说,都是需要正视的问题。在一种理性的状态下,尊重他们的文化传统,尊重他们的历史,尊重他们的现实存在,在今天要从一种道德的高度来要求它。对人类未来的发展来说,离开了原住民的伟大贡献,离开了他们的智慧、他们的生存哲学,人类的未来前景是堪忧的。只有在多元文化并存的时代,更多地关注土著民族的生存状态,关注他们的生存与发展,这个世界才会变得更加美好。

西蒙·欧迪斯：我非常同意你说的这一点，地球上所有的民族都同等重要。原住民的权利并不能凌驾其他民族的权利之上。不过另一方面，我们原住民必须坚持我们的自主权，要不懈地声索自己的权利。否则，可能会为某些方面的势力所乘，从而危及人类的共同命运。当然，正如阿科马人的先祖反复告诫的，部落之间，人之间，永远应该学会守望相助。彼此之间以兄弟姊妹之谊相待。

正如马加先生今天发起组织如此重要的世界土著诗人会议，唤起我们各土著民族之间的手足之情，我们每一位与会的土著诗人都应该携起手来，保障世界土著民族的共同权益。

吉狄马加：非常感谢西蒙·欧迪斯先生，让我们有了一次长达两小时的对话。我们涉及的问题，对人类未来命运的关注，意义深远。我相信，正如你刚才说的，我们生活在地球上，我们所有的人都应该相互帮助，只有这样，才能共建一个更加理想的社会，才能在相互的沟通中，共同去憧憬美好的未来，共同去奋斗。谢谢您！我还想说，青藏高原是结缘之地，现在我们已经成为朋友，希望将来有更多交流的机会，希望你在时间、身体条件允许的情况下再来青海。您是青藏高原的朋友，是我们伟大的兄弟。

2012 年 8 月 13 日

（本访谈全程由美国康涅狄格州大学麦芒教授、清华大学外文系余石屹教授提供翻译。）

为了人类的明天
——与俄罗斯诗人叶夫图申科对话录

叶·亚·叶夫图申科(1933—2017),苏联、俄罗斯诗人。他是苏联20世纪50年代末、60年代初"大声疾呼"派诗人的代表人物,也是20世纪最具影响力的诗人之一。他的诗题材广泛,以政论性和抒情性著称,既写国内现实生活,也涉及国际政治,以"大胆"触及"尖锐"的社会问题而闻名,同时也追问存在和虚无以及生命真实的意义。

吉狄马加:很高兴在北京见到您!因您在北京大学受奖那天时间很短暂,我们没有深聊的机会,因此今天特意找这个时间深入地谈一谈。不管是作为苏联诗人,还是作为俄罗斯诗人,您都是我的前辈。我从20世纪70年代末开始写诗,那时我就已经读到您的很多诗歌,是翻译成中文的诗歌。我们这一代中国诗人,尤其是我们这一批当时的年轻诗人,当年苏联诗歌对我们的影响是很大的。

叶夫图申科:您感到最亲近的俄罗斯诗人是哪一位呢?

吉狄马加:当然是普希金,我读到的第一个俄罗斯诗人就是普

叶夫图申科与吉狄马加（2015年11月9日）。

希金，他也是我读到的第一个外国诗人，我读到的译本是中国非常有名的俄国文学翻译家戈宝权先生翻译的。

叶夫图申科：译文大概是什么年代的？

吉狄马加：20世纪50年代的。后来我们读到了苏联诗人的作品，读到了您的诗，还有沃兹涅先斯基和罗日杰斯特文斯基的诗。再往后，白银时代的作品被大量翻译成中文，包括阿赫玛托娃、茨维塔耶娃，还有帕斯捷尔纳克的作品。当然我读得最多的还是马雅可夫斯基的诗。我这次正好想请教您一个问题。我最近正在写一首长诗，是献给马雅可夫斯基的，差不多写完了。我认为，在20世纪的俄罗斯诗人里边，他是一个不能被遮蔽的人，他对语言的贡献，包括对诗歌形式的贡献,都十分巨大,我认为他是一位巨人。

叶夫图申科:您最喜欢马雅可夫斯基的哪些作品呢?

吉狄马加:他早期的作品,包括他作为未来主义诗人的一部分作品,也包括《战争与世界》《穿裤子的云》等。

叶夫图申科:看来您是喜欢他早期的诗。

吉狄马加:对,但是他后来有一些诗,哪怕有一些人从意识形态角度对它们进行评价,我还是认为,它们的气势和真诚度,也是现在很多诗人的作品中所没有的。

叶夫图申科:说到马雅可夫斯基,在我看来,他本来是想成为一个伟大的政治诗人。后来呢,他实际上成了一位伟大的爱情诗人,他的爱情有两个对象,一个是女人,一个是革命。对于他来说,"女人""革命""爱情""列宁",这些都是同义词,这对其他人来说是从来没有过的。在法西斯攻入苏联以后,有一些概念就不是那么统一了,"爱情""祖国"这些东西就分裂了。到了战后,这些概念就完全独立了,比如说,国家开始害怕那些为国家战斗过的人们,也就是那些战士。他们怕国家,国家怕他们。斯大林知道这一点。斯大林一生中只有一次真正忏悔过,在战后不久他在一个公开场合说过:我们太对不起我们的人民了。这个国家的人民惨到这种地步,在我们这个国家,几乎没有一个家庭没有家人在卫国战争中牺牲,几乎没有一个家庭,他们的亲戚中没有人被斯大林逮捕。有人建议过,斯大林晚年也想把集中营里关的人都放出来,但是后来当他知道里边关了多少人之后,他不敢放了。如果让人民知道这个真相的话,那他就要被打倒了。现在我要说一个事实:斯大林谁都不相信,只相信一个人，也就是希特勒。在战争爆发那天，朱可夫汇报说德军已经攻过来了，朱可夫重复了三次，斯大林都不相信。朱可夫准备让飞机去攻打德国飞机，斯大林不让飞机起飞，一千二百架苏军战机就在地面被炸毁了，苏军的战争储备也都落到德军手中。是人民自己开始了抵抗。

吉狄马加：像斯大林这样很谨慎、很智慧的人，战争打成这样，他为什么就不相信呢？

叶夫图申科：因为他跟希特勒有密约。

吉狄马加：是希特勒之前承诺过他，但最终把斯大林给骗了？!

叶夫图申科：是的，当时斯大林只相信希特勒，后来等他醒悟过来，才开始领导苏联人民和军队进行反抗。我们还是回到文学和诗歌吧。您知道斯大林写过诗吗？

吉狄马加：我知道。

叶夫图申科：您读过他的诗吗？

吉狄马加：没有读过。

叶夫图申科：不久前我本人找到了斯大林最早写的诗，那首诗写得不错，是他十五岁时写的。我把它从格鲁吉亚文翻译成了俄文。实际上，后来斯大林之所以变成那样，是因为他没有成为一名诗人。我拍了一部电影，名叫"斯大林的葬礼"，是我导演的，我强烈建议您有时间看看这部电影。拍完这部电影我才知道，斯大林到底是什么人，斯大林为什么变成后来那个样子。他的第一首诗是个什么概念呢？这是一首强烈的反专制的诗，呼吁不惜一切代价为自由而战。以我现在的视角看来，这首诗写得相当不错。他是一个很有才华的人,十四岁就加入布尔什维克。他实际上是很真诚的,但他的家庭情况非常艰难,他父亲脾气不好,老是揍他,这对斯大林的性格产生了影响。斯大林上的学校非常好,一个鞋匠的儿子是绝对没有机会去那个学校的,实际上是他亲生父亲在暗中支持。好了,不再谈论斯大林了。

吉狄马加:我们回过头去看,我们中国诗人,以及我个人都认为,可能由于政治方面的原因,由于后来有些人对于苏联、列宁等的不同看法,马雅可夫斯基的创作成就从某种意义上来说是被削弱了、被低估了,不知道现在在俄罗斯,人们对他的评价是怎样的。

叶夫图申科:我想说,我是喜欢马雅可夫斯基的,一直到现在我还是喜欢他的。在我看来,马雅可夫斯基最好的东西是他革命前的作品和他去世前不久那段时间里写的诗,它们都是天才之作,其中就包括那首没有完成的长诗。

吉狄马加:那首长诗叫什么名字?

叶夫图申科:《放声歌唱》。这是一首伟大的长诗。有两个诗人存在着巨大悖论,一个是马雅可夫斯基,一个是阿赫玛托娃。阿赫玛托娃在革命前只是一个室内诗人,她只写抒情诗,革命之后她遇到很多事情,包括她的丈夫、伟大的诗人古米廖夫被枪毙,她的儿子被关押。儿子被关押之后,她就经常去排队探监,站在监狱管理处的小窗子前面。我也去过那种地方,我四岁的时候妈妈就被关进了监狱,探监时面对的小窗口,几乎就是我记忆的开始。当时实际上完全是有意不抓她(阿赫玛托娃)而抓她的儿子的,把儿子抓走对母亲意味着什么,这谁都知道。她在排队的时候,有人问她能不能把人民的忧伤写出来,她回答说"能",后来她就写出了《安魂曲》。《安魂曲》绝对不是她个人的忧伤,而是人民的忧伤。当时写这样的诗是很危险的,要写在纸上就更危险。

吉狄马加:于是她就找人把它背下来。

叶夫图申科:是这样的。而在《安魂曲》之前,阿赫玛托娃从未写过这样的长诗。我们现在来谈谈马雅可夫斯基。有一位诗人叫米哈伊尔·斯维特洛夫,他写过一首诗叫《格林纳达》,他是一个非常有名的诗人。他是我的导师。在 30 年代,他经常跟马雅可夫斯基一同逛街,他说马雅可夫斯基抽烟抽得特别厉害,神经质似的抽,卷烟在嘴里叼着,不停地抽。

吉狄马加:我想插问一下,马雅可夫斯基有没有牙齿?

叶夫图申科:不知道有没有牙齿,但我知道他牙不好。当时已经开始逮捕作家了,有一天走在街上的时候,马雅可夫斯基把斯维特洛夫的肩膀一拍,问道:"米沙,他们会抓我吗?"斯维特洛夫说:"你在说什么啊,弗拉基米尔·弗拉基米罗维奇?!抓谁也不会抓你啊,你可是首席革命诗人啊!"马雅可夫斯基回答说:"这也是很可怕的。"还有一件事,马雅可夫斯基出国的时候,在欧洲爱上一个白俄女人,他想和她结婚并把她带回俄国。

吉狄马加:我听说过此事。

叶夫图申科:马雅可夫斯基有一首诗非常著名,叫《苏联护照》,可当时没有地方发表,因为他爱上了一个白俄女人,他写了《苏联护照》,可他喜欢的女人却得不到一本苏联护照,这就是悖论。两天之后,已经去了列宁格勒的斯维特洛夫,听到了马雅可夫斯基在莫斯科自杀的消息。几十万人为马雅可夫斯基送葬,这是很少有的场景。顺便说一句,茨维塔耶娃爱过马雅可夫斯基。帕斯捷尔纳克在马雅可夫斯基死后写了一首伟大的诗作,诗里边有一句很经典的话:马雅可夫斯基开枪自杀的子弹,对于胆小鬼和懦夫来说就像火山的爆发。马雅可夫斯基对后来的所有诗人都产生过影响,包括布罗茨基,也就是说也影响到了反苏的诗人。虽然布罗茨基是一个比较傲慢的人,但是后来他也多次承认他在马雅可夫斯基那里学到很多东西。马雅可夫斯基影响到了所有诗人,他实际上改造了俄语的做诗法。但是,马雅可夫斯基写过很多不好的诗,只有一位诗人,他的不好的诗比马雅可夫斯基的还要多,这个诗人就是我。

吉狄马加:伟大的诗人都是这样的!

叶夫图申科:我出了一本很厚的诗集,可实际上那里只收了我30%的诗作。我开始写诗的时候太年轻,而且是在斯大林时期。我对自己的诗是很严谨的,我的夫人玛莎在这方面也给了我很多帮助。马雅可夫斯基写有很多不好的诗,勃洛克也写有很多不好的诗。

吉狄马加:是这样的,很多伟大诗人的诗往往是需要一个基座的,但总有一些诗作处于金字塔尖上。

叶夫图申科:普希金也有弱的诗,他还是小孩子的时候就开始写诗,那些诗当然不会太好。

吉狄马加:我之所以看重马雅可夫斯基,是因为在20世纪初,他除了改变许多俄语诗人传统的写诗法之外,最重要的是,马雅可夫斯基的气势,对宏观诗歌的驾驭能力,是后来的诗人无法企及的。

前不久,叙利亚大诗人阿多尼斯来北京,我们在叙利亚使馆有一次会见,在谈到俄罗斯诗歌的时候我就问他:您认为20世纪最重要的俄语诗人是谁?他回答说:是马雅可夫斯基。

叶夫图申科:哦,阿多尼斯,他是我的朋友,他有一些诗是在马雅可夫斯基的影响下写成的。后来为什么帕斯捷尔纳克和马雅可夫斯基分道扬镳,因为帕斯捷尔纳克有一段时间很欣赏马雅可夫斯基的诗,后来他觉得后者的影响实在太大了,他在有意逃避。

吉狄马加:我想问一下,您现在对曼德施塔姆的整体评价是怎样的?

叶夫图申科:他是一个最无助的诗人。您知道吗,他起初是一个社会唯物主义者,曼德施塔姆有一次在共产国际开会的时候,采访过一个用假名在莫斯科活动的越南人,采访结束后,曼德施塔姆就预言,说这个人将来要成为亚洲的领袖,这个人就是胡志明。曼德施塔姆从来都不是一个反社会主义的人。曼德施塔姆写过讽刺斯大林的诗,而且也公开朗诵过,虽然帕斯捷尔纳克也警告过他不要到处去朗诵。

吉狄马加:后来他被流放之前,斯大林还给帕斯捷尔纳克打了电话。曼德施塔姆翻译成中文的作品我都看了,我最喜欢的还是他临死前几年写的东西。

叶夫图申科:曼德施塔姆就像个孩子一样,有人建议他别去朗诵关于斯大林的诗歌,但他还是去朗诵,他觉得无所谓。沃罗涅日现在有一座曼德施塔姆纪念碑,一座很好的纪念碑。我写过五首献给曼德施塔姆的诗。您知道有一天曼德施塔姆去找过捷尔任斯基吗?

吉狄马加:不知道。

叶夫图申科:有一个内务部的工作人员叫勃留姆金,这人很喜欢去"流浪狗"咖啡馆,那里常有诗人作家聚集。勃留姆金这天到咖啡馆去,手里拿着一张要逮捕的人的名单,开始向人炫耀,我想让谁死谁就死,我想逮捕谁就逮捕谁。曼德施塔姆把名单抢了下来,然后就跑到外面,找捷尔任斯基去了。曼德施塔姆对捷尔任斯基抱怨说:"您的工作人员就这么无礼吗?!"捷尔任斯基就说:"我来解决一下。"然后拿起电话跟工作人员说:"你们把勃留姆金抓起来!"可曼德施塔姆马上把电话挂掉了,说道:"您这是在干什么?!我可没想让您逮捕他。"捷尔任斯基很惊讶,他不知道自己该怎么办,不知道曼德施塔姆跑到他这里来干什么。曼德施塔姆就像个孩子一样,他就是这样的人。

吉狄马加:这件事我在他夫人的回忆录里读到过。

叶夫图申科:在意大利托斯卡纳我得过一个诗歌奖,我在受奖的时候写了两句诗:从沃罗涅日的山丘到全世界,曼德施塔姆的诗四处传播。当时我感觉很不安,因为站在那个位置上的应该是曼德施塔姆,而不是我。

吉狄马加:你们在不同的历史阶段都为诗歌作出过贡献。

叶夫图申科:当然很遗憾,他死了,我还活着,有时候我还是感到很不安,许多诗人在生前都没有得到应有的奖励,我却得到了其他许多诗人没有得到的东西。我现在正在编一套《俄国诗选》,向过往的俄国诗人致敬,做出某种弥补,为他们正名,尽管我自己在这方面并没有什么过错。现在我已经编出三卷,共有五卷。我编的第一卷收的是斯大林时期被枪决的诗人以及侨民诗人的诗,这些诗没有发表过。我把这些诗收集到一起,一共有七十五位诗人的作品。我现在做的诗选从《伊戈尔远征记》之前的口头文学一直到21世纪,一共有五卷,三卷已经出版。第一卷我送给了北京大学,每一卷都有1.5公斤重。这四十五年来,我一直在做这项工作。我认为,中国是唯一能把这套诗集翻译过来的国家。

吉狄马加:好啊,我们来预祝这件事情成功!

叶夫图申科:我曾对我夫人玛莎说过这样的话,只有中国才能做成这件事情,美国人翻译不出来,他们只翻译了第一卷,剩下的就没有翻译,因为他们没有对诗歌的感觉,现在美国的好诗人很少。

吉狄马加:那您如何评价您同时代的诗人沃兹涅先斯基呢?

叶夫图申科:他写过十五首很好的诗,这已经足够了,已经很多了。

吉狄马加:我发现苏联时期的格鲁吉亚有很多好诗人,是不是格鲁吉亚诗歌在当时的苏联水平还是比较高的?

叶夫图申科:格鲁吉亚诗歌和俄国诗歌的关系非常奇特,好像在别的地方都从来没有过,是一种兄弟诗歌的关系。我写过四行诗谈这个关系,格鲁吉亚人都知道这首诗。一些优秀的俄国诗人都翻译过格鲁吉亚诗歌,也写过有关格鲁吉亚的诗,现在我想给您读一下格鲁吉亚人都知道的这四行诗:"啊格鲁吉亚,你是俄国缪斯的第二摇篮,/你擦干了我们的眼泪。/一旦不小心忘记格鲁吉亚,/在俄国便无法继续做诗人。"

吉狄马加:我发现帕斯捷尔纳克等很多诗人大量翻译格鲁吉亚诗人的诗,他们之间有很深的诗歌关系,这些格鲁吉亚诗人一到莫斯科就与俄罗斯诗人聚会。

叶夫图申科:俄文版的格鲁吉亚诗集有很厚的一大册。很遗憾,现在的格鲁吉亚人,尤其是年轻人,已经不太懂俄语了。你们知道吗,美国人很少翻译诗歌,他们没有这种翻译意识,他们缺乏诗歌翻译艺术。苏联这个国家可能有这样那样的缺点,但是它有一片属于文学的巨大天地,在这片土地上可以翻译任何东西。苏联解体之后,拉脱维亚、格鲁吉亚等成为独立的小国,可是美国人却认为没有必要翻译这些国家的诗歌,有谁会对一部《格鲁吉亚诗选》感兴趣呢?比如加姆扎托夫,一位苏联时期很好的少数民族诗人,他的诗被翻译成各种语言,出版成千上万册,可遗憾的是,我和他现在几乎失去了联系。在他们那里,只有一些老年人会说俄语,年轻人几乎不说,他们也没学会说英语。

吉狄马加:有一个苏联时期的少数民族诗人,叫艾基,刚过世不久,您怎样看待他的诗歌呢?

叶夫图申科:是我发现的他,他的诗要出版的时候,没人愿意给他写序,是我写的序。我很早就认识他,他去过我家。我想跟您说,艾基早期的诗有点模仿马雅可夫斯基,但他是当时最有才华的诗人。他起初没有什么文化,后来上了文学院后天天看书,泡图书馆,最后自己学会了外语,法语学得特别好,所以他的诗很像西方诗。我们两人的关系非常好,直到他去世。他的诗读起来就像手上的霜花,过一会儿就不存在了。总之,他是一个很好的诗人,但我没有把他的诗收进我编的诗选,因为他写的是楚瓦什的诗,完全就是外国诗。

吉狄马加:中国有一些诗人翻译过他的诗。

叶夫图申科:我想出版他早期的诗,但是他夫人想让我收录他后期的诗,我最烦别人教我说哪首诗应该收入,哪首诗不该收入。我认为他早期的诗最好,所以我干脆没收他的诗,否则我怎么跟他夫人交代呢?

吉狄马加:他夫人是不是很年轻?现在她住在哪里?

叶夫图申科:我和艾基差不多是同龄人,但我也不知道她现在在哪里生活,打电话也从来都找不着她。

吉狄马加:在中国有几个诗人翻译过他的诗,在《世界文学》和其他一些杂志上介绍过,但数量不多。您说得对,我看他的诗不像是俄罗斯人的诗,他的诗更像法国诗人和意大利诗人写的。另外他后期的诗我们看到的还是很有限的,他的诗都很短。

叶夫图申科:他的诗像霜花一样,又优雅,又轻薄。

吉狄马加:您写了很多关于俄罗斯诗人的文章,这些文章被翻译过来,在中国也发表了,我都看过。我想问您的是,您在写到叶赛宁的时候,说他的诗非常不好翻译,但是我感觉叶赛宁的诗是好翻译的,可能因为我不懂俄语。您认为它不好翻译,是不是因为他用了大量的俄罗斯乡土语言、乡村语言呢?

叶夫图申科:如果您觉得叶赛宁的诗好读,并不难懂,可能是因为中文的翻译比较好,叶赛宁的诗中有很多关于俄罗斯乡村事物的描写,叶赛宁的诗像歌一样,有丰富的韵律,在中文诗里,韵脚也许并不像俄语中的那么多,俄语诗中的韵脚很多是从古代口头文学里来的,普希金也用了这些口头韵脚,这些韵脚其实是很难翻译的。

吉狄马加:您如何看待特瓦尔多夫斯基的作品呢?

叶夫图申科:《瓦西里·焦尔金》是特瓦尔多夫斯基最伟大的人民作品,这位伟大的诗人从未写过一首爱情诗。

吉狄马加:他的爱情都变成了实际行动。

叶夫图申科:您知道吗,他甚至不喜欢别人写的爱情诗。他是一个好编辑,和农村有关的东西他要特别地捍卫,他出版过索尔仁尼琴的作品,这是他最伟大的功勋。他特别爱护农村。特瓦尔多夫斯基差点被捕,马尔夏克曾向他发出警告,后来当局把这事给忘了,谁也不记得了,他就平安无事地躲过去了。

吉狄马加:我读过很多相关的文章,说爱伦堡当时也比较危险,如果斯大林再活一两年的话,可能爱伦堡也会进去。

叶夫图申科:当然了,可能所有的人都会进去。

吉狄马加:有一个人一直很危险,但是一直没有被逮捕,那就是肖斯塔科维奇。

叶夫图申科:从来没有人想逮捕肖斯塔科维奇,在斯大林时期有人强迫他去美国,但他不想去,家人都在俄罗斯嘛。他去美国的时候,有人问他:您怎么看待苏共和斯大林对您作品的评价?他马上就回答:我完全同意他们的看法!他没有别的想法,因为他的家人都在俄罗斯。美国的一些报纸就愚蠢地写了一些对肖斯坦科维奇比较负面的报道,但是这个事可以理解,因为他的家在俄罗斯。而美国人,他们往往就像孩子一样残忍,什么都不明白。

吉狄马加：我看过一个音乐家写的一篇文章，专门谈到肖斯塔科维奇，如果我没记错的话，他写到，肖斯塔科维奇根据您的诗写了一首曲子，有一次在美国演出，肖斯坦科维奇和您都出席了那场音乐会，是不是这样的呢？

叶夫图申科：他用我的五首诗写了一部交响曲，也就是著名的《第十三交响曲》，在中国也演出过。我在美国没有和肖斯塔科维奇在一起过，您看到的可能是我和肖斯塔科维奇的儿子马克西姆·肖斯塔科维奇在一起的，有一次在纽约。他儿子也是一位音乐家。

吉狄马加：我看到的是一位音乐家写的文章。根据您的诗谱成的《第十三交响曲》的演奏时间有多久？

叶夫图申科：五十多分钟。他的《斯捷潘·拉辛》要稍短一些，四十五分钟。他还根据我的诗写出了《娘子谷》。您知道我今年有过一次从圣彼得堡到远东的诗歌旅行吗？

今年俄罗斯有两个盛大节日，一个是文学年，一个是卫国战争胜利七十周年纪念。我们很多人横跨俄罗斯大陆，当时乌苏里斯克也来了很多中国人，我和其他演员坐船坐了四十天，做了二十八场诗歌朗诵会，当时来了很多会说俄语的中国人和其他人。那里是边境地区，不需要签证。

吉狄马加：我注意到前段时间的一个报道，可能就是你们组织的一个活动，在马雅可夫斯基广场上有一个很大的活动，是不是就是你们文学年的一个活动？

叶夫图申科：可能不是在马雅可夫斯基广场，而是在卢日尼基体育场。我的诗歌晚会有七千人参加，持续了五个小时。电视台第一频道作了转播。

吉狄马加：如果从俄罗斯诗歌的传统来看，当然普希金是一个主流，但在我看来，您和马雅可夫斯基，你们应该属于莫斯科诗派。

叶夫图申科：其实是同一个传统，不应该有莫斯科传统和彼得堡传统的划分。

吉狄马加：当然普希金是一个主要的、大的传统，但是他之后的诗人，好像一部分在彼得堡，一部分在莫斯科。因为我看到，很多在圣彼得堡生活过的诗人，他们非常强调他们在彼得堡的生长环境，强调他们的诗歌传统，强调他们的彼得堡诗人身份，最明显的例子就是布罗茨基。

叶夫图申科：布罗茨基是个特殊的人，可是我的夫人严禁我谈起他。

吉狄马加：诗人是可以自由地交流的嘛。

叶夫图申科：我夫人做得对。您知道吗，1972年，我在纽约麦迪逊广场开诗歌朗诵会，在俄罗斯诗人中我是头一个。那时候我还不会讲英语，现在会了，我现在能用四种语言朗诵诗歌，除俄语外还有意大利语、西班牙语和英语。

吉狄马加：这里有我的一首长诗，是一个多语种版本，有汉语、英语、德语、法语和西班牙语等不同语言。

叶夫图申科：有西班牙语的吗？

吉狄马加：有。

叶夫图申科：那我现在就给您朗读一下西班牙语译文。

吉狄马加：这是一本手工制作的诗集。您的西班牙语是什么时候学的?

叶夫图申科:从来没学过,自然就会了。我喜欢跟人聊天。您要是给我出版一本多语诗集,我就可以在任何地方用任何语言给任何人读诗。

吉狄马加:这不简单。

(叶夫图申科用西班牙语朗诵了吉狄马加长诗《雪豹》的一个片段。)

叶夫图申科:翻译得很好。我写过一首献给切·格瓦拉的诗,美洲人都知道这首诗,智利总统阿连德很喜欢。您这首诗的西班牙文版本是谁翻译的?

吉狄马加:是西班牙一个女诗人翻译的,她也是一位汉学家。

叶夫图申科:翻译得很好,您也写得很好,比如这一句:"我的诞生是一个奇迹。"这一句非常棒,非常好,很有点叶夫图申科风格啊!(众人大笑。)这句诗非常好。我也写过一句诗:"我想生在所有的国家。"跟您这句诗很相像。这首诗的翻译非常好。"我要唤醒自己的良心。"您这里也有马雅可夫斯基的味道,遥远的一个回声,有马雅可夫斯基的味道,非常好!

吉狄马加:这里还有德文和英文的,您认为英文的怎么样呢?

叶夫图申科:(朗诵一段英文译文。)英文版译文缺乏音乐感,西班牙语译文则充满音乐感。西班牙语译文还是更好一些,英文译文里有形象,但西班牙语译文里既有形象也有音乐。

吉狄马加:后面还有法文版。

叶夫图申科:我懂法语,但不是很好。这里的"部落"指的是什么？

吉狄马加：实际上写的是一群雪豹，写这个雪豹的秘密，实际上也是写人的。

叶夫图申科：（继续朗读。）这首诗很棒。读了这些诗一下子就能感觉到您不只是一个中国人，而且也是一位属于整个地球的人。

吉狄马加：您愿意听一听我献给阿赫玛托娃的那首诗吗？

叶夫图申科：好啊！（叶夫图申科朗读了俄罗斯莫斯科联合人文出版社2015年出版的吉狄马加俄文版诗集《黑色奏鸣曲》中的《献给阿赫玛托娃》一诗，李英男译。）译文中虽然有一些词还值得再作推敲，但整体翻译还是很好的。一首好诗，翻译得也好。您在写这首诗时的情感，您的体验，使我觉得您几乎就是一个俄国诗人。（叶夫图申科又朗读了《献给茨维塔耶娃》一诗。）这部诗集很漂亮，这上面的画是您画的吗？太漂亮了！您像普希金一样，能写诗，也能画画。您能不能送一幅画给我呢？我在莫斯科有个博物馆，里面收藏有很多画作，其中就有毕加索的画，是他亲自送给我的。

吉狄马加：当然可以，没有问题。

叶夫图申科：您读过陀思妥耶夫斯基的诗吗？

吉狄马加：我只看过他的小说。

叶夫图申科：我是第一个把陀思妥耶夫斯基的诗收入诗选的人，在我编的五卷本诗选中收录了他的诗。（朗诵陀思妥耶夫斯基的诗作《世上有过一只蟑螂》。）这首诗很像哈尔姆斯的诗，哈尔姆斯读过陀思妥耶夫斯基的诗，他有可能是从陀思妥耶夫斯基那里学来的。陀思妥耶夫斯基的这首诗出自小说《群魔》，小说中的一个人物列比亚特金大尉也写诗。您这部诗集是什么时候在俄罗斯出版的？

吉狄马加：去年。

叶夫图申科：非常漂亮的一本书。您写到了翁加雷蒂，您知道吗，我与他很熟，我翻译过他的诗。

吉狄马加：在那一批意大利诗人里面，我最喜欢的就是翁加雷蒂。

叶夫图申科：一位好诗人，隐逸派诗人。

吉狄马加：您认识帕索里尼吗？

叶夫图申科：帕索里尼？！帕索里尼邀请我去他的电影里扮演基督这个角色，可赫鲁晓夫不让我去，他感觉这是个恶毒的玩笑。您看过那部电影吗，帕索里尼的《马太福音》？他妈妈扮演的圣母。

吉狄马加：对，对，看过。

叶夫图申科：有很多意大利电影导演，比如费里尼、安东尼奥尼等，都给赫鲁晓夫写信，让他允许我去意大利拍片，还说影片一定会从马克思主义的角度来拍摄基督，可是没起到作用。

吉狄马加：帕索里尼是同性恋，也是意共党员，在意大利引起的争议很大。

叶夫图申科：帕索里尼是我的朋友。

吉狄马加：他是20世纪的一个伟大天才。

叶夫图申科：但他曾经是一个非常好的诗人。

吉狄马加：他的诗粗粝，刚一看很粗糙，但是很有力量，他故意写得很粗粝。

叶夫图申科：您看过拉法埃尔·阿尔贝蒂的画吗？

吉狄马加:看过。您知道吗,阿尔贝蒂的女婿现在是古巴作协的主席,今年八月我还邀请他来过。

叶夫图申科:您去过古巴?

吉狄马加:去过。

叶夫图申科:喜欢古巴吗?

吉狄马加:很喜欢。

叶夫图申科:阿尔贝蒂翻译过我的诗。

吉狄马加:请问,您作为一位诗人,对于这几位西班牙语诗人怎么看?比如聂鲁达、洛尔迦、巴耶霍、马查多和尼古拉斯·纪廉等。

叶夫图申科:他们都是很好的诗人。

吉狄马加:您更喜欢谁?

叶夫图申科:都喜欢。我写过一首诗给聂鲁达,我们在一次朗诵会上一同朗诵,当时有八千人,我们几个人一起给他们朗诵,阿连德总统也到场,他和大学生们一起坐在地板上听我们朗诵,因为座无虚席。

吉狄马加:您见过聂鲁达?!

叶夫图申科:他是我的好朋友,我们当然见过,我去过智利好几次。

吉狄马加:我也去过,聂鲁达的两个故居我都去过。另外我还去了秘鲁,去了巴列霍的家乡——在安第斯山脉的深山里,坐十几个小时的飞机到秘鲁,然后再坐六个小时的汽车进去。

叶夫图申科:这太好了,我发现您是一个世界公民,见多识广,现在这样的诗人几乎很少了,他们看到的都是眼皮底下的小事,就像小猫。

吉狄马加：不是狮子。

叶夫图申科：（再度朗诵吉狄马加诗的俄文译作。）诗写得的确好！

吉狄马加：如果您觉得这首诗还不错，那就说明翻译得还不错？

叶夫图申科：译得很好。

（首师大研究生李元用俄语为叶夫图申科夫妇朗诵了吉狄马加的《太阳》一诗。）

叶夫图申科：谢谢，太好啦！

吉狄马加：今天和您的会见是我今年最高兴的一件事！

叶夫图申科：谢谢！

吉狄马加：我读了您很多译成汉语的诗，包括您的长诗《妈妈和中子弹》我也读过。

叶夫图申科：重要的是，您是那种很少见的可以把地球当作自己的家的人，地球就像一个人的身体，心灵就是由世界各国人民的诗组成的。有很多人，包括美国人，都只关心本国的文化，有时候连本国的文化也不是很了解。您呢，把所有国家的文化都放在自己心中。沃尔特·惠特曼给俄国人写过一封信，但是没有一个人读过这封信，如果有人读了，现在的俄美关系可能就不是这样的。有一次我去乌拉圭，看到一个场景，星期天，一个小村庄的广场上坐着二百多人，所有人都是基督徒，戴着草帽，光线比较暗，有一个男孩在读书，那个小男孩正在读马尔克斯的《百年孤独》。这个男孩是村子里唯一有文化的人，十二岁，他就给村子里的其他人读马尔克斯的书。

然后，我也要了杯咖啡，坐下来听。这些人流着眼泪听。我之后就走到小男孩面前，看看这本书，然后自己也去买了一本《百年孤独》，我知道这是一本伟大的书。我问那个男孩，马孔多小镇在哪里，男孩说没有这个镇子，但是这个镇子无处不在。杜撰出来的，但是无处不在，这就是世界文学。我再讲一个故事。有一段时间，我跟苏联政府的关系不太好，因为我为很多画家说话，就在赫鲁晓夫时期。不管怎么样，我还是能够原谅赫鲁晓夫的，他允许索尔仁尼琴的《古拉格群岛》发表。我的《斯大林的继承者》一诗写成后，他专门派一架军用飞机把我的诗送到《真理报》编辑部发表。之前没有人发表我的这首诗，他们都是斯大林的拥护者。赫鲁晓夫其实不懂画，他没什么文化，很多人挑唆赫鲁晓夫，想让他对画家做一些不好的事。《真理报》上发表了我的诗后，很多人给赫鲁晓夫写信，说报上发表了一首反苏的诗，但是他们并不知道这首诗是赫鲁晓夫自己派军用飞机送到编辑部的。赫鲁晓夫跟当时主管意识形态的部长说：我让《伊凡·杰尼索维奇的一天》发表，有人不高兴，我让叶夫图申科的诗发表，有人又不满意了，难道我这个人也是反苏的吗？赫鲁晓夫还说要颁布一道法令，把书刊审查制度彻底取缔。马涅什广场每年都会举行一次画展，苏联时期从未展出过抽象派画作，伊利切夫——当时的相当于宣传部长的官员，给所有人打电话说，现在书刊审查制度要取消了，你们赶紧把你们的抽象派画作拿出来展览吧。赫鲁晓夫看画展时一切都很正常，然后一群人打开一个小房间，这个房间的画作没给其他人看过。赫鲁晓夫就是一个普通人，也没有受过高等教育，他就觉得这个画好像没有画完，就很奇怪，这些人都没有脸。有人告诉他，这些画已经画完了，他就问为什么这些人没有脸。然后有人告诉他，因为这些画家憎恨苏维埃的面孔，这些画家看不起我们的农民、工人兄弟。赫鲁晓夫说太过分了，怎么能不喜欢我们国家的人民呢？于是就对画家进行了批判。那个时候，我刚从古巴回来，这件事闹得沸沸扬扬的，我当时就反对赫鲁晓夫的做法，虽说我对赫鲁晓夫很尊重。

吉狄马加：您第一次去古巴是什么时候？

叶夫图申科：60年代。

吉狄马加：您去古巴的时候见到了尼古拉斯·纪廉吗？您喜欢他的诗吗？

叶夫图申科：他是个好诗人，但革命以后有了好房子，和一些权贵住到一起后，他就变了。有一次他邀请我去他家做客，我以为他要跟我讨论诗，结果他让我看他家的卫生间。他反对过聂鲁达。

吉狄马加：聂鲁达在纽约朗诵诗，他们古巴作家，包括尼古拉斯·纪廉，就发表声明谴责聂鲁达。

叶夫图申科：在纽约读诗有什么不好的呢？

吉狄马加：而且他朗诵的还主要是反美的诗。

叶夫图申科：这与在前线读诗也没什么区别。一个伟大的诗人可以反对任何人，但是不可以反对自己的人民。

吉狄马加：对对，当然是这样。

叶夫图申科：我到过九十七个国家，在俄罗斯诗人中间我可能是唯一一个到过九十七个国家的人，我从未见过任何一个国家有不好的人民。

吉狄马加：我现在与您还差得远，我只去了几十个国家。您肯定见过土耳其诗人希克梅特吧？

叶夫图申科：他是我的朋友，也是我的兄弟。

吉狄马加：您对他的诗怎么评价？

叶夫图申科：他有天才的诗作。"如果我不燃烧，你不燃烧，他们也不燃烧，到底谁来燃烧呢？"这是世界上唯——一个诗人，在苏联时期曾经给我打过电话，说："任尼亚，我得了一个大奖，有很多钱，你现在缺不缺钱啊？"您知道吗，他本来要被判死刑的，贝利亚要枪毙他，当时我十八岁。

吉狄马加：他在土耳其蹲过两次监狱，最长的一次差不多蹲了九年。

叶夫图申科：我在1952年第一次参加国宴，就是因为他读了我的诗，想见我，所以就把我请去了。他20年代在苏联，他见过马雅可夫斯基，俄语说得很好，他在监狱里面也没忘。莫斯科所有知识分子都知道他。

吉狄马加：有个导演叫梅耶荷德，他在梅耶荷德手下工作过。

叶夫图申科：是的，他是梅耶荷德的助手。有一次，他在舞台上对知识分子观众们说：我在莫斯科跑了三天，从来没有看到过像梅耶荷德这样的剧院，你们弄的都是资产阶级的戏剧。他说，过段时间斯大林要接见我，我一定要像一个共产党员对共产党员那么说，说在大街上到处都是您的画像和雕塑，可这些作品都做得品位不高，很糟糕。下面一片寂静，谁都不敢说话。扎瓦斯基是那台演出的导演，他和乌兰诺娃有爱情关系，这个导演说：您的这番话斯大林一定会乐意听,因为他作为一个有品位的人,一定很讨厌这些模型。您知道吗,做画像的人也不是那么有文化的,斯大林也不太方便直接跟他们说出自己的想法。希克梅特和斯大林没有见过面。斯大林死后,我常去希克梅特家做客,当时贝利亚已经被枪毙了。希克梅特是一个伟大的诗人,我俩关系非常好,如果所有的共产党员都像他一样,我可能也会入党。

吉狄马加:他的爱情诗写得非常好。

叶夫图申科:是的,是的。我们在聚会的时候,来了一个人,正好是冬天,那个人穿得严严实实的,突然跪在希克梅特面前,流着眼泪说:"请您原谅我吧。"希克梅特认识他,就对他说:"万尼亚,你起来吧,不要跪着了。"这个人是他以前的司机。他对司机说:"你忘了这事吧。我知道你要说什么。"

吉狄马加:这个人是密探,是监控他的?

叶夫图申科:这个人是国家派给他的职业司机。诗人跟他的司机关系很好,后来贝利亚就把这个司机叫去了,对司机说:你知道你每天拉的这个人是谁吗?这是一个戴着面具的敌人,他想谋害斯大林同志。司机说我不相信,这是不可能的。贝利亚说,我们派你制造一起车祸,下一次见面就告诉你该怎么做。司机说我不参与,我也不相信您说的。我在《斯大林的葬礼》中提起这件事。贝利亚于是招呼一群囚犯进来,指着他们对司机说:这些人很久没碰女人了,难道你想让他们出去后第一个碰的女人就是你妻子吗?司机被迫同意合作,因为他的妻子是两个孩子的母亲。

吉狄马加:但这件事情最终没有发生。

叶夫图申科：因为贝利亚很快被抓起来了，被枪毙了。

吉狄马加：贝利亚当时为什么要害希克梅特呢？

叶夫图申科：就因为他在剧院讲的话，说斯大林的雕塑和画像太糟糕了。

吉狄马加：我今年二月去过土耳其，在土耳其见过一些诗人，他们对希克梅特评价很高。

叶夫图申科：他们只是现在才对他评价很高，当年可没把他当回事。

吉狄马加：他现在的坟墓在莫斯科，他们想把他的遗体迁回伊斯坦布尔。

叶夫图申科：他的第一部诗集在土耳其很长时间都没有出版社愿意出版，60年代的时候我去土耳其，发现没人知道他，只是在我的文章发表以后他们才开始重视他，中小学生都知道他，他现在已经是个经典作家了。

吉狄马加：您也是一位经典作家。

叶夫图申科：那是现在这么认为，之前对我的评价可不是这样的，是人民在支持我。

吉狄马加：在这样一个复杂的社会历史环境下，一个大诗人是不可能不引起争论的，最重要的是您的作品今后能留下来。

叶夫图申科：永远留下来这很难说，谁也不知道。我们那一代人的准则实际上是我们自己制定出来的，沃兹涅先夫斯基就有一句诗表达过这种观点。在帕斯捷尔纳克的事件发生后，许多人攻击他，也有人来要我出面发表意见，我拒绝了，有人问我为什么不反帕斯捷尔纳克,我回答说:我不想让自己的儿子或孙子往我的坟墓上吐唾沫。我问那些反对帕斯捷尔纳克的人:"你们读过帕斯捷尔纳克的小说吗?"很少有人读过。赫鲁晓夫在这件事上其实也被骗了,因为有些作家把帕斯捷尔纳克的小说《日瓦戈医生》由七百多页缩减成三百多页的摘抄本。帕斯捷尔纳克其实是一个非常纯真的人,他对社会主义没有那么大的反感,那些栽赃他、迫害他的人往往都是因为嫉妒他。

吉狄马加:我读过一些回忆录,发现经常找他谈话的人中有费定。

叶夫图申科:噢,费定是个坏蛋,他干了很多坏事。

吉狄马加:那么法捷耶夫呢?

叶夫图申科:法捷耶夫用一颗子弹把自己给了结了,他是一个好人,只是所处的时代不好。我不喜欢他这个人,但是喜欢他的《毁灭》。

吉狄马加:刚才有个问题没来得及问,马雅可夫斯基的死是由于他和那个时代错位了,才导致的自杀吧? 不是因为个人感情,我看主要是他和他那个时代已经错位了。

叶夫图申科:他就是害怕被捕,对于那个时代来说他太大了,他已经大到什么话都可以说的地步,政府肯定是不喜欢这样的人,但是人可以有另外一些出路,可以忏悔。

吉狄马加:他的自杀就是一种忏悔!

叶夫图申科:法捷耶夫死前写了一封绝命信,这就很好,就是忏悔。

吉狄马加:那么叶赛宁最后选择自杀,主要原因是什么呢?

叶夫图申科:说他是他杀纯属谣言,是胡说八道。叶赛宁喝酒喝得太多了,非常好的诗人,但是酒喝得太多。但是人民喜欢他,普通老百姓喜欢他。去他墓地拜谒的人有很多,有诗人,也有出租车司机和农民。他的诗流传广泛,就像维索茨基的诗歌。

吉狄马加:弹唱诗人维索茨基?

叶夫图申科:他也是我的朋友,遗憾的是,他也喝酒。

吉狄马加:上一次我们去俄罗斯,接待我们的是米哈尔科夫。

叶夫图申科:哪一个米哈尔科夫?

吉狄马加:谢尔盖·米哈尔科夫。

叶夫图申科:他对您说了什么?我第一次来中国就是和谢尔盖·米哈尔科夫一起来的。

吉狄马加:他说,在斯大林欢迎毛泽东的宴会上,他跟毛泽东交谈过。我们去访问的时候,当时的独联体国家作家协会的工作比较混乱,所以请他出来主持工作。

叶夫图申科:您知道吗,米哈尔科夫写过几首好诗,儿童诗,他很有才华,但他是一个胆小怕事的人。

吉狄马加:胆小怕事?但是他显得胆子很大啊。

叶夫图申科:他看起来胆子很大?

吉狄马加:我们那次去访问,见面时,他喝了两大杯白酒。

叶夫图申科:这个很少见。

吉狄马加:他两次成为苏联国歌的作者,普京总统时期的新国歌也是他写的。

叶夫图申科：他自己是国歌征集委员会的主席，他就把机会给了自己，谁能有什么话好说呢？但他的儿童诗很好，我们所有人都读他的儿童诗。

吉狄马加：现在您太太不在这里了，您说一说布罗茨基的情况吧。

叶夫图申科：我不说。这没什么意思。布罗茨基如今是一个各种诗选都会选其诗作的诗人，对作为诗人的他，我没什么好说的，可对他这个人我却有些看法。实际上，您知道吗，是我让他获释的，他后来出国我也帮过忙。我有一个朋友是意大利和苏联友好协会的负责人，也是意大利共产党党员。当时对布罗茨基的审判很可怕，他是一个很有才华的诗人，应该救他，我和那个意大利朋友一起写了一封信，以意大利共产党的名义——当时意共很强大，我们一起去见意大利大使，让他把这封信送到苏共中央政治局，大使本来可以不管这件事，但是他也认为这样做是对的，也在信上签了名。我们在信中说，对布罗茨基的审判只会让所有苏联的敌人感到高兴。考虑到苏共和意共当时的关系，这封信肯定起到了作用，这封信被直接送到政治局，一个星期以后这个问题就解决了。布罗茨基实际上没有坐过牢，只是被流放到乡村。可是后来他自己产生了一个很奇怪的想法，无端指责我。在美国，有一次当着一个美国出版社社长的面，当着很多美国朋友的面，他向我道了歉，但是道完歉之后呢，他还是继续说我的坏话，他从来不说谁是真正让他获释的人。

吉狄马加：我看过布罗茨基写的一篇文章，推介西班牙语的重要诗人，从古典诗人到20世纪的西班牙语诗人，可是不知他为何唯独没有提到聂鲁达。他为什么不提聂鲁达呢?

叶夫图申科:他有他的趣味,比方说,他甚至不认为俄语诗人中最伟大的是普希金,他认为是巴拉丁斯基,这是一回事,而布罗茨基的诬陷又是另外一回事。布罗茨基从来不把这些诬陷的话说给美国出版家听,只说给俄国侨民听。在美国有这样的法律,俄侨之间的问题在美国的司法部门不会被受理,在俄侨杂志上可以随便说话,却不会承担法律责任,因此,任何一份俄侨杂志都是妖魔鬼怪、毒蛇居住的地方。玛莎不让我说这些,这个问题是我心中最大的伤口之一。肯尼迪是我的朋友,他遇刺之后我写了一首诗,在全世界都很罕见的是,它同一天被发表在《纽约时报》和《真理报》上。其中有一句话说:"林肯在大理石座椅上痛苦喘息。/他们再次向他开枪!野兽般的屠杀。/美利坚,你旗帜上的星星就像一个个弹孔!"谁是这首诗的第一位听众呢?是布罗茨基,他在我家里听到了这首诗,当时还没发表,他当时刚刚获释被放出来,去了我家。他还建议我们一同去莫斯科的美国使馆,把这首诗写在悼念簿上。此事二十年过后,我和妻子玛莎一起去美国工作,情况却发生了变化,俄国流亡者到我家里,对我说布罗茨基写文章诬陷我。我当时收到美国一个高校的任职邀请,布罗茨基写了一封信给校长,说我写过侮辱美国国旗的诗,他指的就是我当年在肯尼迪遇刺后写的那首诗,当年布罗茨基曾说我的诗写得好,现在又用它来攻击我。但是您要知道,布罗茨基在美国密歇根找到工作,就是我写的推荐信。收到布罗茨基诬告信的那个校长告诉我,在任何情况下都不会把布罗茨基写的那封信给我看。谢天谢地!布罗茨基还写信到美国科学院,说不能接受我做院士,这个时候他也不敢说他在侨民报纸上说的那些话,只是说:"他不够格。"美国科学院方面说:"我们不管这个,他是位诗人,他的诗全世界都知道。"在华盛顿大屠杀纪念馆的石碑上就刻着我的《娘子谷》里的诗句。这个故事真让人忧伤。为什么会这样,为什么他要这么做,我也不知道。可能是性格原因。

吉狄马加:布罗茨基在生活中是一个什么样的人?

叶夫图申科:很孤傲,美国性格。布罗茨基的童年很痛苦,但是我们这一代人的童年都很艰苦。

吉狄马加:但是您的心理很健康。

叶夫图申科:这都是几十年锻炼出来的,我已经很老了。这大约就是我要说的了。

吉狄马加:以前读了您的很多诗,这次见面加深了我对您的心灵和思想的深层次了解。

叶夫图申科:您有没有读过我的小说《不要在死期之前死去》?现在我在写第三部小说。

吉狄马加:没读过,回去一定拜读。

叶夫图申科:我今天有幸见到一位诗人,您不仅是中国的诗人,而且是世界的诗人,扎根在中国大地上的诗人,但枝叶却是世界的。整个俄罗斯的历史都是在西方派和斯拉夫派的斗争中发展的,普希金就很好地解决了这个问题,他融合了西方派和斯拉夫派的气质,他既是西方派又是斯拉夫派。在您身上,我也看到了这种交融。普希金也是第一个提出女性不是男性附庸的诗人,普希金认为,男人应该能在被女性抛弃的时候仍然去祝福她。我也有过这样的体验,玛莎给了我很大的帮助。当时我的妻子,两个孩子的母亲离开了我,也许她是对的,她做出了这样的选择。后来我遇到了现在的妻子,我先是爱上了她的手,像大理石一样的手,看到她的脸,我觉得更漂亮,当时玛莎很年轻,还是一个女大学生。我们在一起生活很久了,她是唯一一个和我共同生活了三十年的人。当时,玛莎见到我时对我说:"您不是我崇拜的诗人,我喜欢的是奥库扎瓦,我是在帮妈妈索要您的签名。"我对她说:"可是我想写上您的名字。"玛莎留了一个电话,是当时她工作的旅行社的公共电话。第二天,我打电话到旅行社找玛莎,旅行社工作人员接了电话,并问我是谁。我说:"我是叶夫图申科,我找玛莎。"工作人员一听我是诗人叶夫图申科,就惊住了,他问:"您找哪一个玛莎,我们这里有四个叫玛莎的。"于是,就让三个玛莎一个个来听电话,她们都不是我要找的玛莎。工作人员把玛莎家的电话给我,是玛莎的奶奶接的电话,她奶奶问我:"您真的是叶夫图申科吗?为什么现在广播里有您在讲话,您怎么又能同时在电话里讲话呢?"当时,玛莎在巴甫洛夫斯克医学院学习。我已经离婚了,准备把自己交给她。后来我给玛莎打电话,告诉她我将一个人孤零零地去西班牙。玛莎给了我很智慧的建议,她劝我应该挽救这个家庭,不然我会一直认为是前妻破坏了这个家庭,因此留下对家庭的阴影,以后也不可能真正地爱上另外一个女人。玛莎还做了另外一件事,就是让我以前的妻子和孩子们相互联系。我结了四次婚,现在的妻子是最后的妻子,我有五个儿子,大儿子是养子,他以前是一个画家,已经去世了。他出生在一个很贫困的家庭里,是我把他领养了,但是他患有遗传性的疾病。

吉狄马加：您有女儿吗？

叶夫图申科：玛莎对我来说是母亲，也是女儿。

吉狄马加：让我们为玛莎举杯！

叶夫图申科：玛莎不让我参与政治。

吉狄马加：你们现在常住在美国吗？

叶夫图申科：我在美国、莫斯科都有家，经常往返两地。我在格鲁吉亚本来也是有房子的，但是被烧毁了。

吉狄马加：为什么会被烧毁呢？

叶夫图申科：战争中被烧毁的，本来都好好的。

吉狄马加：在格鲁吉亚现在有没有很好的诗人？

叶夫图申科：这个问题很难回答。格鲁吉亚的电影比较好，有一部电影叫作《忏悔》，在苏联解体之后这部电影被重新拿出来放映。

吉狄马加：很多俄罗斯作家、诗人都很喜欢格鲁吉亚吧？

叶夫图申科：苏联时期我曾经是格鲁吉亚文化委员会主席，是谢瓦尔德纳泽任命的。最后一位大使是一个很有名的诗人阿巴希泽的儿子，我们关系很好，他是格鲁吉亚驻莫斯科的大使，他给了我一个有效期五十年的签证，别人谁都没有，那是唯一一份有效期五十年的签证。

吉狄马加：现在坐飞机从莫斯科到格鲁吉亚要多长时间？

叶夫图申科：一个半小时。

叶夫图申科：我等着您的画，我在莫斯科的博物馆等着您的画。

吉狄马加：好的！今天特别高兴！最近几天我就找出您的小说

读一读，再过两个月，我估计我就会说俄语了。

叶夫图申科：好的。但愿现在不会堵车了。马加，告别之前，我想对您说一句很重要的话：我们这个人类社会、这个世界长时间处在由政治控制文化的环境之下，现在，我觉得应该反过来，要让文化来决定政治和社会。

吉狄马加：这句话很重要，实际上在人类社会，一旦到了文化控制世界的时候，这个世界就会更加人文，也可能更有秩序。

叶夫图申科：对，是这样的，俄罗斯和中国都应该这样做。

吉狄马加：夜已经很深了，今天就谈到这里。祝您晚安！也祝您明天旅途愉快！

叶夫图申科：谢谢，再见！

2015 年 11 月 9 日

诗人预言家的角色并未改变
——与匈牙利诗人拉茨·彼特对话录

拉茨·彼特:匈牙利诗人,文学翻译,匈牙利翻译之家负责人。1948 年出生于匈牙利贝凯什乔堡市,1972 年毕业于德布列森市科舒特·拉尤什大学。现在布达佩斯的鲍洛希学院和维斯普林市的潘诺尼亚大学教授文学翻译理论。曾获厄尔莱伊文学奖、匈牙利总统金质奖章和尤若夫·阿蒂拉文学奖。著有诗集《对面而坐》《水手们的抵达》《自画像》《我希望,他们能意识到》和《关于沉睡的身体》等,翻译过德国诗人卡尔·可鲁洛、丹麦哲学家克尔凯郭尔、奥地利-以色列犹太哲学家马丁·布伯、捷克作家卡夫卡、瑞士作家克劳斯·梅尔茨、犹太哲学家所罗门·迈蒙的作品。

拉茨·彼特:你的诗歌最突出的特征是强调你的彝族归属。到底是什么样的经历,使彝族人传统成为你诗歌最重要的主题之一?

吉狄马加:不仅仅是我个人,今天的现代人似乎都处在一种焦虑的状态中,他们和我都想在精神上实现一种回归,但我们却离我们的精神源头更远了,回去是因为我们无法再回去。回去不是一种

吉狄马加与拉茨·彼特在匈牙利诗人尤若夫·阿蒂拉纪念馆合影。

姿态，更不是在发表激昂的宣言，而是在追寻一片属于自己的神性的天空，它就如同那曾经存在过的英雄时代，是绵绵不尽的群山和诸神点燃的火焰，虽然时间已经久远，但它仍然留存在一个民族不可磨灭的记忆深处。我感到幸运的是，我还能找到并保有这种归属感，也就是你所说的对彝族的归属，特别是像我们这样置身于多种文化冲突中的人，我们祖祖辈辈曾有过的生活方式正在发生剧烈的改变，我的诗歌其实就是在揭示和呈现一个群体的生存境况，当然作为诗歌它永远不是集体行为，它仍然是我作为诗人最为个体的生命体验。需要强调说明的是，任何一个注重传统的诗人，特别是把书写传统作为重要主题的诗人，这种传统实际上已经成了一种象征，爱尔兰伟大诗人威廉·巴特勒·叶芝就是一位游走在传统和现代之间的诗歌大师,把他与同时代其他欧洲大诗人进行比较,他背靠的是一种更深厚、唯他独有的文化传统,最让我称道赞赏的是,他在1893年出版的散文集《凯尔特的薄暮》就把这种神秘的元素和精神体现得淋漓尽致。从某种角度而言,把自己民族的传统作为诗歌的重要主题,我与威廉·巴特勒·叶芝是一样的,或者说在很多时候,我们既是个体的诗人,同时又是一个民族的喉咙。

吉狄马加:我想问一问,在匈牙利诗歌史上,是不是也有不少诗人,他们的写作与自身的民族文化传统有着深刻的联系?这些诗人从更广阔的政治和文化角度来看,毫无疑问是一个民族的精神符号和代言人,我以为大诗人裴多菲就是这样的人。

拉茨·彼特:匈牙利人的祖先在一千一百多年前从亚洲迁徙到现在的匈牙利地区。流传至今的最早的一份用匈牙利文撰写的珍贵历史文献,是蒂哈尼教堂的《创建公文》,距今正好一千年。这座教堂您也参观过,坐落在巴拉顿湖畔最美丽的蒂哈尼半岛的山丘上。另外,还有一篇创作于1195年的匈牙利语祈祷文,标题是"悼辞",20世纪三位匈牙利大诗人,尤哈斯·久拉、科斯托拉尼·德热和马洛伊·山多尔,他们都从中得到了创作灵感,以"悼辞"为题写下了名篇,讲述别离或流亡,这很好地表明了诗人与传统的关系。因此可以看出,即便是近现代诗人,也对祖先的匈牙利传统做出应答。保存至今的第一首匈牙利语诗歌是《古代匈牙利的玛利亚哀歌》,在这首诗里,耶稣基督的母亲玛利亚为被钉死在十字架上的儿子而哭泣。虽然匈牙利第一位大诗人雅努斯·帕诺尼乌斯在15世纪还用拉丁语写诗,但鲍洛希·巴林特在一百年后已经使用匈牙利语创作。在19世纪,先辈们为匈牙利语的法典、戏剧、图书出版而战,裴多菲·山多尔则成为第一位享誉世界的匈牙利语诗人。在他短暂的一生里,无论是写情诗、童话诗或反映社会生活的作品,还是作为爱国者为匈牙利人民的自由讴歌,全都留下了不朽的诗作。他始终都是自由的象征,没有任何一种文学或政治流派能够把他据为己有。他是真正的天才。归功于学校教育,我们能够背诵他的许多首诗,而且会背诵一辈子,可以这么说,裴多菲和我们生活在一起。今年是比他长寿一些的同时代诗人奥朗尼·亚诺什诞辰二百周年——他也是使用美丽的匈牙利语写作的大家,也是翻译家。

拉茨·彼特:彝族神话的特征是什么?谁是这个神话的主人公?发生了什么?从中留下了什么——歌曲、童话、祈祷词?与中国其他更小或更大的民族的原始神话有没有关联?彝语和彝族文化现在是否正在重生?

吉狄马加:彝族不仅仅在中国是一个古老的民族,就是放在世界的历史格局中,它也是十分古老的民族之一,彝族人的创世神话是这个世界上为数不多的记录过万物和宇宙诞生的经典之一,用已经使用了数千年的彝文所记录的《宇宙人文论》《宇宙生化论》等典籍,让我们能从哲学层面和更广阔的认知领域,去认识宇宙源流和万物的诞生,我们的先人所达到的认知和精神的高度,就是今天看来,在人类历史的长河中都具有里程碑的意义,但是毋庸讳言,我们的文明史在发展过程中曾出现过断层,至少在很长一个阶段停滞不前,南美印第安人的文明发展史上,就出现过比我们更严重的情况,好在我们古老的文字一直延续至今,许多重要的哲学和历史典籍被幸运地保存了下来,彝族伟大的创世史诗《勒俄特依》《梅葛》和《阿细的先基》等就是这方面的重要经典,许多用古彝文书写的珍贵典籍,需要我们有更多的古文字专家对它进行研究和翻译,可以说这些价值连城的精神和文化遗产,不仅仅属于彝族,也属于全人类。彝族是一个诗性的民族,歌谣、童话、故事以及说唱形式的诗歌浩如烟海,在婚礼、丧葬以及部族聚会的场所,都能看见各种艺术形式的表演,如同一个又一个的仪式,从这个意义上讲,我们对待生命的诞生和死亡的来临,秉持的都是一种达观、从容的价值取向,而不是用怀疑论者的态度来对待已经发生和将要发生的事情。我们的先辈相信万物有灵,一代又一代的彝族人都崇拜祖先,我们的歌谣和史诗中英雄永远处在中心的地位,在一百多年前的凉山彝族聚居区,我们还能看到类似古希腊部族时代生活的影子。彝族可以说是20世纪以来世界各民族中经历历史变革最为剧烈的民族之一,我一直渴望有一部史诗性的长篇小说来记录这一段刻骨铭心的历史。今天的彝族作家和诗人,在全球化的背景下,其实都在更为自觉地树立和强化一种意识,那就是从我们的文化的源头去汲取营养,从而实现我们民族精神文化的又一次复兴。

吉狄马加:据我所知,匈牙利民族一方面承接了欧洲精神文化的影响,另一方面它又融合了许多别的文化,尤其是来自东方的游牧文明;特别是在大约公元 833 年,马扎尔人生活在顿河和第聂伯河之间的列维底亚,开始了一段历史学家众说纷纭的迁徙和征战史,总之,我个人认为匈牙利的精神气质既是西方的同时又是东方的,这种文化和精神特质是否影响了诗人的写作?

拉茨·彼特：从人类学角度说，匈牙利民族是一个非常混杂的民族，其原因有很多，我们的祖先从亚洲迁徙到现在我们定居的地方。在漫长的迁徙途中，曾跟蒙古人、突厥人、保加利亚人、土耳其人等一起长期生活，相互混杂。最终有八个匈牙利部落抵达了喀尔巴阡山盆地，那时候在这里生活着阿瓦尔人、匈奴人、斯拉夫人。我们的先民本来想继续向西迁徙，然而遇到更强悍的西欧民族的拦击，匈牙利军队屡遭挫败。为了能够在这里留下来，我们接受了天主教以巩固加强中央集权的王国统治。之后的几个世纪，先是蒙古人入侵，后是土耳其人占领，他们都在匈牙利文化中留下了痕迹：匈牙利文化吸收了多种文化的特质。在民俗方面，特别是在民间音乐里，可以发现许多来自东方、来自亚洲的影响。而且从匈牙利人的体型和面容上也可看出多方面的影响。如果我从西欧或北欧回来，我也会意识到，这里人头发的颜色、头颅的形状、体型和体态、五官分布都是那样的混杂，说不上谁是典型的匈牙利人。当然，匈牙利民族的特征是有的，然而我并不想在这里罗列。在与自己民族有关的问题上，我通常会抱着批评态度，比如说，"缺少理性的决定"，我经常从外国学生嘴里听到这样的话，他们把这个看作"匈牙利特征"，对他们来说，这显得很特别也很有趣，不管怎么讲，在他们看来是好的特征。毫无疑问，这种匈牙利思维方式或世界观也反映在文学、诗歌里，无论从哪个角度看，都不是西方的，也不是东方的，但总而言之，反映在我们最伟大的诗人身上，是粗犷的特质。

你与彝族传统的紧密关联，是否影响你对社会、政治的兴趣和观点的形成？在匈牙利，裴多菲和尤若夫·阿蒂拉都注重思考严肃的社会、存在的问题,即便是在写爱情的抒情诗中。

吉狄马加:任何一个诗人对社会问题的关注和思考,不可能与他的文化传统以及生活经历没有关系,但我认为这种关联往往是间接的,诗人政治观点的形成,更多的还是受到他所置身的现实社会和人类生存状况的影响,一个真正伟大的诗人不能逍遥于现实之外,他必须时刻去思考严肃的社会、存在的问题,但他们毕竟不是职业政治家,虽然他们有时候会站在政治和历史潮流的最前面,比如贵国的诗人裴多菲,在争取民族独立和自由的战场上他就是一面鲜艳的旗帜。尤若夫·阿蒂拉不仅仅在匈牙利,就是在20世纪的所有革命诗人中,在面对现实困境和个体生命的激烈碰撞、冲突方面,他都是一个巨大的令人激动的存在,最让人万分钦佩的是他的每一首诗,即便是政治性的诗和社会性的诗都充满着生命的质感,从中可以感受到来自心脏的脉搏的律动,最了不起的是尤若夫·阿蒂拉的诗歌,今天被翻译成任何一种民族的文字,他诗歌本身的力量都不会被消解,我无法从匈牙利文读他的诗歌,但通过汉语的译文,他给我带来的冲击依然是强大的。如果说诗人有不同的类型,我和尤若夫·阿蒂拉毫无疑问是一个家族中的成员,我希望我的诗歌所反映的现实,就是我的民族和我个人所经历的现实,在任何时候我都不可能背弃我的民族和人类去写那些无关灵魂和生命痛痒的诗。

这次有幸在你的安排下访问了诗人尤若夫·阿蒂拉的故居,我个人认为他是20世纪以来人类最伟大的诗人之一,我无法通过匈牙利语去欣赏他的诗歌,我只能通过翻译来阅读,尽管这样他的作品给我的冲击力同样是很强烈的,就此我想问你一个问题,在匈牙利现代诗人中,为什么尤若夫·阿蒂拉的先锋精神令人瞩目,就是他那些偏重社会性和政治性的诗歌,也看不出有什么概念化的东西?

拉茨·彼特:尤若夫·阿蒂拉的诗歌非常独特,但并不是20世纪匈牙利诗歌中唯一的高峰。特殊的苦难命运,无产者的父母,贫寒,孤独,脆弱的神经系统,这些别的人也会遇到,然而在阿蒂拉身上,它们与高度的敏感和强大的表达力邂逅了。裴多菲从农民的世界,尤若夫·阿蒂拉从城市无产者的生活中获得了具有决定性的重要体验。他的诗歌很难跻身于当时日益强大的具有西方色彩的布尔乔亚文学圈,这一文学潮流恰恰在名为"西方"的杂志中变得羽翼丰满。在匈牙利文学里,包括在20世纪的文学里,始终都有许多种声音,在尤若夫·阿蒂拉之前,奥狄·安德列(1877—1919)是具有强大预言能力的诗人大公,以完全另类的敏感处理既有布尔乔亚性和宗教性,但又是渎神和世俗的城市题材。从地理角度说,他走过更辽阔的世界。尤若夫·阿蒂拉则能够用更结实的绳索吊着自己潜入到灵魂的更深处——然后迷途其中。但是沉郁、悲剧性的世界观和不朽的敏感,两者都是他的特征。迷失,自我牺牲,这或许是他从裴多菲身上学来的。

的确,通过一次诗歌节的机会,我见到了许多中国诗人。诗歌在当下中国的角色和意义是什么?在过去几十年里是否发生了变化?人们是否大量阅读诗歌?抒情诗、散文,还有戏剧在当代中国文学中是"重要"体裁吗?

吉狄马加:这恐怕是一个世界性的话题,中国诗歌所经历的发展和变化与诗歌在世界其他地方所经历的情况十分相似。诗歌在很长一个阶段经历了叙述文体对它的挤压，而近几十年来随着电视、网络的出现，人类的阅读方式也正在发生历史性的改变，这当然是不以人的意志为转移的，但是尽管这样，诗歌在中国就如同在别的国家一样，它从未离开过我们的生活，尤其是在人类正在经历的整体的现代化过程中，资本和技术逻辑已经将人类的精神空间挤压得所剩无几，物质对人类的异化已经到了水深火热的程度。然而事物的发展总有它的两面性，或者说就是哲学上所说的物极必反，人之所以为人，他不可能不需要健康向上的生活，不可能不需要在一个更高的层面去获取形而上的精神滋养，诗歌作为最古老的艺术形式之一，就是在今天，它的魅力也丝毫未减。前不久从一个调查数据中看到，在当下中国，读诗的人开始极速增多，诗集的销售量就是一个重要的标志，一些好的诗集能发行五千到一万册甚至更多，许多微信、微博、客户端，当然还有许多网站都在大量地传播诗歌，这说明诗歌的读者已经大大地增多，不过在这样的时候我想说的是，诗歌的存在永远有其自身的规律，我们永远不能像搞大生产那样去对待和生产诗歌，同样我们更不能认为人类没有诗歌也能活下去，如果这样，那将是人类的耻辱。

在当下，匈牙利的诗人生存状况怎么样？在这次访问中，我特别注意了一下诗歌的出版情况，看样子诗歌的出版情况与中国还是比较相像的，中国不同的是人口基数大，已经有一定影响的诗人如果有了新的作品，相对来讲还是比较容易出版的。

拉茨·彼特：在中国，给我留下最深印象的是在场的所有人非常优美、非常动情地齐唱为你的诗谱写的歌曲。你的诗句易于演唱吗？

吉狄马加：作为一个中国的彝族诗人，应该说我是幸运的，因为我的许多诗歌被谱成了歌曲，许多歌曲不仅仅在九百万彝人中传唱，有的甚至传到了更远的地方。在许多彝族人的聚居区，他们常常把诗歌谱成歌曲，可以说，因为歌曲的原因诗歌的受众被无数倍地扩大了。但是你知道，适合谱曲的诗歌还是比较少的，就我的作品而言，大部分作品并不适合谱写成歌曲。20世纪西班牙最伟大的诗人之一费德里科·洛尔迦不少诗歌就被谱写成了谣曲，他有一本诗集就叫《吉卜赛谣曲集》，还有一本诗集叫《深歌集》，其中大部分诗篇都被后来的音乐人谱成了曲，当然他的许多别的诗歌也不适合谱曲，比如他晚期的诗集《一个诗人在纽约》里的作品就很难谱曲传唱。对于一个真正的诗人而言，他的诗歌被用音乐的形式传播，我认为这种音乐永远是一个副产品。

在匈牙利是不是也有一些诗人的作品被作曲家谱写成歌曲？在离开布达佩斯时我买了一些匈牙利音乐家的唱片，其中也有一两张是现代歌曲，我非常喜欢匈牙利音乐中抒情、辽阔而略带忧伤的情调。

拉茨·彼特：在匈牙利也有为诗歌谱曲的情况，尽管这种情况很少。谱曲的诗歌，通常需要押韵，但是匈牙利诗歌开始失去了韵脚。为孩子们写的诗是押韵的，至今如此，因为押韵的诗更容易让孩子们记住。我们有一位很伟大的诗人，沃洛什·山多尔（1913—1989），他有许多诗歌（童谣）被谱成了歌曲，无论成年人还是孩子都喜欢听,因为他的诗歌语言丰富、多变,并有游戏性趣味。

在中国有没有(是否曾经有过)这样的民歌,其作者并不为人熟悉,而歌词却因这样或那样的歌曲形式存在,由于很长时间没人把它抄写下来,只是通过口口相传的形式,歌词和旋律一起存留了下来?

吉狄马加:这样的情况太多了,特别是在中国的西部,有许多经典的民歌,不知道它们已经被传唱了多少年,歌词作者是谁,可以说是每一代的传唱人在不断地经典化歌词的修辞,使之不断完美到无可挑剔。中国西部有一种民歌的形式叫"花儿",就是这样一种被千百年传唱的民歌,其中有许多精粹得无与伦比的歌词,是今天的诗人挖空心思面壁十年也很难写出来的,特别是这些歌词和旋律的天成绝配更是让人叹为观止,在我们彝族民歌中也有许多这样伟大的经典作品,如云南弥渡的彝族民歌《小河淌水》以及云南红河的彝族系列民歌"海菜腔"等,当我们今天的诗人面对这些鲜活而富有生命力的经典的时候,我们永远是谦恭的小学生。

恐怕向民间的诗歌经典学习,是我们这个地球上所有的诗人都应该做的,可以想象得到匈牙利也有许多经典的民歌,作为一个诗人,你能谈谈并和我们分享你向匈牙利经典民歌学习的经历吗?我认为每一个诗人都会有这样的特殊经验。

拉茨·彼特:说老实话,当我读你写的诗歌时,我感到有一点点嫉妒,你的诗歌能够那样紧密地与彝族人的传统相系。在民间诗歌里,最吸引我的是民歌,尤其是那些最具原生态韵味的民歌,在我的诗歌里,许多匈牙利音乐家,比如说大作曲家巴尔托克·贝拉

(1881—1945)的作品——连同民歌的歌词——首先是作为背景出现,但民歌已经不能以直接、有力的方式出现在我的诗歌里。但是即便如此,我也从来没有觉得,这一切对我来说已经消失。

我的中国之行,途中遇到了许多诗人和杂志编辑,感觉到诗歌生活的活跃。不久前我在一份匈牙利杂志上读到了一个关于"20世纪与当代中国文学"的专辑,里面也涉及中国诗歌。其中提到"文化大革命""朦胧诗"、《今天》杂志和之后的"第三代诗人"。你怎么看这些事件,怎么看对诗歌接受的变化和你那一代诗人?你们怎么能够让自己置身于今天的诗歌潮流之中?

吉狄马加:是的,正如你在中国亲眼看见并在文章中读到的那样,中国当下的诗歌生态的确十分繁荣活跃,许多地方都有不同形式的诗歌活动,特别是近年来举办国际性的诗歌活动已经成了一种常态,事实上诗歌正在返回公众的视野,阅读诗歌的人似乎也越来越多。兴起于20世纪70年代末80年代初的中国现代诗歌运动,应该说已经经历了若干个发展阶段,每一个阶段都出现过一些诗歌流派和诗歌主张,"朦胧诗"的出现是中国现代诗歌运动中的重要现象,它曾引起过广泛的关注和争论,但时间过去多年后,今天的中国诗坛以及学术评论界,对其在中国诗歌史上的贡献已经有了比较公允的评价,这其中也包括对那一代一些重要诗人的评价,那一代诗人可以说是反思的一代,他们写作的旺盛期也正处在中国改革开放的前夜,他们诗歌的主题当然会涉及各种各样的内容,有些诗歌也涉及了"文革",需要说明的是有关"文革"的问题,中国执政党曾通过一个重要会议作出过正式决议,认为"文化大革命"是完全错误的。至于"第三代诗人",那也是现在中国诗坛上比较活跃的中坚力量,如果不狭隘地对这一代诗人划定范围,应该说我这个年龄段的重要诗人,都可以被列入这个名单。生活在每一个历史阶段的中国诗人,都不可能置身于现实之外,许多诗人都是这些重大事件和诗歌运动的参与者、实践者和见证者,令人欣慰的是,现在的一些诗歌评论家和文献研究者,已经开始对我们经历过的这些重大事件和诗歌运动进行客观理性的研究,我相信下一步会有许多重要的学术研究成果呈现给大家。我历来认为中国现代诗歌的发展,其实就是现代世界性诗歌运动的一个部分,我同样期待着从中外诗歌比较研究的角度,去对中国现代诗歌的发展和流变做出另一种维度的评价,我以为这会进一步扩大研究者和阅读者的视野。

在这个对话就要结束时,我想利用这个机会最后再问你一个问题,在巴拉顿湖边的翻译之家,你已经亲自组织了许多成功的翻译活动,我想你有许多经验可以跟我们分享,因为从今年下半年开始我兼任院长的鲁迅文学院将举办"国际写作计划",每一次将邀请十余位外国作家、翻译家来该院,每一期的时长大约两个半月,你能给我提一些可供参考的建议吗?

拉茨·彼特:的确,在我们的翻译之家,十五年里举办了各种各样的研修班,参加研修的主要是文学翻译。但经常也会有作家和诗人前来参加,作家、诗人们与文学翻译们面对面地交谈,帮助他们理解作品的原文。文学翻译和原作者可以一起就对文字的理解进行沟通。有必要为文学翻译们分别组织研修班,文学翻译们可以相互讨论所遇到的问题,摸索恰当的译文风格。最好让文学翻译们事先得到将要翻译的文字,在研修班上只讨论问题。在这样的研修班上,我们也经常请来文学研究者和编辑,他们可以向文学翻译们介绍作家和作品所涉及的文学时期(比如,汉学家为中译匈的学员授课,匈学家为匈译中的学员授课),讲述具体或一般性的文化主题。文学翻译们不仅围绕译文进行研讨,而且还可以作无拘无束的交流,听主题演讲。这样的讨论、交流和主题演讲会对翻译工作有很大帮助。如果请来出版社或文学杂志的编辑,他们则会通过提出实用性的建议来帮助文学翻译们的工作。如果男性和女性作家或翻译一起进行研讨,会使气氛更加活跃,工作更有成效。假如作家不自以为比翻译"更聪明",那会是件幸运的事。每次参加活动的人数不能太多,最多六至八人,这样工作起来效果会更加显著。

2017年5月22日,布达佩斯

诗人仍然是今天社会的道德引领者
——答英国诗人格林厄姆·莫特问

格林厄姆·莫特，英国著名诗人、作家，兰开斯特大学（Lancaster University）创意写作教授，同时也是该大学跨文化写作与研究中心主任。已出版九本诗集。他的第一本诗集《着火的国家》（1986年出版）获得了美国作家协会（Society of Authors）颁发的埃里克·格雷戈里（Eric Gregory）大奖。在《可见性：新诗与诗选》（赛轮出版社，2007年）出版之后，《卫报》的一篇评论将他描述为"当代诗歌最有成就的实践者之一"，并称"这本书完美地展示了格式严谨、富于感性和充满智性三者的融合，正是这些造就了他的声誉"。格林厄姆的作品还赢得过许多其他重要的诗歌奖项，包括切尔滕纳姆诗歌奖。另外，他还凭借小说获得了2007年的布里波特奖（Bridport Prize）和2014年的国际短篇小说奖（Short Fiction International Prize），他的第一本全集《触摸》（*Touch*）获得了Edge Hill奖，他的作品被翻译成了十余种文字在多国出版。

英国诗人格林厄姆·莫特。

格林厄姆·莫特：诗歌是为着什么而存在的？你怎么看待历史上和未来诗歌同人类文化之间的关系？

吉狄马加：诗歌的存在就如同人类的历史存在那样悠久，诗歌是人类精神生活中最古老的方式之一，在原始宗教中诗人的身份就是部族酋长和祭司的合一，在古代社会，诗歌很多时候都是连接人与天地的桥梁，是人与鬼神沟通的媒介，诗歌是人类精神创造最为极致也最为纯粹的一种方式，它不仅仅是一种语言魔力的神秘升华，更重要的是它是人类精神创造中不可缺少的致幻剂，也就是说只要有人类的精神需求和创造存在，那么诗歌就会存在下去，也不可能有消亡的那一天，这是我坚信无疑的。无论从现实还是可预见的未来来看，基于诗歌的这种特殊性，诗歌都是人类文化中令人瞩目的一部分，文化当然在不同的历史阶段会出现新的变化，但文化在传统中总有一部分是相对固定的，这就如同对诗歌需求的稳定性一样，不会有更大的改变，当然诗歌与不同时代的文化所构成的关系，却会经常地发生变化，而诗歌的处境也会因为这种变化出现不同的情况，比如在今天这样一个物质和消费主义的时代，诗歌的边缘化是不言而喻的，但尽管这样，也没有从根本上改变在人类精神生活和文化延续中诗歌无可替代的作用，如果相信人类的精神生活和创造还会延续下去，那么诗人和诗歌就将存在下去——也许他们的处境有一天还会更糟。

格林厄姆·莫特：你如何看待诗歌的书写文本形式和诗歌的声调、韵律之间的关系？

吉狄马加：诗歌是对形式和语言的一种创造，书写文本本身的重要性自不待言,在很多时候文本的创新和语言的创新同等重要,这与绘画和音乐的创新有很多相似的地方;绘画不能永远停留在古典主义美学主张的基础之上,有了后来印象派、野兽派、立体主义、未来主义以及各类现代艺术的出现和创新,绘画形式和绘画语言创新的极端重要性才自然地获得了肯定。诗歌的情况也一样。在这里,不同的是诗歌的创造在任何时候都不能离开语言,我以为离开了诗歌的声调和韵律,诗歌内在的生命也就停止了呼吸,声调和韵律是诗歌心脏的律动,也可以说是诗歌血管中血液的呼啸。为什么有人说诗歌是最难翻译的,我想翻译在这里指的不是一般意义上的内容,而是这种声调和韵律发出的声音,真正伟大的诗人都是这个声音的捕捉者,同样他也是这个声音最神秘的传递者,很多时候他可以说就是这种声调和韵律的喉舌。

格林厄姆·莫特:诗歌的神话维度同当代科学知识之间如何才能协调一致?

吉狄马加:诗人的写作并非是与传统的割裂,许多诗人哪怕置身于当代复杂多变的现实中,他们也不可能忘记自己的传统和民族的历史,而对神话的重新书写也会在不同诗人的笔下出现。希腊现代诗人塞弗里斯的名篇《神话与历史》以及他的同胞埃里蒂斯的史诗《理所当然》都是对希腊神话与现实转化的成功书写,他们都是希腊诗歌在现代意义上的精神传承人。他们两位都是获得过诺贝尔文学奖的,当然不仅仅是因为他们从神话的维度写出了现实的人如何从精神遗产中获得慰藉,从而让人类再一次找到走出迷途的方向。另一位伟大的希腊诗人卡赞扎斯基通过他上万行的史诗《新奥德赛》，同样寓言般地写出了20世纪人类的苦难、救赎、悲剧和重生。诗歌的神话维度同当代科学知识之间的关系，并非是一种对立的不可调和的关系，特别是在精神世界中，我以为唯有诗人及其精神创造，才能在这两者之间找到平衡点，因为诗歌神奇的创造，最终毕竟是对生命的热爱和呈现，而对神话和人类原始精神母体的敬畏绝不是迷信，理性的科学知识也会被诗人有机地融入到每一次的诗歌创造中去。

格林厄姆·莫特：新的通讯交流技术将会如何影响诗歌形式和出版？

吉狄马加：全球化和互联网时代，实际上已经为诗歌的传播提供了新的可能，甚至还有机器人每天都在制造诗歌，我并不担心诗歌可以用新的形式进行传播和出版，而我更担心的是如果诗人都成了机器人，那诗歌还有存在下去的必要吗？有一点不用我们担心，机器人或许不可能在修辞上成为技艺的败将，但是它们却一定不会在感情和灵魂上成为胜者，因为只要人类的诗歌还发乎于情感和心灵，那么没有灵魂的机器人就不可能战胜我们。现在每天在网络上都有成千上万的诗歌被推送出来，而网络的传播方式同样在花样翻新，这是一个从未有过的情况，我们必须理性地正视它的存在。

格林厄姆·莫特：在全球化的世界，政治结构和经济结构环环相扣，诗人作为社会评论家和道德引领者的角色是什么样的？

吉狄马加：并不是因为全球化的存在，也不是因为社会政治和经济的发展，诗人就理应放弃自己对社会政治和经济生活的介入，正因为在这样一个政治多维和崇尚物质主义的现实中，诗人更应该成为社会的良心,他当然不是高高在上的道德裁判者,而是在人民前行的队伍中手捧烛光的那一位,在时代和现实面前,他是参与者,也是见证者,更是秉持真理的批判者,从这个角度而言,诗人仍然是今天和未来社会的道德引领者。

格林厄姆·莫特:诗歌如何在社会内部的少数民族群体和主体民族之间居中调解?

吉狄马加:诗人和外部世界的关系可以说是单纯的,也可以说是复杂的,诗歌当然应该居中发挥调解各民族和不同社会阶层的关系的作用,爱尔兰诗人叶芝和希尼都持有这样的观点,特别是希尼的作品,从精神上实际上是弥合了英格兰人和爱尔兰人的看不见的分歧和不和,虽然叶芝和希尼都是爱尔兰文化和传统的捍卫者,但同样他们也是人类自由精神的捍卫者。伟大的诗歌必然超越狭隘,并使自身具有普遍的人类意义而最终成为大家共同的财富,真正的诗人也必须高举友爱、和平和人道的旗帜,去真正促进不同民族之间的和睦共处、友好往来。

格林厄姆·莫特:诗人的国际交流是否重要?这样的交流纽带会如何令诗歌向跨文化现象的方向发展?

吉狄马加:不同国度之间、不同文化背景之下的诗歌交流,当然是一项非常有益的工作,德国诗人歌德在他生活的那个年代就梦想着有一天,能形成真正的并能进行沟通的世界文学,现在看起来,他的梦想也已经逐步变成了现实,我想这一切主要还是来自于人类科学技术的发展,科技的发展为人类提供了要大大好于过去的交流渠道,时间和空间的距离也变得越来越短。文学包括诗歌的交流,过去更多体现在文本的翻译上，而在当下，除了文本的翻译，诗人与诗人直接的来往要比过去更多，特别是在近三十年，因为冷战的结束，不同社会制度国家的诗人之间的交流来往，也变成了一种常态，应该说，这种交流已经在全方位展开，其深度和广度都是过去无法比拟的；最重要的是，世界性的诗歌运动和诗歌创作思潮，也会在很短的时间内被彼此了解和熟悉。当然也因为有了这样的交流，诗歌与自身语言隐秘的关系、与内在传统的关系、与形式重构内容的关系以及无意识与修辞的关系，又都在更广阔的空间里成为了话题，今天的诗歌交流让我们更能看清别人，同时也让我们更能看清自己。这种跨文化的交流给我们提供了很好的借鉴，但每一种语言的诗歌的写作仍然会按照它自身所选择的方向往前走，这就是交流的成果之所在，而绝不会是其他。

格林厄姆·莫特：我们正进入日益全球化的世界，你怎样看待翻译所扮演的角色？

吉狄马加：世界上还有这么多诗人在用不同的语言进行写作，当然诗歌的翻译仍然是重要的，翻译不仅起到了桥梁的作用，更重要的是，翻译都是新的诗歌的创造者，或者说，每一首诗最终变成一首好的翻译诗歌，它都是两个人的成果，有时还是三个人的成果；没有好的原作，没有好的翻译，我们就不可能看到卓越的翻译作品。我不想说翻译从事的工作是一项充满遗憾的工作，我认为，他们做的完全是一项创造性的工作。我在阅读一部翻译作品的时候，我的眼前浮现的是原作者和译者交叉的身影，尤其是诗歌，旋律和声音是多么的重要啊，但我力求听到的是译者试图告诉我们的原文中的声音,或许这就是遗憾,这是任何一种翻译都无法做到的,但是我仍然愿意去倾听和阅读,那是因为译者在另外一种语言中对这个声音的接近,让我们听到了他试图表达的那种声音。这个世界不能没有译者,他们的使命和任务仍然是光荣的,向他们致敬。

格林厄姆·莫特:越来越多的人似乎更倾向于写诗而非读诗,那么写作文化的民主化影响到了阅读文化吗?

吉狄马加:你说越来越多的人似乎更倾向于写诗而非读诗,我想这是每个人的一种权利,尤其是现在网络写作的门槛很低,你只要写出你自己认为是诗的东西,你都可以放到网上去发表,就是过去没有网络的时候,你只要有写诗的爱好,你还是可以把诗写出来放在抽屉里自己欣赏。但我仍然认为所谓写作文化的民主化与真正的有精神品质的诗歌写作仍然是有差别的,否则,人类构建的经典精神文化的标准就会毁灭,而那些已经进入人类正典的不朽作品,也会失去它们存在下去的价值和前提。科学和技术的发展,并不能改变人类精神创造的成果有高低优劣之分这一基本事实,所谓写作文化的民主化就是一个泛民主化的虚拟的概念。

格林厄姆·莫特:你的写作生涯漫长而辉煌,是什么驱使你动笔写出你的下一首诗?

吉狄马加:我曾经在别的访谈中说过这个问题,可能是某一种冲动让我写出了第一首诗,但是对于一个选择了以诗歌为一生写作追求的人,完全是因为对经典诗歌的阅读,让我发现了自己,是那些诗人唤醒了我的心灵,促使我开始去思考生命的意义和存在的价值。还是在童年时代,我就意识到死亡的存在,并在那个时候有了奇怪的幻想,我还能想起也一定不会忘记,当我第一次阅读俄罗斯诗人普希金的作品时心灵所感受到的震撼,是他让我知道了诗歌不仅仅是对个人的东西的表达,它还是人类对爱情、自由、平等和一切美好理想的表达,可以说,我的诗歌写作生涯就是在这样的心境和选择中开始的。

2017 年 8 月 9 日

在时代的天空下
——与叙利亚诗人阿多尼斯对话录

阿多尼斯,原名阿里·艾哈迈德·赛义德·伊斯伯尔,1930年出生于叙利亚北部农村。毕业于大马士革大学哲学系,后在贝鲁特圣约瑟大学获文学博士。

阿多尼斯迄今共创作了五十余部作品,包括诗集、文学与文化评论集、散文集、译著等。阿多尼斯不仅是当今阿拉伯世界最重要的诗人、思想家、文学理论家,也在世界诗坛享有盛誉。评论家认为,阿多尼斯对阿拉伯诗歌的影响,可以同庞德或艾略特对英语诗歌的影响相提并论。阿多尼斯对阿拉伯政治、社会与文化的深刻反思,也在阿拉伯文化界产生广泛影响。

阿多尼斯屡获各种国际文学大奖,如土耳其希克梅特文学奖,黎巴嫩国家诗歌奖,马其顿金冠诗歌奖,意大利诺尼诺奖,法国让·马里奥外国文学奖,挪威比昂松奖,德国歌德文学奖,美国笔会纳博科夫文学奖,中国青海湖国际诗歌节金藏羚羊奖、上海国际诗歌节金玉兰奖等。近年来,他还一直是诺贝尔文学奖的热门人选。

阿多尼斯：首先，很高兴今天有机会跟你作这个对话。我不久前读了一些被译成法语的你的诗作，非常欣赏。我想先提一个我们可能都关注的问题，就是意识形态和诗歌的关系问题。20世纪后半叶以来，我们阿拉伯世界经历了很多事情，包括巴勒斯坦的斗争，左翼政党的兴起，还发生了多起政变。许多人的梦想是让阿拉伯世界变得更好。对于如何理解诗和意识形态的关系，人们有不同想法。我对这个问题一直持保留意见。现在，半个多世纪过去了，我们发现：几十年来阿拉伯人经历了那么多的悲剧，进行了那么艰苦的斗争，也曾有过许多理想和牺牲，但直接书写这些命题的诗歌，却没有一首称得上伟大的诗歌，为什么？在我看来，原因在于诗歌被当作一种工具，为政治和意识形态服务。虽然斗争事业本身是伟大的，但是诗歌被当作工具以后，就失去了应有的价值。对此不知道你怎么看。

吉狄马加：应该这样说，20世纪本身就是一个政治革命和社会革命的时代，自20世纪以来，整个世界的诗歌也折射出了政治和革命的影响，许多诗人的写作都表现出了明显的意识形态性，特别是一些积极参与社会革命的重要诗人，其意识形态性或许就表现得更强。当然这种意识形态性，对于一些杰出的诗人而言只是他们诗中的一种潜在的政治诉求。这种意识形态性无论是表现在冷战时期的左派思维，还是20世纪初期的那种激烈的革命思维，体现在那个时代一些伟大诗人的身上时，其政治理想都被融入了他们的创造和写作中，他们的诗歌同样表现出了极具鲜明个性的艺术特征。比如希腊诗人扬·尼佐斯、土耳其诗人希克梅特，当然也包括后来名扬

吉狄马加与叙利亚著名诗人阿多尼斯。

世界的意大利诗人、导演帕索里尼等诗人，我认为他们都在自己的创作中，极为艺术化地处理好了诗和政治、意识形态的关系。我个人始终认为，在这样一个政治、社会和诗歌密不可分的时代，诗人要回避或者是逃避意识形态是不太可能的，特别是那些具有整体人类观的诗人。我以为一个时代伟大的诗人，首先要做到的是不能使自己的诗歌仅仅是一种不具有人类普遍意义的形而下的书写，而是要将个人生命经验与人类意义更有机地结合在一起。即使是从诗人的整体格局哪怕就是重新回到文本上来看，我们与20世纪那些伟大的诗人相比较，我们在精神气度上、在全球视野上、在承担政治和道义责任上都是有着明显的差距的。

我记得法国诗人路易·阿拉贡在评价马雅可夫斯基时曾说过

这样一句话:是这个人教会了我如何让诗歌真正进入公众和人民。当然我这样说,并没有否认诗歌在精神和美学上的独立价值。而我认为让诗歌和社会发生更广泛的联系,在任何时代都是必要的,不过需要声明的是,这种转化必须通过诗人来创造性地转化,最终我们看到的必须是真正意义上的诗歌,这些诗歌毫无疑问都是诗人忠实于他的心灵和灵魂而结出的动人的硕果。

阿多尼斯:好的。我提问是想了解你的观点,你刚才提到的几位诗人我也很熟悉,那这个话题到此为止。我想提的第二个问题,是关于"人民"这个概念,我们在阿拉伯世界一直困扰于这个概念。人民到底是指什么?指的是某个特定阶层的人?还是不同阶层、不同观念的人的总和?在阿拉伯社会的统治者眼里,只有拥护政权的这部分人才是人民,而反对政权的那部分人,是要受到另眼看待的。你对这个问题怎么看?

吉狄马加:我想"人民"这样一个概念,在社会政治层面上很多时候是一个政治术语,但我更希望把人民看成是一个一个独立的个体存在,而这种个体存在如果用一个比喻来说的话,就像沙漠中的一粒沙,它是独立存在的,或者说是大海中的一滴水,从某种意义上而言,它也是独立存在的。在现实中或许有人会问,站在我们对面的那个人,他是人民吗?或者说当一粒沙吹过我们身边的时候,你能说那粒沙就是沙漠吗?我不想用不同阶层、不同观念的人的总和来判定人民,既然它是一个政治术语,那对人民的解释就会有不同的结果。我还是想从诗人的角度,或者从更广义的、更社会性的角度来看这个问题,所以我把人民看成是一个一个独立存在的个体,实际上就是在强调人的价值以及人民这个词所包含的更丰富的内涵,我曾就我所理解的人民写过一首诗。这首诗的题目就叫《没有名字的人》。

阿多尼斯:我一直认为诗人不仅仅是写诗,诗人更重要的是创造一个完整的世界,给出属于自己的世界观。请问,你对世界、对人有怎么样的看法?什么是你的世界观?

吉狄马加:从本质上讲,我不是一个怀疑论者,因为我始终对人存有希望,对这个世界也充满了期待,但不可否认的是,当我回顾人类的历史,特别是目睹当下人类面临的困难时,其实我的心情永远是喜忧参半的,人类对自身、对别的生物以及大自然所犯下的罪过举不胜举,而人类只能靠自我救赎来获得新生。今天人类已进入了21世纪,虽然科学和技术又有了很大的进步,出现了许多改变我们生活方式的发明和创造,但同时又出现了许多足以让我们身临险境的危情。难怪早在20世纪60年代,伟大的意大利诗人蒙塔莱就曾经说过这样的话:很多时候人类虽然在某个阶段取得了科学和技术的巨大进步,但是如果去考察这些所谓的进步所带来的负面影响,也就是说把这种进步和负面影响放在更长远的历史空间来考量的话,其结果是既没有进步也没有倒退。我认为诗人应该创造两个世界——当然这两个世界是相互关联的,有时候甚至是密不可分的——一个世界就是诗人用词语构筑的世界,另一个世界就是诗人通过自己的精神创造,试图去实现的理想世界。作为诗人,我相信诗歌的作用不仅仅存在于诗歌本身,它还应该为构建人类的道德和精神高度发挥作用,特别是在今天这个还充满着不公正和暴力的世界上,诗人应该同一切有损于人的尊严和权利的行为作坚决的斗争。我还记得前几年在北京我们见面的时候,我曾经向你提过一个问题,就是如何看待当时叙利亚的政治走向和残酷的战争状况,从今天的叙利亚的现状来看,你当时的分析和预言与现在的情况非常相似,叙利亚的现状就是世界各大政治、宗教和军事势力博弈的结果,而饱受战争蹂躏的就是四处流亡的叙利亚人民,现在叙利亚西北部省份伊德利卜又成了世界关注的焦点。你刚才问我对人有什么看法,对人类有什么看法,我想说的是,叙利亚就是一个最好的例证,在人类的历史上邪恶与良善从来就没有离开过我们,而这种邪恶和良善今后还会继续伴随着我们,我以为人类只有最大限度地减少人性中恶的东西,不断地对自身进行救赎和警醒才可能有一个让我们期待的未来。伟大的人道主义者、哲学家罗素就对人类的未来发出过类似的呼吁,尽管人类漫长的历史血迹斑斑,但人类构建的古老文明和思想智慧,仍然是我们通向明天的最重要的精神基石,对此我深信不疑。

阿多尼斯:好的。我再问一个问题,怎样看待诗歌和思想的关系?在我们阿拉伯文化中,主流的诗学总是将诗歌和思想分开。但是从世界范围来看,我们认为没有一个大诗人不是一个伟大的思想家。你怎么看待诗歌和思想的关系?

吉狄马加:我想诗歌不仅仅是语言和修辞的问题,当然也不仅仅是诗歌写作的技术和形式的问题,如果只单纯从语言和修辞来看待诗歌,当然可以说诗歌本身是和思想没有太直接的关系的,但正如你所言,每一个写诗的人其实都是有思想的,特别是那些大诗人,无一例外,没有一个不是真正意义上的思想家,只有那些真正具有思想的伟大诗人,才能让诗歌具有真正的精神高度。不过思想和诗歌永远是既矛盾又融合的关系,思想只能有机地融入诗歌的体内,而不是用概念去代替诗歌以及语言的特质,否则思想对于诗歌而言就将是一种危害,有时候甚至是灾难性的;如果思想能成为诗歌的精神和灵魂,并深化其形而上的精神高度,那么思想对诗歌而言就是一种强大的内在的支撑,这种支撑会让诗歌在更大的维度上获得更大的张力。将思想转化成诗歌的修辞和形式本身,其实是对诗人的考验,因为诗歌对思想的艺术呈现,永远不可能是直接的、简单的,我理解诗歌呈现的思想,只能是思想的影子,或者说只能是被"打碎"后的思想,真正高明的诗人和经典的诗歌,所呈现的思想一定是经过重构后的另一种思想,这种思想或许是清晰的,也可能是模糊的,这种呈现是一种新的创造。总之,诗歌呈现思想的过程,很多时候是非理性的、非逻辑性的,否则,诗歌就将丧失其最重要的最神秘的美学特征,诗歌对思想的表达是最复杂的,是语言和修辞的重构,有时候诗人天赋的高低,也会在表达思想方面显现出来。天才的诗人对思想的表达常常是深藏不露的,所以才说伟大的诗人也是伟大的思想家,但是我们不能说伟大的思想家一定是伟大的诗人。

另外我还想说的是,一个纯粹只为修辞而修辞的诗人,肯定不会是一个大诗人,在今天,这样的诗人并不在少数,或许他们在修辞和语言上有许多让我们称道的地方,但他们的写作都离灵魂和心灵太远,也可以说他们的作品没有什么思想,真正的大诗人应该是在思想和诗歌形式上都有创见的诗人。阿多尼斯先生你本身就是一个最好的例子,我以为从这两个方面来要求你,你都是一个合格的大诗人,首先你是一个真正意义上的思想家,你对阿拉伯思想史的研究以及你对当今世界形势的审视和判断,都居于一个思想家才可能具有的高度,而你的诗歌在形式和修辞上的创新,也给我们提供了难得的范例。所以我要说,你是一个思想家又是一个好诗人。

阿多尼斯:据我所知,马克思主义进入中国,意味着中国政治、社会发展出现了一个重要转折点。那么,我想知道的是:马克思主义进入中国以后,中国的文学创作有没有出现这么一个转折点?

吉狄马加:应该这样说,从20世纪初开始,中国社会就在发生着剧烈的动荡,你知道中国是一个有着漫长封建历史的国家,结束封建帝制是一个必然的选择和结果,清朝晚期中国已逐步沦为半殖民地半封建的国家,发生一系列的社会革命也是当时的现实,中国社会将走向何处,中国本土原有的保守思想以及外来的各种政治思想实际上进行过激烈的博弈和碰撞,可以说,后来中国发生的一系列社会变革都与外来思想的传播有关,这其中当然也包括马克思主义在中国的传播。中国有过大规模的资产阶级革命,但是,它并没有真正解决中国社会存在的贫富差距的问题,特别是占了中国人口绝大多数的农民的问题,正因为马克思主义在中国的传播,实现社会主义才在中国变成了一种被普遍接受的社会理想,我认为中国选择社会主义并不是偶然,它是有其深厚的社会根源的,我想马克思主义的传播不仅仅对中国这样的国家有深刻的影响,就是对20世纪许多被殖民的国家和被压迫的民族,其影响也都是极为深刻的,马克思主义指导下的共产主义运动可以说是20世纪影响最大的历史事件,就是在现在的拉丁美洲,这一思想所带来的社会运动仍然在持续中,当然中国的情况与他们的情况在很多地方是有差别的。马克思主义在中国的传播当然会影响到中国现当代文学的发展,特别是对一部分重要作家的影响更显得明显,这就如同20世纪上半叶的那些重要的欧洲、北美、拉丁美洲作家、诗人,如阿拉贡、艾吕雅、马雅可夫斯基、聂鲁达、布莱希特等,他们后来都成了马克思主义者并参与了世界性的共产主义运动,在中国也是这样,许多左翼作家也都受到了马克思主义的影响,其中就包括鲁迅、郭沫若、茅盾、丁玲、艾青等一大批作家。当然,在20世纪初整个西学渐进的过程中,中国作家受外来思想的影响也是复杂的、多方面的,鲁迅就受到了尼采思想的影响,当时无政府主义思想在中国也有一定市场,巴金很长时间也是巴枯宁、克鲁泡特金的追随者。特别是在反封建反侵略的过程中,有一大批作家实际上也参与了轰轰烈烈的社会革命,他们好多人都到了共产党的根据地延安,许多人的写作都体现出鲜明的追求社会变革的理想。当然,20世纪二三十年代那一代作家,实际上在接受外来文化影响方面同样是复杂的,有一部分偏向右翼的作家就选择了完全不同的写作方向,同样也有部分作家他们并不具有鲜明的政治色彩,但是他们也不可避免地会受到社会变革的影响。尤其是社会主义最后在中国的成功,也为马克思主义在中国的传播提供了重要的条件,可以说马克思主义对中国现当代文学的影响是巨大的,也是直接的。在这个方面最突出的表现就是作家诗人与劳动群众的关系更加地紧密,他们的写作和生活也成了这一社会历史变革的不可分割的一部分。

马克思主义在中国的传播，不仅改变了中国的历史进程，甚至也改变了世界的历史进程，现在这方面的学术研究著作很多，但是从中国社会的发展和历史变革的总体上来看，马克思主义对20世纪的中国社会当然包括文学的影响是巨大的。

当然，就这个话题我还可以多说几句，马克思主义在20世纪不仅仅是对中国，就是对许多争取国家独立和民族解放的国家的影响也是很大的，当然每一种思想的传播在不同的国家也是复杂的，所谓马克思主义在不同国家的本土化也产生了不同的情况。中国是一个有着悠久历史文化传统的国家，其儒家文明的历史长达两千多年，独特的伦理思想以及文化精神价值体系，都是与这个世界许多国家和民族不同的，中华文化的包容性和吸纳力，我以为也是这个世界上少有的。在马克思主义中国化的过程中，也并不是都是成功的，这其中也有深刻的教训。

阿多尼斯：如果我们问哲学家，哲学创造了什么？哲学家可能说他们创造了概念；如果我们问科学家，科学创造了什么？答案可能是科学创造了一些功能，包括改变社会的功能；如果我问诗人吉狄马加，诗歌创造了什么，你的答案是什么？

吉狄马加：是的，正如阿多尼斯先生你说的那样，哲学家是在创造概念，实际上任何一种哲学都在试图揭示生命和自然的规律，哲学着力形而上的思辨与推理，或者说注重精神现象的逻辑关系。我想没有一个哲学家不在这种推理中使用概念，德国哲学家康德对精神现象的揭示，实际上就是对概念的一种最极致的使用，当然哲学在很多时候是接近于诗的,特别是对宇宙和生命进行终极探索的时候,但它终究也还不是我们定义上的诗。任何科学都有其实用功能,因为科学的创造以及它所产生的成果都是能被具体检验的,科学创造之所以是科学的,最重要的一个特点就是它的每一个环节都能被验证,科学有时候也会以概念和数据来表现,但这种概念和哲学上的概念是有着明显的区别的,科学家当然会给这个世界的创造赋予特殊的功能,我们今天所享受的物质成果其实就是科学的成果,科学作为一种探索和研究事物的手段是没有穷尽的,可是科学家为我们提供的成果永远是可感知的功能性的东西。诗人不是一般意义的哲学家,但是伟大的诗人都应该具有哲学思维的禀赋和特质,诗人同样不是科学家,但是他的作品在某些时候也并非都是非理性的产物。我认为诗人最重要的存在价值是通过语言和修辞所构筑的世界,给我们提供一个更让人期待的悬念,诗人必须通过诗歌也就是通过语言,来揭示事物背后的真相,诗人呈现的永远不是我们眼前固化的现实,而是现实背后被打碎的影子,这些被打碎的影子有时是清晰的,有时是模糊的。诗人没有别的工具,他的工具就是语言,语言可以创造一切可能,但这并不能得出这样一个结论,即诗人的技艺只能停留在语言和修辞上;最伟大的诗人他还必须去探索生命和死亡的意义,我以为生活在现实大地上的诗人,还有一个重要的任务,就是通过诗歌来赋予现实应有的意义,我想这也是一种创造,这种创造不仅仅是诗人作为一个精神劳动者的责任,同样也是作为一个人的责任,否则,我们的生活和现实都将是荒诞的、没有意义的,也正因为此,诗人是这个世界和未来最具有预言性的祭司和英雄。

阿多尼斯：我最后还有两个问题。首先,作为诗人,人们肯定会注意他写作的风格。就你的诗歌来说,你是在诗歌的语言之内创造了一种新的语言呢,还是沿用别人所经常使用的语言？或许我可以对这个问题作进一步阐释。我读阿拉伯诗歌史上那些伟大的诗作时会发现,虽然我读的是阿拉伯语,但是仿佛我在阿拉伯语里面发现了一种外语。读中国的诗歌,会不会让人产生不同于传统汉语的那种语言感觉？或者说,你认为中国伟大的诗篇的特征是什么？

吉狄马加：没有一个诗人敢这样说,他所使用的语言都是前人没有使用过的语言,我想修辞和词语的使用也是这样,每一个诗人都会创造一些语言,或者说都会在语言中进行自己的冒险和创造,我生活在两种语言中,也就是说汉语和彝语都是我的母语,正因为我游走在两种语言的交汇处,因此我会从两种语言的源头汲取我所需要的养分,我是用汉语在写诗,但是越往后走我越发现彝语中那些神秘的部分,给我带来意想不到的惊奇,比如我去年所写的长诗《不朽者》,其实就是对彝族哲学观、自然观和生命观的一种诗性呈现,这些无论在形式上还是在语言上的独特表述,都与彝族语言幽深的源头有着隐秘的联系,可以说我希望我诗歌的语言既能闪现出古老神秘的光泽,同样,它又是我在创造中所获得的新的语言的奇迹。我想阿多尼斯先生一定会赞成我的看法,有的语言的创造并不是在设想中获得的,而是在神奇的创造中偶然得到的,西班牙伟大的诗人洛尔迦有一个观点我极为拥护,他认为诗人在创造时其身体和思想都是具有灵性的,到过了洛尔迦的格拉纳达,我才对他的诗歌有了一个更新的更深入的认识。从某种意义上来说,洛尔迦的《吉卜赛谣曲》和《深歌》都是在这种状态下创作的。只要诗人活着并还有创造力,他就会一生与语言结下不解之缘,特别是具有创造力的诗人,每一首诗的写作都在追寻和力图获得新的语言上的成功,当然也包括创造新的艺术形式。诚然,对新的语言的创造,对每一个诗人来说都是极为艰难的,就像我在上面说到的那样,作为一个彝族诗人我是用汉语在写作,我以为两种语言给我所带来的在思维方式上的交叉和冲突,其实也给我提供了在语言创造上的一种新的可能。中国汉语新诗的写作已有近百年的历史,少数民族诗人用汉语写作,实际上是对汉语语言的一种丰富,这种情况不仅仅在汉语中存在,在英语、法语和西班牙语中同样存在。

另外我个人还认为,在诗歌的写作过程中,创造一种新的诗歌语言始终是诗人追求的目标,有的甚至就在语言中进行单向的实验,比如20世纪初俄罗斯未来主义的主将赫列·勃列科夫就是一个鲜明的事例,不过将他的诗歌变成翻译作品是一件极困难的事情,或许这也并不是一个极端的例子。诗人如何创造一种新的诗歌语言?就我个人而言,选择一种既能表达自己的思想同时又能让语言获得更大空间的可能一直是我努力和追求的方向,就创造而言,这种追求没有开始也没有结束,它永远都在充满未知的路上。

根据我的阅读经验——当然我是阅读翻译好了的作品——那些伟大诗人的作品同样会给我带来新奇的感觉,除了翻译本身就是一种创造外,每一次阅读其实都是阅读者对文本的又一次创造,接受美学对阅读的定义就是一种"创造",我认为这是颠扑不破的真理。就这一点来看,无论你是读你自身母语的经典作品,还是读翻译的外来作品,最大的相同之处就是,每一个阅读者都会对他所阅读的作品进行想象和补充,这就如同阿多尼斯先生所说的那样,阅读总会给自己带来一种全新的感受。有些对语言特殊的感受,不仅仅在诗人的母语中,就是被翻译成了另一种语言,这种感觉依然会十分强烈,比如我们读被翻译成汉语的秘鲁诗人塞萨尔·巴列霍的作品,除了能感受到他诗歌在语言上强烈的冲击力之外,你并不会感觉到这是一个外国人在写诗,而更像是我的一个同胞兄长在写诗,我们在精神上就如同一对孪生兄弟,他的饥饿、悲伤和愤怒,在阅读时毫无疑问成了我身体和精神的不可分割的部分。我在一篇文章中曾经看到这样的内容,智利诗人巴勃罗·聂鲁达在接受美国诗人勃莱的一次采访时说,他认为塞萨尔·巴列霍这样拐弯抹角地表达他的思想可能与他印第安人的思维习惯有关系,但是我从来不这么认为,我在读他的作品时更多的感觉是他在用一种隐晦的方式表达一种更具有力量的东西,正因为他的表达永远不是直接的而是间接的,也正因为有这一种特殊的表达,那些隐匿性的修辞和表述才会产生另外一种难以言说的效果。我曾写过一首诗,名字叫"诗歌的起源",其实就是想表达这样一个意思,就语言的创造而言,我们永远无法给它设置任何所谓的前提,因为任何一次伟大的艺术创造,其结果都是未知的,但是一旦获得了这种结果,它就会给我们带来精神和肉体的双重震撼。

阿多尼斯:你很幸运,因为你能在两种语言之间游离。最后一个问题:现在我们身处的 21 世纪,是一个发生巨变的时代,写作也发生了爆炸性的巨变,让人感觉人人都在写诗或从事艺术创作。这跟过去有很大的不同。在过去,人们只知道几个大作家,左拉、雨果、巴尔扎克等。现在每年有众多作品问世,这是一种全新的局面,东西方都一样,其中有大作家的,更有大量的二、三流作家的。我的问题是,在一个二、三流的作家、艺术家充斥于社会的情况下,文学和艺术创作还有什么意义?或者,二、三流作家们存在的意义是什么?

吉狄马加:这就是当前的现实,不管我们高兴还是不高兴,我们都无法改变这种现状,从积极的方面来看,我们还必须理性地正视这种现状。这种情况不仅仅在文学领域,就是在其他领域也同样存在,正如人们所说的那样,在这样一个全球化的时代,尤其是网络的出现实际上已经彻底地改变了我们的生活方式,我不想在这里来对网络出现的优劣作简单的评判,实际上还有很多新事物也都出现在了我们面前,比如人工智能、基因工程、生物工程等,有的已经给人类提出了伦理课题与安全课题,当然,技术是双刃剑,人类今天面临的问题不是小问题,把它放在更长远的角度来看,甚至是一些生死攸关的问题。阿多尼斯先生说到了写作的问题,我以为在网络时代每个人都是写作者,只要他愿意写他就可以通过网络来传播自己的文字,因为网络无法设置门槛,虽然我们还存在着许多传统的文学刊物,当然它们是有门槛的,任何一个刊物都有选择作品的标准,但是网络没有门槛。据不完全统计,今天的中国网络上有几百万个写作者,无法统计网络上每年到底有多少长篇小说问世,光是每年在中国出版的纸质长篇小说就达九千余部,我不敢设想全世界一年出版的长篇小说是多大一个数目,但毫无疑问这肯定是一个庞大的数字。不用我说这其中能被称得上是三流作家和四流作家的也一定是少数,那种我们认为的一流作家,我想在任何时代都是极少数,你所说的左拉、雨果、巴尔扎克,就是在19世纪,他们也是人类精神塔尖上凤毛麟角的人物,而我想说的是,虽然今天写作者的基数比过去大了几倍几十倍几百倍甚至更多,但真正能站在人类思想和精神高处的巨人与过去相比也明显少了。在这个方面,我们就是与20世纪上半叶相比较,我们今天的作家和诗人在精神格局上也鲜有人能和那个时期的大师巨匠相比拟,这其中包括诗人也包括小说家,那个时代的大师们个人的生命经历和那个时代最终形成的是交相辉映的一部历史,而我们现在很难看到这样的作家和诗人,就是有也是为数不多的,时势造英雄这句话并非是错误的,它并非浅显地说明了一个时代与个体的关系,但是我相信任何一个时代都会产生与之相对应的历史性人物。

我还想说的是,无论是19世纪还是其后的这一个多世纪,人类精神和文学上的巨人总是屈指可数,但是我认为最重要的是我们不能没有一个评判这些巨人的标准和价值体系,我以为这才是最重要的,这个标准和价值体系并不是今天才有的,它实际上与人类的文明史的发展是紧密联系在一起的,可怕的是,这个标准正在被消解和毁灭,我认为越是在物质主义至上的年代,我们越应该肯定和坚守这种标准。在这里需要说明的是,肯定和坚守这种标准,这与任何人是否能进行写作没有直接的关系,我想任何人进行写作都是他的权利,但是肯定和坚守一种标准对构建人类普遍认同的价值体系将永远是富有意义的。

有的人会问,谁来确定这样的标准呢?事实上,人类文明史已经告诉了我们,那些我们所尊崇的人类精神文化遗产已经为我们树立了光辉的榜样,远的不用说,就是20世纪以来的文学经典也已经以它们不朽的品质证明了这种价值和标准,同样,历史和时间对精神创造的筛选更为严酷和公正,我认为对这个问题我们无需忧虑,我相信任何时代人类创造的具有经典意义的思想遗产,或早或迟都会完整地交给后代。在今天对任何一个正在跋涉并迈向人类精神高地的人我们都应该向他们致敬,因为一个文明、健康、公正和理性的世界,缺少了这样的精神引领者都将是不完美的。

阿多尼斯:你的回答很有深度,我很受启发,非常感谢。

吉狄马加:当然我也想借这个宝贵的机会,向阿多尼斯先生提几个问题。我们既是老朋友又都是诗人,说实在的,我非常关注今天叙利亚的局势,尤其是关注叙利亚人民当前的处境。我昨天从新闻中看到,伊德利卜已经成了交战的焦点,不知道这场战争是否能早日结束。记得在三年前我们曾有过一次短暂的对话,你在那次对话中曾经预测过叙利亚的形势,今天看起来你的预测基本上已经成了现实,叙利亚的问题不仅仅是叙利亚的问题,的确是多种力量包括外部力量作用的结果。就在我们今天交谈的这个时刻,叙利亚人民仍然在流离失所,仍然在炮火之中,说实在的,我不太相信那些具有不同国际背景的政治评论员对于叙利亚当前形势的判断,我想听听你作为一个叙利亚思想家和诗人,对当前形势的看法,因为今天这个被炮火和硝烟覆盖的国家是你的祖国,你有着别人没有的切肤之痛，尤其是你保持了一个诗人的独立立场，总之，我想知道，你对未来的叙利亚命运有怎么样一种预测，同样，你对未来的叙利亚有什么期许？

阿多尼斯：如果我一直是在叙利亚国内，经历了或参与了叙利亚的这些事件，也许更容易作一个预测。但是正如你所知，我一向不赞成叙利亚政府的一些政策，包括内政和外交政策，但同时我也把叙利亚的政权和人民区分开来。政权是政权，人民是人民，我更在意的是叙利亚这个国家。另外，如果说叙利亚发生的是一场真正的革命，有其明确的纲领和目标，那么，对前景的预测也会更简单一些。但是，从一开始到现在，叙利亚发生的不是革命，而是外部势力企图毁坏作为阿拉伯国家战略和文明核心之一的叙利亚。有些势力试图摧毁叙利亚，今天看来，他们的企图并没有失败，但是也并没有成功。问题仍然十分复杂，在地区层面有两股势力比较深地卷入叙利亚事务，一个是土耳其，一个是以色列，这两个国家希望让叙利亚解体，在这一点上他们有一致性。很多人认为战争进行了这么多年，前景会越来越明朗。但是在我看来，问题甚至更复杂了，结局有多种可能性，我现在很难预测。

但是我可以确定地说，以色列和土耳其这两个国家，对于谁来主导叙利亚分裂解体之后的利益分配，是有着巨大的分歧的。很可能最终占上风的是以色列。为什么呢？因为以色列的背后有西方。在我看来，今天中东的冲突和西方更大的图谋有关系。西方，尤其是美国，想让中东成为受西方控制的、通往远东的一马平川，或者是通向远东的门户。而在远东，美国和西方主要针对的是中国。令人遗憾的是,部分阿拉伯人,尤其是海湾石油富国,正在帮助西方做这样的事情。我一向反对各种形式的宗教政权,但是美国现在的意图很明显,就是想利用叙利亚危机来摧毁伊朗政权,这样可以把整个中东变成通往远东的一马平川。所以,我认为不能孤立地看待叙利亚危机。

吉狄马加:我对阿多尼斯先生刚才的判断是很赞成的,因为我们从外部看,叙利亚的问题之所以这么复杂,就是有很多周边国家,包括一些想在叙利亚获得利益的国家,深度卷入叙利亚问题,使这个问题更加地复杂化;当前叙利亚所形成并出现的复杂问题,实际上是很多政治势力博弈的结果,所以叙利亚问题要想很快得到解决,我觉得确实是一件比较困难的事情,因为有许多不确定性。

从目前的情况看,我认为有个别的西方国家并不希望中东有一个和平的环境,因为只有利用这种不和平的环境才能实现他们的利益,现在已经看得很清楚了,伊拉克战争以及后来的利比亚战争,实际上都是围绕政治、经济、军事利益进行博弈的结果,叙利亚问题实际上牵涉到以色列的利益、土耳其的利益当然还有伊朗的利益,在以色列的背后站着的是整个西方世界特别是美国。阿多尼斯先生,作为一个具有独立立场的思想家和诗人,我记得你在很多场合都说过这样一句话,就是在很多方面你并不讨人喜欢,在面对西方的时候,你一直是一个反对西方文化中心主义的东方智者,在面对阿萨德政权的时候,你又是一个反对专制和极权主义的斗士,在面对伊斯兰原教旨主义的时候,你又是一个反对极端民族和宗教势力的先行者,所以说在很多时候,你都是一个有着众多敌人的人。也正因为对你的命运和对叙利亚以及阿拉伯人民命运的关注,我曾经写过一首诗献给你,这首诗的题目就叫"流亡者",我一直有这样一个愿望,就是叙利亚的问题应该由叙利亚人民自己来解决,但是现在看起来似乎是我的一厢情愿,叙利亚目前的处境让任何一个具有人道情怀的人都会忧虑重重,我想你作为一个阿拉伯人,感受将会比我们更为沉重。

阿多尼斯:我要补充一点,就是我作为阿拉伯人,实际上深受一个悖论的困扰,我想我们阿拉伯很多人都有类似的苦恼。一方面,我坚决反对美国的外交政策,因为美国是建立在对印第安人的种族清洗基础上的,更不用说美国现当代霸权主义政治的丑恶。但与此同时,我也反对建立在宗教基础上的政权。比如说在巴勒斯坦问题上,我们看到巴勒斯坦人跟印第安人一样,他们的权利、生命,甚至巴勒斯坦这个国家正在一步一步被剥夺、蚕食。无疑,哈马斯也是巴勒斯坦的一部分,所以我一方面是支持、声援哈马斯及其所代表的人民的权利,另一方面又反对具有宗教性质的哈马斯政权。也就是说,假如有一天哈马斯宣告获得了胜利,我会第一时间宣布我反对哈马斯,尽管我现在支持他们的合法权利。我既同情他们、支持他们的合法权利,同时又反对他们的许多理念,这是一个悖论。

另外,在叙利亚问题上,我曾经希望叙利亚政府能够进行深刻的改革,希望第一个改革举措就是宣布叙利亚是一个政教分开的公民国家,作为个体的国民有权信仰自己的宗教,但是作为政权的国家应该跟宗教没有关系。但实际上,至今叙利亚政府都没有进行这样的改革,实际上在某种程度上,今天的叙利亚正向着更加保守的观念回归，这是很可悲的。还有一个问题，就是以色列在中东以犹太教的名义所做的一切，都得到了美国的支持，而阿拉伯人、哈马斯和伊朗以宗教的名义所做的一切，却又遭到美国的反对，这又是一个悖论。它充分反映了美国的虚伪。

吉狄马加：叙利亚问题和阿拉伯问题之所以这么复杂，正如你所言这都是外部世界干预的结果，许多旧的问题还没有解决，新的问题又出现了，有的是国内的问题，有的是国际的问题，有的是宗教问题，有的是地缘政治问题，有的是经济利益问题。叙利亚问题的解决看样子绝不是一朝一夕的问题。就像过去的利比亚卡扎菲政权，在国际社会并没有太好的名声，大多数人也并不喜欢他的自以为是，但是客观地讲，当时在卡扎菲统治下的这个国家，社会总的是稳定的，老百姓的经济收入也是比较高的，但是就是因为西方想通过颜色革命来推行一种他们的制度，而使这样一个国家今天变成了一个动荡、流血频仍的国度，所谓政权的更迭并没有带来新的民主和社会的稳定，这个由一千个部落组成的国家经济一落千丈，现在已经完全陷入了不同政治利益集团和部落之间的战争。就像叙利亚一样，今天的受害者实际上就是最为广大的普通的利比亚人民。今天的利比亚和叙利亚一样，其问题绝不是一个两个，是许多复杂问题叠加在一起的，再加上许多国家特别是一些在中东有着直接利益的国家，他们所持的标准并不是唯一的，而是双重的或者说是几重的，也正因为在这样的现实面前，我们每一个关注叙利亚人民命运的人才对当前的形势感到忧心忡忡，充满痛苦和忧虑。

说到这里我还想要问你一个问题，就是冷战结束之后，美国政治学家亨廷顿曾经提出过文明冲突论，对这样一个判断，根据这几年的情况，我并不认为它是正确的，因为我们看到的仍然是国家间利益的博弈远远超过所谓的文明的冲突。德国思想家哈贝马斯认为，所谓文明冲突论只是一个臆想和虚拟的假设，我个人认为任何一个伟大的文明之所以延续到今天，都有其强大的包容力和消化力，否则这种文明就不会具有延续到今天的活力和生命力，我想这无论是对于东方文明还是西方文明，无论是对于伊斯兰文明还是对于基督教文明，无论是对于儒家文明还是对于印度文明，它都是适用的。那些所谓的极端宗教主义、极端民族主义的东西，应该说都是我们这个时代和人类的敌人，这些反人类的极端的行为，都不能成为我们得出人类不同文明在进行对抗的理由。我想就所谓的文明和文化冲突的问题问问阿多尼斯先生，你是如何从更大的文化背景上看待这个问题的？

阿多尼斯：要讨论这个问题，我认为首先应该避免简单化，应该看到，西方是有多个层面的西方，而东方也是有多个层面的东方。

其次，纵观历史，我们从没有发现中国的诗人和阿拉伯的诗人或西方的诗人、中国的艺术家、西方的艺术家或阿拉伯的艺术家，发生过冲突。在文学艺术创作的领域里，全世界的诗人、艺术家们都超越了自己的种族、宗教、国别，和谐地生活在一个文化创造的大花园里。冲突都是为了谋求政治、经济的利益而起；当然宗教的冲突，尤其是三大宗教的冲突在历史上、乃至现在也一直存在。令人遗憾的是，今天我们所见到的西方，是被政治和经济所主导的西方，甚至西方的文化也沦为为政治、经济和军事扩张服务的工具，所以这是西方文化的一个倒退。当然,在东方也不同程度地存在这个问题。文明冲突这个概念,我不赞成。因为每个文明的身份都是由这一文明伟大的创造者确定的,在文明层面上、在创作层面上,并不存在冲突;冲突的是军事、政治和经济。军事、政治和经济能代表文明吗?并不能。所以文明冲突的说法是一种政治说辞。在西方政客的眼里,东方人,尤其是阿拉伯人的生命是没有意义的,为了达到西方人的目的,再多的生命死去也并不可惜、并不重要。

吉狄马加:我完全认同阿多尼斯先生你的判断,事实确实是这样的,我个人认为所谓文明的冲突实际上是一种虚拟,从更广义的角度来说它是不存在的,我觉得这种冲突实际上就其本质而言还是政治的冲突、经济的冲突和不同利益的冲突。如果从文学的角度而言,就像阿多尼斯先生说过的那样,真正伟大的作家都能超越那些狭隘和偏见,甚至他们并不需要宗教就能拯救自己,从而在精神上解决生命终极以及死亡恐惧所带来的一系列问题。我以为整个人类都应该开展真正的对话,并且应该在这方面做出一些创造性的贡献,其实这也是我们之所以在现在开展这么多国际性交流和对话的目的和初衷,这也就是我们唯一的使命和光荣的任务。

现在还是回到诗歌本身吧,现在我想问一个或许你也经常会被问到的问题,就是有关阿拉伯现代诗歌的发展情况,我注意到阿拉伯现代诗歌在发展过程中,受到外来诗歌的影响也是比较明显的,特别是西方诗歌的影响就更加突出,在此之前,我通过翻译也阅读了一些阿拉伯现代诗歌作品,比如说赛亚卜的许多诗歌,读了之后,这些作品给我留下了极为深刻的印象,我认为他在诗歌的本土性和现代性的结合方面，是作出了重要贡献的，他是我热爱的为数不多的诗人中十分卓越的一位诗人。对此，我想问一下阿多尼斯先生，您认为本土性和现代性是不是我们当下诗人仍然面临的一个问题，这些问题绝不是一个单独孤立的存在，因为对本土性和现代性的认识，仍然需要我们在具体的创作中去加以升华和提升。

阿多尼斯：全球化现象使得本土化和现代性、世界性的关系变得更为复杂，它给人们造成一种误解：如果一个诗人的诗歌没有被翻译成外语尤其是西方语言，这位诗人就没有价值，这种看法当然是错误的。在我看来，没有本土性就不会有世界意义。一个诗人就像一棵树，必须深扎在自己的本土，即属于他的文化土壤；但同时，树枝、树叶都是向着四面开放的，以吸收外来的空气和阳光，没有空气阳光，这棵树就不能够茁壮成长。有些人过分强调国际化，有些人过分强调本土化，这在我看来都并不健康。你刚才提到赛亚卜，赛亚卜就是将本土化和国际化结合得最好的一位诗人，在他身上，本土化和国际化结合，造就了一种和谐而深刻的诗歌实践。我和赛亚卜是非常好的朋友，曾经一起为阿拉伯新诗的发展奋斗过。在阿拉伯世界，还有一些诗人在本土化和国际化的结合方面做得比较好，但是无论如何，赛亚卜是他们之中最出色的一个。除了赛亚卜，达尔维什晚期的作品在这方面也做得很好。

吉狄马加：阿多尼斯先生你刚才所说的意见十分宝贵，特别是对达尔维什的评价十分中肯，达尔维什晚期的巅峰之作长诗《壁画》，让我阅读之后深受震撼，这个版本也是薛庆国先生翻译的。达尔维什早期的诗歌基本上都是抗议性的诗歌，当然它们也是极为优秀的，但是从人类精神高度的向度上来看，《壁画》所能达到的高度都是令人称奇的，我个人认为因为达尔维什有后期的那一系列诗歌，因而他毫无悬念地成了20世纪后半叶最伟大的诗人之一。

阿多尼斯：达尔维什后期的诗歌，能够把巴勒斯坦事业的悲剧性和属于全人类的普世的悲剧性，用一种非常出色的诗歌语言来加以连贯、融合，我认为这是达尔维什后期诗歌最重要的特点。

吉狄马加：说到这里我还是想问一下，因为阿多尼斯先生你也知道，中国现代诗歌的历史和写作，除了继承自身的诗歌传统之外，当然也受到了很多外来诗歌的影响，特别是西方诗歌的影响，在一个阶段俄罗斯诗歌的影响就更大，当然这也包括了前苏联的诗歌，从总体上看我们对俄罗斯诗人作品的翻译量还是比较大的，从20世纪三四十年代起，中国老一代的作家、翻译家，就翻译了很多俄国诗人的作品。1949年建立中华人民共和国之后，对苏联时期重要诗人作品的翻译也比较可观，20世纪80年代以来的几十年里，对俄罗斯白银时代诗歌的翻译在质和量方面可以说都是空前的，许多重要诗人都有多个译者的译本，可以说俄罗斯诗歌，加上前苏联的诗歌对中国诗人的写作是产生了影响的。我记得我们上次在闲聊时就涉及对俄罗斯白银时代这一批诗人的评价，如果我没有记错的话，你对马雅可夫斯基的评价是极高的，毫无疑问，随着时间的推移，今天在世界上没有人不承认他是一个大诗人，同时也是一个有着巨大能量影响过许多诗人写作的诗人，但是你也知道在很长一个时期，由于一些所谓政治和社会历史的原因，作为诗人他却被无端地遮蔽了许多年，当然白银时代有一批世界性的伟大诗人，除了马雅可夫斯基以外，还包括阿赫玛托娃、帕斯捷尔纳克、曼德施塔姆、茨维塔耶娃、古米廖夫等，我想听听你对马雅可夫斯基本人以及对他诗歌本身是如何评价的。

阿多尼斯：马雅可夫斯基毫无疑问是一个非常重要的现象，而且这个现象的很多方面，今天还没有得到应有的研究。说到马雅可夫斯基，我想举一个例子：大家知道倭马亚王朝是阿拉伯历史上第一个王朝，王朝的第一位哈里发名叫穆阿威叶，那个王朝出现了很多诗人。尽管穆阿威叶也是伟大的政治家，他也成就了一些伟大的功绩，但是我们今天如果要比较一下穆阿威叶和他同时代的诗人的成就，比较一下这些成就的历史意义，我们可以说，穆阿威叶已变成历史的一部分，他的政绩已经被历史超越；而那些诗人却是历史的真正的创造者，为什么这么说？因为那些诗人在阿拉伯文明身份的构成方面，做出了比政治家穆阿威叶更为重要的贡献。我这么说是要表达以下的意思：如果将马雅可夫斯基和列宁作对比，那么，尽管列宁是伟大的政治家，是世界上第一个社会主义国家的缔造者，但是，马雅可夫斯基至今仍然活在俄罗斯文明的身份中，他为俄罗斯的文明身份赋予了伟大的人道意义。这个对比可能比较尖锐，但它能说明文学创作在人类历史上的重要性。

吉狄马加：是的，对马雅可夫斯基的评价经历了一个曲折的过程，今天的俄罗斯文学界以及从事俄罗斯近现代文学研究的一些学者，实际上已经对马雅可夫斯基做出了更为公正的评价，这些评价也越来越得到广泛的认同。在这里我还想再问一个问题，就是我到国外访问的时候，总有人会问我一个问题，就是有关诗人写作与母语的关系问题。在当代世界诗歌史上有这样一种现象,就是有的诗人虽然掌握了几种语言,但他在写诗的时候用的总是自己的母语,是不是有这样的一种情况,诗人的写作就是要回到自己最初的语言中去？我知道阿多尼斯先生法语很好,但你一直在坚持用阿拉伯语写作。同时我还发现,你作为一位具有代表性的阿拉伯诗人,在世界当然包括在中国都具有广泛的影响力,尤其是你在中国受到的热烈的欢迎,是许多重要的外国诗人没有过的,我想这也绝不是偶然的,我在读你诗歌的时候,总能感觉出其中有一种东方诗人的气质和精神,首先就有了一种特殊的亲近感,这种亲近感我想除了源于诗歌本身的内容以及表达之外,就是能在你的诗歌中感到一种灵魂和心灵的共鸣。可以看出来,你的诗歌既是个体经验的表达,同时也呈现出了普遍的人类意识,我想再问一下阿多尼斯先生,你是不是也有这样的一个感觉,你更接近于东方诗人的气质,或者说,你的作品更容易在东方在中国找到更多的读者,因为我有不少朋友和认识的诗歌爱好者,他们对你的作品都情有独钟,那种对你作品的喜爱完全是发自内心的,我注意了一下,你的几本中文翻译诗集在中国都有很好的销路,这对于小众的诗歌而言也是不多见的。

阿多尼斯:你对我诗歌的评价让我感到高兴,让我获得了某种自信,我要感谢你。但是,我是否是一个具有东方气质的诗人？我自己也不能确定。有的时候,读者可能比诗人自己更了解诗人。诗人不了解自己,也无法完全了解自己,这可能恰恰是一件好事,如果诗人很明确地了解了自己,他可能会停止写作;因为诗人的身份,就在于通过写作不停地探寻和发现,但是这种探寻必须以非常自然的方式进行，就像花散发香气一样，是一个非常自然的过程。

我还要强调的是，我们在读西方诗歌的时候，有必要以一种新的眼光去重新看待西方的诗歌。我曾经写过一本书叫作《苏非主义和超现实主义》，是我用新的眼光去看待西方诗歌的一个尝试。在我看来，法国诗歌最伟大的地方就在于它是对西方的革命，就在于它在追求东方性。比如说，兰波的伟大，在于他所有的诗歌都是对法国文化自身发起的一场革命，并表达了对东方的向往。换一句话来说，西方那些伟大的诗人之所以伟大，恰恰由于他们的诗歌中具有某种东方的气质、或者是东方的特点，歌德、但丁等许多人身上都可以发现这个特点。也可以说，西方诗歌之所以伟大，恰恰在于西方诗歌所包含的东方性。

吉狄马加：是这样的，我想无论是东方的诗人还是西方的诗人，最重要的是他们的作品要能体现出诗歌的水准。其实在文学史上不难发现，许多伟大的作家和诗人，他们都是吸纳和学习异质文化的先行者，除了你刚才说到的歌德、但丁之外，其实在许多西方诗人身上都表现得非常突出，比如英语诗人庞德，比如法语诗人圣琼·佩斯、勒内夏尔以及你的朋友博纳富瓦，在这方面更令人瞩目的是墨西哥诗人帕斯，他的作品深受中国唐诗、日本俳句以及印度神秘主义诗歌的影响，特别是他后期的诗歌更像是一个东方诗人的写作，当然这方面的例子还有很多。

另外，我还有两个小问题想一并问问你，一个是现在全世界所有的民族都在经历现代化的过程，对传统的保护和现代化进程其实是一对矛盾，我们一方面要经历现代化，另外一方面又要保留自己的传统,这本身也是一种悖论。在今天这样一个全球化的世界,不同的文化相互融合也相互消解,文化的同质化是否已经不可避免?你如何看待人类今天共同面临的这样一个问题?

第二个问题是,我们一方面要融入世界性的现代化进程中,同时我们又要处理好个人文化身份和世界公民的关系。你基本上每年都会到世界上的很多地方,你的文化身份让我们知道你是一个真正的阿拉伯民族诗人,但是就世界公民而言,你对世界存在的一切不公正所发出的言论又都是具有全人类性的,作为一个重要的思想家和诗人,你认为今天世界性的现代化进程给我们带来了什么好处?其给人类带来的负面影响又是什么?

阿多尼斯:对于这个问题,不同的社会可能有不同的答案。每个社会都有自己独特的情况,阿拉伯社会的情况和伊朗、中国、印度不一样,所以对这个问题的答案可能也不同。我谈的是我最了解的阿拉伯社会。今天看来,阿拉伯社会只是接受了现代社会的表象,接受了飞机、汽车还有各种现代科技发明的成果,而在本质上,阿拉伯社会却拒绝了创造了飞机等现代科技成就的重要的思想原则和理性原则。在本质上,阿拉伯社会并没有接受现代性。

我甚至还要说,在某种意义上,公元8世纪,也就是伊斯兰教诞生以后的第二个世纪,在文化层面上比今天的21世纪更具有现代性。为什么?因为在公元8世纪,人们可以讨论甚至批判宗教,很多大诗人、大思想家、大科学家都反对官方的宗教观,当时他们以非常自由进取的态度吸收了当时的西方——希腊——的文明。可以说,那个时候的诗人比今天的很多诗人更具有现代性。我认为,只有与反对自由、妨碍自由的一切实现了割裂,阿拉伯社会才有可能产生现代性。今天阿拉伯社会的现代性是跛足的,在本质上我们仍然是古老社会,公元8世纪的阿拉伯社会比今天的阿拉伯社会更接近现代社会。

今天阿拉伯伊斯兰世界的诗人和思想家,无法在精神创造中展开伟大的精神冒险,创造属于自己的精神世界。我们看不到哪位诗人在表达自己的宗教体验时,表达他对神灵、对爱情、对女性甚至对诗歌语言的见解时,能展现一种全新的、伟大的冒险精神。今天的诗人们写政治、写日常生活等题材,但从他们的诗中看不到对生活任何层面的伟大探索。现代性对包括宗教的一切都要质疑和批判,而宗教不能允许这样的质疑和批判,宗教认为自己道出了永远正确、亘古不变的绝对真理。所以我要强调,从本质上而言,只要阿拉伯社会未能实现和传统的宗教观的割裂,它就一直是古老社会。

所以我认为,今天的阿拉伯社会仍然生活在中世纪,甚至还不如中世纪,为什么?因为今天的阿拉伯人,必须履行中世纪穆斯林的一切义务,但同时又没有享受到中世纪穆斯林享受的部分权利。比如,在很多阿拉伯国家,你只要不是逊尼派穆斯林,就不能够享有逊尼派享有的许多权利。比如在埃及,一千二百万的科普特人和其他公民一样必须交税,但他们却没有权利选举自己的议员,科普特议员是由国家指定的。在世俗化程度较高的叙利亚,基督徒也是无权当选总统的。

吉狄马加:阿多尼斯先生,你的认识是极为深刻的,真正的现代性应该是思想和价值体系的现代性,正如你所言,恐怕在很长一个阶段，一些人对现代性的接受，仅仅是接受了现代性带来的物质上的变化，而不是从精神和思想上接受现代性，他们接受的往往是现代性最表征最外在的东西，这种现象在全世界到处都能看见，他们接受飞机、接受电脑、接受手机、接受一切现代化的成果，但是他们的思想和精神或许还停留在中世纪，在世界上不少地方，从对待女性的态度上就可以看到这种差异，有的女性完全被剥夺了参与社会活动的权利。你的思考同样给了我一个启发，就是任何民族的传统和文化遗产都不能全盘接收，并不是所有"民族的"都是"世界的"，民族的同时是优秀的，它也才可能是世界的，怎么处理好一个民族经历现代化的过程，我认为对每一个民族来说都尤为重要。

或许有的人会认为，今天的诗人并不处在一个社会的中心地带，但是客观地来看，诗歌并没有丧失它在政治和社会生活中的作用，诗人的写作当然要保留其精神的主体性，诗人写什么应该是诗人自己的事情，但是你认为诗歌的写作是不是依然要处理好诗歌本身与这个社会的关系？因为个体经验与集体经验在任何精神表达中，都不会是没有关系的；我历来认为诗歌不仅仅是个人经验的一种表达，更重要的是它还要表现出与其他生命的关系，否则我们的诗歌就很难引起他人心灵的共鸣，这个问题看起来是一个老问题，但是在今天碎片化的生活面前，这似乎也是一个值得被关注的问题，也就是说你写的作品如果不能得到普遍的心灵的认同，其实就很难发挥诗歌在阅读中所产生的作用。当然这和诗人如何保持自己独立的写作立场无关。诗歌的审美价值是多方面的，但是无法否认诗歌同样有一种社会价值，这并不是让诗人去为所谓的某个概念去写作，最重要的是，诗歌本身的存在就应该与社会生活发生关系——你的写作就和阿拉伯世界今天的生活有着密切的关系，巴勒斯坦诗人达尔维什更是这样，我并不认为真正的大诗人都是生活在真空中的，其实恰恰相反，他们都是一个时代生活的见证者、参与者和记录者，当然最重要的是，他们是时代真相的揭示者。

阿多尼斯：我对这个问题的回答，还是要回到我们阿拉伯文化传统上。我认为，写作、创作意味着两个方面，第一是改变，第二是和他者发生关系。如果没有他者，自我也就失去了意义和价值。他者并不仅仅是自我对话的对象，更是构成自我的不可分的一部分。

另外，诗歌的问题不在于诗歌本身，而来自诗歌之外，来自政治、社会对诗歌的利用。诗歌一旦被人利用，它就完了。政治应该认识到，把诗歌当做工具来利用，不仅有害于诗歌，而且也无益于政治。同时我也要说，伟大的诗歌不可能反对进步，反对人；但是，诗歌如果要解放他人，它自身就必须是自由的。我还要强调的是，今天，当科学、当哲学面对诸多危机，没有什么新的思想要表达的时候，诗歌仍有话可说，因为只要死亡和爱存在，诗歌就会存在。

最后，我认为很多人在这个问题上对我有误解。我并不反对宗教，我认为人有权信仰任何宗教，有权决定自己和神灵、幽冥的关系。人有权信仰宗教，也有权不信仰宗教。我们应该尊重人的这些权利。但是当宗教变成了政治的、文化的、社会的、甚至法律的一种机制时，它就变成了对人的自由的侵犯，我反对的是对人的一切侵犯，而不是反对宗教。

吉狄马加：你的这一些谈话给我的启发是众多的，还会给我带来许多新的思考。我想最重要的是你的谈话除了表达了一个哲人的思考之外，更令我感动的是，它是一个诗人全部人性的最真实的呈现，从你的谈话中我能感受到你对这个世界的热爱，对人的热爱，对生命的热爱。也因为你的谈话我更加地确信，只要有人类存在，有生命存在，有死亡存在，有新的消亡和诞生存在，那么人类的精神创造就会永远继续下去，它将伴随着人类成为一种每天都可触摸的真实的现实。

今天原想是两个小时的交流，没有想到时间已经过去三个小时了，非常感谢你的慷慨、智慧和睿智，尤其要感谢你在这三个小时中给我带来的愉悦和感动，我相信我们今天的对话让更多的朋友看到后会引起由衷的共鸣，谢谢！

阿多尼斯：感谢你，这都要归功于你。

2018 年 9 月 28 日下午

用语言进行创新仍是诗人的责任和使命
——与立陶宛诗人温茨洛瓦对谈录

托马斯·温茨洛瓦,著名立陶宛诗人、学者和翻译家,生于1937年9月。现为耶鲁大学斯拉夫语言文学系教授。他被认为是"布罗茨基诗群"的重要成员,与布罗茨基、米沃什并列为"东欧文学的三驾马车"。温茨洛瓦的代表性诗集有《语言的符号》《冬日对话》《枢纽》等。他的诗歌被译成二十多种语言,他也因此收获了诸多文学奖项和世界性声誉。欧美评论界称他为"欧洲最伟大的在世诗人之一"。

吉狄马加:托马斯·温茨洛瓦先生,很高兴再次与您见面!您是我的朋友,也是我的前辈,这一次我们有机会在泸州诗酒大会上见面,我更是感到高兴,特别是这一次相见又有一个契机,我们的首届1573国际诗歌奖将颁发给您,您获得这个奖也是实至名归,您如今是为数不多的20世纪重要诗人中的一位,您能来到泸州领奖,也是我们这次国际诗酒大会和我们这个诗歌奖的荣幸!我想问您,在我们如今这样一个时代,在这样一个消费主义的时代,网络的时

吉狄马加与立陶宛著名诗人托马斯·温茨洛瓦。

代,诗歌和诗人似乎在逐渐走向边缘,您作为一个大诗人,如何看待当今社会中诗歌、诗人的存在意义和价值呢?

托马斯·温茨洛瓦(以下简称"温茨洛瓦"):首先,感谢您的邀请! 我认为,颁奖给我,我有些受之有愧。至于诗歌,从远古起,从古希腊罗马时期起,从荷马起,从屈原起,从来都是少数人的事情。在一些特殊的历史时期,比如苏联时期,诗歌的确很繁荣,那是因为当时的苏联社会没有政治,没有宗教,诗歌就代替了政治,代替了宗教。如今在俄罗斯,诗歌再次成了少数人的事情,这其实很正常。我认为,诗歌就本质而言就是语言的发展。

吉狄马加:如今在中国,关于诗歌的各种讨论也很热烈。诗歌有两种主要的朝向,或面对自己的内心,或面对整个社会。无论在古代还是当下,对自我的发现都是通向诗歌的重要渠道之一。我个人认为,诗歌虽然是一个小众的东西,写诗也总是少数人的事业,但毕竟有这样一个话题,也就是诗歌究竟能在多大程度上为更多的人所接受。我们所写的作品,除了个体存在的内容之外,诗人是否还有一种责任,在诗人的主体性之外,诗歌作品也能反映出人类的普遍价值。如今在中国,有些诗人在语言、在修辞等方面都很有造诣,但所呈现出来的诗作却过于碎片化、个人化,似乎没有像历史上的大诗人那样,既有个体体验,又能在社会上产生很大的影响。

温茨洛瓦:的确,诗歌就整体而言可以划分为这样两个倾向,或体现个性,或作用于社会。但更应该注意到这样一个问题,一个诗人不大可能永远都是一个类型的。我自己就是这样一个例子,我在开始写作时好像是个性化的,别人也都指责我过于内心化,这其实是一个误解。我当下的创作就很关注社会问题,不久前我在诗中就写了俄罗斯和乌克兰的关系,这样的诗我有很多。在苏联时期,诗歌代替了政治生活。改善社会和生活,这不是诗歌的事情,而是政治的事情、哲学的事情,诗歌仅仅对现实作出反响。诗歌有没有社会影响,并不取决于它是写内心的还是写社会的。诗人有阿赫玛托娃型,有马雅可夫斯基型,阿赫玛托娃是个性化的诗人,但是当她的儿子被抓起来,她写出了《安魂曲》,这部长诗就其社会意义而言并不亚于马雅可夫斯基的作品。马雅可夫斯基也并不永远是社会型诗人,其实他也是一个非常个性化的诗人,他的个性化诗歌比他的社会化诗歌更好,影响也更持久,这才是他最好的诗,我个人喜欢他的这些诗。另外,我喜欢马雅可夫斯基,还因为他很幽默,他是一位杰出的幽默诗人。

吉狄马加：我完全同意您的看法，一个诗人对世界的呈现和表现一定是复杂的。您举的这个例子很好，阿赫玛托娃的早期诗作是典型的个性抒情诗，而她自长诗《安魂曲》和《没有主人公的长诗》之后，就成了一位社会型的大诗人。马雅可夫斯基在很长一段时间里都遭到了误读和误解，我个人认为，他诗歌中的革命性是很突出的，我所指的革命性主要是他诗歌语言和诗歌形式中的革命性，这种革命性深刻地影响了俄语诗歌的进程，也影响了世界上的许多诗人。我们在看这些诗人的时候，应该站在不同的角度，只有这样我们才可能更全面地认识他们，比如苏联的马雅可夫斯基、智利的聂鲁达、意大利的帕索里尼、希腊的里佐斯、土耳其的希克梅特、法国的艾吕雅和阿拉贡等，这些诗人都很复杂，他们既有强烈社会性的诗作，也有一些其他风格的诗作，这些诗人的写作也是多侧面的。就我个人的阅读体验而言，比如聂鲁达，除了他的长诗《马楚·比楚高峰》外，我还是比较喜欢他晚年的诗作，他对死亡、对终极关怀的思考，对神秘的自然、对宇宙的思索，都比他早期的诗歌要复杂得多，精妙得多，耐人寻味得多。

温茨洛瓦：当然如此，这两种类型的诗人当然是相互交融的。我个人认为，阿赫玛托娃即便在年轻时也已经是一个大诗人了。至于马雅可夫斯基，他当然是一个形式上的革命者。我现在想谈一谈诗歌的形式问题，这是一个十分重要的问题。诗的工具是语言，语言是区分人类和动物的唯一东西，诗歌语言则是一种浓缩的语言。诗人的职责就是表现未来的语言将会是什么样子的，这是诗人存在的价值所在。希腊诗人卡瓦菲斯,我和布罗茨基都很喜欢,他其实也写了很多社会题材的作品,但是他的语言是现代的,他不仅写了他所处的时代,而且也前进了两步,写到了未来。他有一部写希腊和波斯战争的长诗我很喜欢,不知道这部诗是否已经译成了中文,他写的是希腊人和波斯人之间一场力量悬殊的战争,几百个希腊英雄已经得知被叛徒出卖,面对强大的敌人,他们知道毫无取胜的机会,但他们觉得必须去作战,这反而激励起了他们的斗志和决心。我们立陶宛在19世纪也爆发过一场反对俄国沙皇的起义,所有人都知道取得胜利无望,当起义的领袖拿着武器走进森林,临行前他的妻子问他:"你这样做有意义吗?"他回答:"没有意义,但是有必要!"诗人面对语言所做的一切,在某种意义上与这些英雄们的行为有些相似。

吉狄马加:实际上,诗歌就是语言的事业,每个诗人在写作时都在做一种语言的冒险,离开了语言,离开了语言的创新,诗歌也就不复存在了。我们在说诗歌的时候,我们实际上是在说,对现实的呈现是要通过语言来呈现的,诗歌的语言创新就像一座新建筑一样,诗人最可贵的地方就在于他能提供一些新的东西。卡瓦菲斯我也很喜欢,中国对他的介绍也很多。他的诗中有许多未知世界,在内容上、词语上都提供了这样的潜能。作为诗人,对于语言本身的探索是无止境的,比如当年的赫列勃尼科夫就是一个例子,他的语言本身可能就是一座迷宫,他提供给我们的可能就是一种词语和形式,对于某些诗人而言,诗人的语言实验就是最重要的东西。

温茨洛瓦:语言实验当然是诗人的重要任务之一,但是我本人

吉狄马加和著名诗人温茨洛瓦（中）、翻译家刘文飞（右）在一起。

在诗歌中很少做极端的纯语言方面的实验。赫列勃尼科夫的语言实验主要是在俄语中完成的，他在俄语中也很难读，他使用古俄语词，使用大量前缀、后缀，他的诗歌语言很难翻译成世界其他语言。我不知道中文如何处理，我本人就翻译过他的诗歌，他的语言很难翻译成立陶宛语。赫列勃尼科夫的贡献主要在于他对俄语语言特性的发掘，我想，中国也一定有许多这样的诗人，他们特别关注中国语言，关注中文中最为独特的可能性。比如，中文诗歌的视觉效果在其他语言中就很难再现，我这几天把李白的一首诗翻译成了立陶宛语，我感觉自己就无法把原诗由方块字组合成的视觉效果再现出来。世界不可能被完全认识，存在许多不可知的东西，难以理解的东西,但是在诗歌中,我们往往可以发现一些关于这种不可知性的暗示,世界的不可知性往往使这个世界变得更加可爱了,而诗歌中对于不可知性的暗示则尤其可爱。

吉狄马加:每个诗人都不可能离开语言,选择什么语言写作就显得很重要了。我和您有些相像的地方。在世界各地,都有很多人问我为什么不用我的民族语言彝语写作。我的情况比较复杂,我从小生长的地方,汉彝两种语言通用,我上学之后使用的语言是汉语。现在有很多人用彝语写作,但在我上学的时候,彝族语言还没有成为学校的教学语言,所以我的书面语言就是汉语,后来在写作的时候只能用汉语。但我一直游走在两种语言之间,因为我在家庭里与父母和亲戚们交流还是经常用彝语。彝族语言是一种古老的语言,一种极富诗歌传统的语言,许多我们民族的文化、神话、宗教、思想、哲学和感情都会选择诗的表达方式。语言,尤其是母语,对一个诗人的影响还是很大的。温茨洛瓦先生,您也同样游走在不同的语言之间,比如俄语、波兰语、英语和立陶宛语等,但您最终还是选择用母语立陶宛语写诗。布罗茨基也是这样,他用英文写散文,但用俄语写诗。策兰是一个特例,他既懂罗马尼亚语也懂德语,但他最后却选择了用德语写作,从罗马尼亚语转向了德语。我想问问您,您游走在多种语言之间,最终选择用立陶宛语写诗,但其他语言不同的思维习惯对您的写作产生过什么影响吗?您的体会多不多?我个人有这样的体会,游走在不同的语言之间,是会受到不同语言的影响的,比如非洲诗人,他们有很多用法语写作,但他们的法语中已经渗透、融合进了许多非洲成分,包括他们对事物和宇宙的独特看法。

温茨洛瓦：这是一个十分有趣、也十分重要的问题。我们立陶宛民族只有三百万人，比彝族的人口还要少，但我们的书面语言很古老，是欧洲最古老的语言之一；我们的神话、宗教、哲学、文化传统也都保留在我们的语言中，立陶宛语言的文化丰富性在我看来也并不亚于波兰语和俄语。立陶宛语在沙皇时期遭禁，但在苏联时期并未遭禁，学校里、社会上都在继续使用，因此立陶宛人都懂立陶宛语，立陶宛语言的使用对于我来说是自然而然的事情。但是在苏联时期，一方面，立陶宛的语言继续存在，另一方面，对于立陶宛的历史、文化和传统还是有所屏蔽的。我们立陶宛人也有用俄语写诗的，比如象征派时期的诗人巴尔特鲁沙伊蒂斯，他的立陶宛语诗其实写得更好。里尔克也写过俄语诗，但他的俄语诗写得很糟糕，他的德语诗却是最伟大的诗作。乔伊斯是个例外，他不用爱尔兰语，他只用英文写作，但是他的英文也渗透着爱尔兰民族因素，这有些像您的创作中彝族元素对汉语的渗透。如今在立陶宛，也有很多诗人和作家诉诸立陶宛的神话、历史和传统文化，但我不是这样，我很少写这些内容，因为民族传统和特色并不一定就体现在对传统神话、传说、历史等的注重上，我用立陶宛语写诗，这本身就是在坚守立陶宛的语言和文化。用语言来捍卫民族文化有不同的方式，用语言来描写民族的文化是一种方式，用语言来进行创新也同样是一种方式。

吉狄马加：在当下世界，诗歌的交流很多，我们也看到这样一种现象，用自己的母语———一种很小众的语言——写作的一些诗人后来也成了伟大的诗人,这在很大程度上依赖于诗歌翻译,在目前这样一个交流频繁的世界,翻译其实起到了一个很重要的作用。但是,翻译也是一件很可疑的事情,关于诗歌能不能翻译有很多争议,我们当然赞同诗歌可以翻译,但一些诗歌中微妙的东西也的确很难传达。目前的诗歌翻译,我个人认为还是一种比较可信的交流方式。您对诗歌翻译持一种什么样的态度呢?我个人的诗歌目前已经被译成三十多种外语,在世界各地大约出版了六七十种译本,但我的诗歌一旦被翻译成了外语,我对它们的效果就失去了判断力,它们与我似乎既有关系又无关系,说有关系,是因为它们毕竟是我自己的作品;说没有关系,是因为它们已经被另外一个人改写了,重新创作了。温茨洛瓦先生,对诗歌翻译本身您是怎么看的呢?

温茨洛瓦:我翻译了很多诗,我都是从我熟悉的语言翻译诗歌,我从俄语、波兰语和英语翻译诗歌,这几种语言我都比较精通,时常来回翻译。我还懂法语、西班牙语和意大利语,尽管这几种语言我说得不好,但也做过一些书面的翻译尝试。恰好是昨天,我翻译了一首中国诗作,也就是李白的《独坐敬亭山》。我不懂中文,虽说我年轻时学过汉语,但是只懂几个字,现在差不多忘光了。我在互联网上找到了李白此诗的俄文版和英文版,在比较之后我翻译了此诗,我采用了立陶宛的诗歌格律,找到了节奏、停顿和韵脚。俄国有一位诗人叫勃留索夫,他说过,诗歌翻译就是把一朵花扯成花瓣,然后再重新组合成一朵新的花。诗歌由诗人来译当然好,但奇怪的是,大诗人的译诗好的并不多,在俄罗斯大约只有帕斯捷尔纳克,还有安年斯基译得不错。中国一定也有大诗人兼大翻译家。我的诗也被译成了很多语言,但是没有您的译本那么多,大约二三十本,其中包括高兴先生的中译本。和您一样,我也对自己诗作的译本有一些疑惑。但是中译很好,当我听到有人用中文朗诵我的诗的时候,我能在译文中发现相同的节奏和停顿。在我的译者中还有布罗茨基,他译过我的诗,他的译诗好像胜过我的原作,当然,并不是每一次都是这样。

吉狄马加:翻译的问题很重要,翻译在某种意义上也是一种创作。您对波兰诗歌很熟悉,我们近些年也介绍了很多,我们最近刚刚出版了四卷本的米沃什诗集,赫伯特的全集也即将出版,辛波斯卡、鲁热维奇也都很受欢迎。我个人读了他们的很多作品,这一批波兰诗人很能打动我,他们的诗歌似乎饱含了苦难中那些最动人的东西,这个民族在两次世界大战中都曾经遭受深重的苦难。我们总是感觉到,波兰诗歌提供给我们的东西,似乎与西欧、南欧的东西有所不同,它更沉重,也更深刻。您是怎么看待波兰诗歌和波兰文学的呢?

温茨洛瓦:我非常热爱波兰诗歌和波兰文学,在读诗的时候,最能感动我的是波兰诗歌和俄语诗歌,这两种诗歌都对我产生了深远的影响。我认识米沃什,认识辛波斯卡,他俩都是我的朋友。我没见过赫伯特,但是我和他通过信,他的信给我留下了深刻的印象。说到米沃什,他其实是半个波兰人,半个立陶宛人,他只不过是用波兰语写作而已。我认为,波兰诗歌可能是当今世界上最优秀的诗歌之一,原因如您所言,就是他们经历了太多的苦难,并把这些苦难上升到了诗歌的高度、哲学的高度、道德的高度。我译过很多波兰诗人的作品,我感到骄傲的是,也有很多波兰诗人翻译过我的诗作,波兰人是把我当作自己人的。波兰语和立陶宛语差异不小,不经过专门的学习是无法相互理解的,但是,这两个民族的文化和诗歌却很相近。我感到高兴的是,我自己也加入了波兰的文学生活。我的朋友米沃什,在我看来,是20世纪最优秀的诗人。

吉狄马加:我们感同身受。就某种意义而言,诗人是有谱系的,无论他用哪种语言写作,诗人跨越语言,相互之间能够找到气质上、情感上、灵感上、艺术上相同的地方。就我个人来说,在情感上,我对俄罗斯诗歌、波兰诗歌、匈牙利诗歌、捷克诗歌感觉很接近。我这里还有一个特殊的情况,我的写作从20世纪80年代开始,首先是受美国黑人诗人兰斯顿·休斯的影响,也深受一些用法语写作的非洲诗人的影响,比如桑戈尔、埃梅·塞泽尔;还有南美诗歌,比如秘鲁诗人巴列霍、智利诗人聂鲁达,这些诗人对我都有很大的影响。您对波兰诗歌的评价我完全赞成,在20世纪,像米沃什这样的诗人也扮演了社会良心、担承道义责任的角色,我们对这样的诗人是情有独钟的,他的作品既表达了他那个民族的精神,也体现了全人类共同的人道的、正义的、道德的原则。在现在的世界,这样的诗人似乎越来越少了。

温茨洛瓦:米沃什所处的时代比现在更可怕,现在的世界局势要好一些,人们生活得更安宁一些。世界越不合理,反抗就越是强烈;挑战越大,反击就越大。米沃什是一个流亡者,但他最终胜利了,直到20世纪80年代,很多波兰人来到西方,对米沃什说:我们都在读您的诗。这个时候,他才意识到他获胜了,因为他的诗歌发挥了独特的社会作用。我个人的经历和米沃什也很相似,我也被迫离开了自己的祖国,也曾经对能否继续写下去感到很恐惧。我到了西方之后,与米沃什来往很多,他比我年纪大,大我二十六岁,他在很多方面都为我提供了巨大的帮助。在我的命运中,米沃什扮演过不可或缺的角色。如果说诗人现在的社会影响降低是因为世界太平、诗人现在受苦较少,我认为这倒是一件好事情。

吉狄马加:您的经历的确很特殊,以前生活在苏联,后来又到了美国,在耶鲁大学斯拉夫系教书,您跟美国当代诗人应该有很多交流。我们与美国诗人也有一些交流,美国很多诗人的作品也被译成了汉语,但我似乎对东欧诗歌、南美诗歌更感兴趣一些。我个人在阅读过程中,感觉近些年的美国诗歌似乎有一些琐碎,不像惠特曼、弗罗斯特那样,感觉后来这些美国诗人对日常生活体验描写较多,更形而下,但从哲学层面、精神层面上看,与东欧诗人、欧洲诗人的作品相比似乎有些琐碎,缺少精神张力。您长期生活在美国,您对最近数十年的美国诗人持什么看法呢?

温茨洛瓦:我完全同意您的看法。我研究、翻译了很多美国诗人的作品,对于我来说,惠特曼、弗罗斯特、艾略特、奥登、狄金森等都是大诗人。庞德我不是太喜欢。米沃什对美国诗歌也很熟悉,米沃什甚至完成了波兰诗歌中的一个转折,在他之前,波兰诗歌比较追随法语诗歌,而从米沃什开始,波兰诗歌开始接近英语诗歌了。美国当代诗歌我也比较了解,的确成就不是太高,这或许是因为诗歌的发展也是有起伏的,美国诗歌的黄金时代暂时告一段落了,就像中国诗歌史中也有过自己的黄金时期,唐宋诗歌,李白、杜甫,俄国诗歌中也有过自己的黄金时代、白银时代,到了20世纪下半叶只剩下了一个布罗茨基。诗歌的兴衰往往就是一个时代问题,但是我坚信,世界上的任何一种文字,或迟或早,都会迎来自己的诗歌黄金时期。

吉狄马加:我也完全赞成您的观点。在我对整个世界诗歌的阅读体验中的确有这样的感觉,当然,您谈到的其实是整个英语诗歌,像我们所知道的爱尔兰诗人叶芝、希尼以及英国诗人奥登——他后来加入了美国籍,包括迪兰·托马斯等,他们也都是那个时代英语世界名副其实的诗歌大师。江山代有才人出,诗人与时代的关系的确很密切,风水轮流转,有时一群大诗人的出现是与其民族的气运、民族的精神史有关系的。今天特别愉快,谈论诗歌的时候总是如此,不知不觉已经谈了将近两个小时了。通过与您的交谈,我也获得了很多收获,您对诗歌的一些特殊看法给了我很多启示,谢谢您!

温茨洛瓦:谢谢您!对于我也同样如此。诗歌的鼎盛好像是这样的,上帝先选中一位大诗人,然后在他身边聚集起一些人来,就产生了一个诗群:先有了普希金,然后有了俄语诗歌的黄金时代;有了布罗茨基,然后就有了俄语诗歌的青铜时代。谢谢!

吉狄马加:再次欢迎您来到中国,来到泸州,希望以后还有机会继续我们的交往,继续我们的诗歌交谈。

2018年10月17日下午

身份、语言以及我们置身的世界
——与吉布提诗人切赫·瓦塔对话录

切赫·瓦塔，1962年出生于吉布提。诗人、小说家，当下非洲最具有代表性的诗人之一。拥有人类心理学博士学位，曾任职于联合国开发署的地区项目，现任吉布提共和国政府部门工作人员。其写作的主要背景为被称为"人类摇篮"的非洲之角地区。已出版短篇小说集《游历者的爱》《赞美慵懒》《河流与出神》，以及诗集《在胡鲁的骄阳下游历》《沙漠诗草》《失语之国——世界之路》《非洲的兰波——沉默的论说者》《吉布提——沙漠被沉默包围》等。

吉狄马加：非常高兴在北京能和你见面，并接受你的采访，同时还要进行这样一个富有意义的对话。我想告诉你的是，非洲一直是我非常向往的地方。另外在我的写作经历，特别是诗歌生涯中，非洲诗歌和非洲诗人都和我有着很特殊的缘分。所以我也非常期待，非常高兴我们俩有这样一次对话，有这样一次深度的交流，因为从某种意义上而言你就代表了非洲。尤其让我感到高兴的是这一次你有机会来到了中国，特别是又去了我的故乡大小凉山彝族集居

切赫·瓦塔。

区,也可以说真切地看到了当下彝族人的生活,我相信你对这次访问也一定会有一些特殊的感受。希望我们今天的对话是开放的,同样也是很轻松的,所以你有什么问题需要问我的,我想都可以坦率直接地问。

切赫·瓦塔:我感到十分荣幸,同你有这样一个对谈的机会,它使我们的精神空间能够在今天下午打开、交流。这次你邀请我,还有其他外国作家和诗人深入到你的故乡,让我们了解四川,了解彝族,在那里感受彝族人民的生活场景。我作为一个诗人个体,一个来自非洲的叫瓦塔的诗人,尽管我以前也读过你的诗歌,但如果不是这次深入到中国的腹地,抵达你的家乡,的确不能像现在这样抓住你诗歌的气息。你的写作对我来说意味着很多。我现在向你提第一个问题。

在你的写作中,是诗歌居住在你的身上,还是你一直伴随着诗歌生长?你的生命,你作为一个彝族人,一个高山民族的诗人,你是不是把自己的生命投入给了诗歌?你的诗歌作品如此丰富,如此多彩,如此重要,你把你的生命奉献给了诗歌,还是诗歌融入了你的生命?概括一下,就是你的生命同诗歌、同写作的关系问题。

吉狄马加:其实诗歌对我们而言,从某种意义上来说,它就是一种生命方式,或者说是一种更为广泛的生活方式。我为什么要这样说呢?因为在我们彝族的传统生活中,诗歌在我们的精神生活领域始终占有很重的分量。在我们彝族大量的历史典籍里面都可以看到,当然这也包括了创世神话、天文历法、哲学历史、道德伦理等这样一些文化遗产,它们的书写往往都是用诗歌的形式来完成的。也就是说,我们彝族无论在精神生活还是世俗生活层面,诗歌都伴随着我们,并且充斥于所有的空间。无论是在我们的婚礼、丧葬、节日还是各种重大聚会中,诗歌都扮演了重要的角色,许多智者和说唱者都会在这样的场所成为众人关注的主角,他们都会用诗歌的形式来表达自己的思想,来辩论他们对这个世界的看法。彝族有一种由双方进行即兴对答的诗歌方式,彝语叫"克智",它实际上就是两个人用诗歌的方式所进行的思想和语言的博弈,很多时候它都能表现出一个智者即兴创造的能力,其实这种能力对今天的现代诗人也很重要。

在彝族的现实生活中,彝族的毕摩,也就是彝族原始宗教生活中的祭司,就是在今天也还存在着,彝族人是相信万物有灵的,毕摩祭司在做各种法事时,其实就是作为人和鬼的媒介,同时也是联系人和我们死去祖先的媒介,他们在做法事时所吟诵的经文实际上就是诗歌,其音乐性和节奏会不由自主地让你受到震撼,刚才我已经说过,在我们民族中有许多能人和智者,就是所谓有知识的人,他们在重要的集会场所,也会用不同的说唱演讲形式,特别是诗歌比兴的方式来表达他们的价值观,来表达他们对万物、对现实、对生命以及对死亡的最终极的看法,这种排山倒海般的递进式表达其实就是诗歌的一大特质。

我们彝人从在火塘边出生的那一天开始,诗歌就像灵魂附体一样附了我们身上,是我们身体的一部分,也是精神和灵魂的一部分。我想如果从这个意义上理解,每一个彝族人都是诗人,只是有一些人是更幸运的人,魂灵附体的诗歌一直伴随着他们,或许这种被赋予了诗的灵性的人就是诗人,然而如果有一天当诗歌的神灵不再眷顾他了,倏然离他而去,那么这些所谓的具有诗歌禀赋的人也就失去了创造力的源泉和灵感。

当然,诗歌是一种现实的存在,但同时也蕴含着许多神秘主义的东西。这一现象在爱尔兰诗人巴特勒·叶芝、西班牙诗人费德里科·洛尔迦的身上都体现得很充分,他们似乎都有通神的力量,从其诗歌本质的核心意义来讲,他们的创作都具有一种神秘主义的色彩,我以为这就是他们的魅力,也是诗歌的魅力。诗人和诗歌有时候是一体的,而很多时候又是分离的,就像我吉狄马加作为一个个体,从写诗的那一天开始,我的生命就和诗歌结下了不解之缘,而我的肉体总有一天会消失,但当你的肉体和精神创造联系在一起的时候,作为一个诗人,诗的灵感是不是每天都来找你,这才是最为重要的。当然,如果有一天我的精神和肉体彻底地分离了,我依然会相信,我参与创造过的诗歌的精神依然会照耀着我。

概括起来说,我与诗歌和写作的关系,其实就是我与这个世界的关系,因为我是通过诗歌和写作在精神上与这个世界构成了关系,我是通过诗歌来认识这个世界,同时也是通过诗歌来感知这个世界的。因为被我认识和感知的那个世界,其实就是它最复杂最隐秘的充满了诗性的部分。诗歌在任何时候都处在人类精神的顶端,诗歌是一种想象力和创造力的体现。作为一个诗人,我认为诗歌的创造力和想象力最终的对象,其外部就是浩瀚无边的宇宙,而内部就是人的灵魂和心灵,所谓语言和词语,当然也包括诗歌的形式永远都是这种创造力和想象力的外在体现。

所以我认为,任何精神的创造和语言的创造,对诗而言同等重要,精神的创造是无限的,而语言的创造也能给我们带来未知的可能,诗歌就其本质而言,无论在精神上还是在语言上,都隐含着许多有待于我们去揭示的奇迹,诗歌就是我们面对这个世界所进行的一次远游,一次对无限可能的创造。就此而言,似乎只有诗人才有这样的权力,诗人永远是通过一种新的创造来获得自己对这个世界的独一无二的看法。所以这种创造永远是个体的、隐秘的、孤独的,有时甚至是绝对的，但是这种创造在外界总会找到它的共鸣者和回应者，或许他们只是人类中的极少数，也正因为此，这种精神的创造才会成为人类精神遗产最弥足珍贵的部分。

切赫·瓦塔：对你的回答，我内心很有感触，也很折服。这是你作为一个诗人对我说的肺腑之言，也是我这个非洲诗人能切身感受到的。在我们非洲，也是从人类学的角度来讲，诗歌就是这样的一种方式，通过它和祖先建立关系。大家觉得只有一个非洲大陆，实际上有好几种非洲，话说回来，始终有一种扎根在非洲大陆的东西，非洲人从出生开始就把根扎在他们的文化里，扎在他们的神秘里，也是通过诗歌去表达，然后分享。

我来自东非的吉布提，根据人类学的发现，东非这一块大陆，第一批人类以前曾在那里行走，那么在历史的传承里，它也演变成诗歌反复寻求并作出回应的这样一种行走。这块大陆有四个国家：厄立特尼亚、吉布提、索马里、埃塞俄比亚。我称自己是一个荒漠中的游牧诗人。这样的游牧民族，它的传统是通过歌和诗的融合来表达自己。吉布提是一个小国，当然我的思考不仅仅是作为一个吉布提诗人。对我们东非人民来说，诗歌可以说是牧羊人的歌声，在他们的生活中，各种仪式，从生到死，婚礼、葬礼，都通过诗歌的方式来表达，如果以后不再用诗歌表达，那么诗歌也许就会消失，就跟你刚才讲到的一样。

你的幸运，也是我的幸运，就是我们能够从自己民族的神秘性出发，在这样一个全球化的语境下，来分享我们的神秘，我们的根。如果没有对自己民族的祖先和神秘的认知，那么在全球化语境下就无法阻挡风霜雨雪的侵蚀,也无法承受城市化的压力。

对神秘和祖先的认知,对我们非洲诗人来说,这也是对世界敞开自己的一种方式。只有在对神秘和祖先的认知里,非洲的诗人,非洲人才可以说,我们不害怕,我们为自己是非洲人而感到骄傲,我们既属于这个世界,同时也可以跟这个世界分享我们自身的神秘、我们祖先留下的文化。存在着好几种宗教信仰,基督教、犹太教、伊斯兰教,这些宗教在吉布提共同生存。宗教有对祖先的价值的认同,有对自然的价值的认同,只有保持这样一种神圣性,才能跟其他国家和其他宗教对话,并保持自己的民族特性。所以我们是诗歌上的兄弟,我们的血液在同一个诗歌空间里面,朝同一个方向流淌。

吉狄马加:你刚才说了一个很重要的话题,确实也是我们大家正在思考的一个问题,在这样一个全球化的背景下,实际上每一个种族,每一个民族,哪怕生活在很边远的地方,都在经历一个现代化的过程。用一句最简单的话来说,就是现代化把这个世界变得越来越一样,而不是不一样。特别是货币的全球化、经济的全球化,物质主义和技术逻辑已经大大地挤压了我们人类的精神空间,这个精神空间当然也包括我们不同民族的传统文化,尤其是弱势群体的文化,特别是他们古老的语言,他们的价值观,他们的生活方式,实际上也都不同程度地受到了全球化的挤压,这也是一个不争的事实。当然全球化也有它的两面性,它同样也给一些发展中国家带来了发展的机遇,这是另一个话题。

有关生物多样性和文化多样性,我以为有一些基本的原则是获得了这个世界广泛认同的,对这样一些原则,对这样一些看法,实际上无论是国家还是个体大都是予以赞同的,因为生物的多样性和文化的多样性决定了这个世界的未来。在这样一个全球化背景下,最终每一个民族都是以其独特的思想价值体系、精神文化体系以及他们独有的文化传统和生活方式存在于这个世界的,当然这也包括他们的文字语言以及诗歌,而这一切都是这个民族屹立于这个世界的最重要的精神标识和文化符号,如果这样一些宝贵的东西消失了,我以为绝不仅仅是某个单一民族的不幸,从全局来看,对人类整体来说是一种更大的不幸。正因为文化的多样性,这个世界才富有如此动人的魅力,无论是从社会学还是生物学的角度看,任何一种存在都不是孤立的。在今天,就是一种弱小文化的消失,实际上也是全人类无法弥补的损失,诗人的责任不仅仅是发现自我,他还应该承担起保护文化多样性,保护我们的文化传统,保护我们的语言,保护我们的诗歌的责任。在这个诗歌因消费文化盛行而变得更加边缘化的时候,我们也可以说,不同民族、国家的诗人的存在本身,就是对这个世界多样性文化的一种肯定、一种贡献。因为诗人代表的是真正的具有精神高度的文化。

切赫·瓦塔:我也想就全球化补充说几句。正因为这样一个全球化的语境,我才更加觉得,在中国和我们非洲之间,无论在诗歌上,还是在精神上,还是在保护各民族文化的价值和文化多样性方面,都要建立一种强大的关联。在全球化的语境下,中国现在显得很有抵抗力。因为它有自己的货币、经济、文化、金融,是人口众多的伟大民族,甚至从某种意义上来说,中国也是输出全球化的一种力量。您刚才提到的对于各民族的文化、精神以及世界民族文化价值的多样性，中国有这样一种坚持，您有这样一种信念，面对一切都要被打成碎片的全球化，就会是有效的一种矫正。很多人认为，在这种全球化的背景下，非洲很多民族显得脆弱、敏感，也最受挤压。但是我有一种信心，非洲应该也可以像中国一样，发挥自己的文化的能量。

从目前来看，非洲确实有它灾难的一面，可以说这是一个不幸的大陆，战争、饥饿都在吞噬这个大陆上的人民。

大规模地移民，有一些移民在迁移的途中，在不属于他们的海上沉没，不幸遇难。其实，欧洲在历史上也经历过这样的不幸，黑死病大规模地夺去他们的人口，但最终他们在历史上重新赢得信心，让自己强大。非洲应该树立信心：即便现在面临着灾难的处境，它也能够像欧洲大陆一样度过这个灾难的时期，重新赢得自己的未来。

在经济的、金融的全球化的语境下，我看到在非洲，技术的东西还没能主宰他们的生活，他们经常会问：我们和社会、和自然的关系是什么？在未来的岁月，也许我们的非洲能够从自己的神圣性出发，重新给世界一种新的启发：你和社会之间的关系是什么。

吉狄马加：虽然现在面临着许多全球性的困难和问题，但我对非洲的未来依然是充满信心的，你们经历了不同的历史发展阶段，对许多问题有了更清醒的认识，特别是在选择发展方式上，现在许多非洲国家都在探索合乎自己国情的道路，这一点非常重要，正因为有这样的探索和选择，我认为非洲还是充满了希望的。在这样一个全球化的语境下，不仅仅是非洲人在经历着这种变化和考验，欧洲人、美洲人、亚洲人，当然也包括生活在亚洲的我们中国人，也都在经历着从未经历过的急遽的变化。

全球化的形成，是人类社会发展的一个必然。网络的出现，信息传播方式的改变，生物技术和人工智能的发展以及人类在其他科技领域所取得的进步，实际上已经极大地改变了这个世界的面貌，当然它也改变了原有的某些国际秩序和地缘政治状况，世界银行和国际货币基金组织这样一些跨国机构，其触须已经深入到了世界的任何一个角落，如果说18世纪开始的工业革命，在很大程度上改变了人类的发展状况、生产方式和交流方式，那么当下人类经历的这样一次剧烈的历史变革，与历史上任何一次大的历史变革相比较，都可以说是空前的，史无前例的。现在全球化和逆全球化正在展开激烈的博弈，但是我认为最重要的是，无论最后结果怎么样，我们都必须在全球化的过程中，保护和延续好不同民族的文化价值体系，对此，我们不能消极观望而只能积极地应对，从联合国宪章和许多国际宣言中，我们都可以看到，保护和认同不同国家和民族文化的公平自由发展，已经是人类大家庭的共识，但是尽管有这种共识，任何一个民族在全球化语境下所经历的现代化过程，其结果也会是不一样的，如何让我们在这场剧烈的博弈中，使自己的文化传统以及价值体系得以保留并发展，这将是对我们生存智慧和生存能力的一种考验。

古老的非洲文明和中华文明一样，都已经延续了数千年的时间，像这样具有古老文明的大陆，其生命力都是十分旺盛的，当然不可否认，这种文明的延续过程，有顺利的时候，也有不顺利的时候，但最重要的是，这些伟大的文明还在被延续着，无论是在中国还是在非洲，这种拥有强大生命力的文明是不会消失的。我对非洲充满了希望，是基于我对非洲有这样的认识。从整体上复兴非洲有一个过程，但它美好的前景是可以期待的。就像中国一样，中国在近现代的一二百年间，一直处于积贫积弱的衰落状态，很长时间里是一个半封建半殖民地的国家，而中国真正走向复兴之路是从1949年开始的，现在算起来，也就七十年的时间。选择什么样的发展方式，选择什么样的社会制度，在今天看起来是十分重要的。应该说中国抓住了这样一个历史性的机遇，否则，它就不可能有今天这样的发展速度和规模。

所以现代民族国家的发展，如何选择自己的发展方式，选择一种适合自己发展的社会制度是十分关键的。从根本上讲，发展方式和社会制度必须与它的国情、传统和历史相适应，当然非洲国家众多，各国的国情也是不尽相同的，但是因为非洲已经在精神和思想上有了觉醒，我相信在全球化的进程中，非洲也一定会走出一条属于自己的道路来，诚然，其面临的困难和艰险也是巨大的，祝福非洲！

切赫·瓦塔：你这些经验之谈，非常重要，非常有价值。历史地讲，非洲的历史令人痛心，尽管它有古老而深厚的文化根系和生命力。你讲到中国有一两百年受人欺凌，而非洲自14世纪以来一直这样，这得有多少年了！中间又经历贩卖黑奴，把非洲最强壮的人口贩往美洲。可以说非洲大陆曾经被洗劫一空，这些西方列强真的把非洲当作一块肉在撕咬，所以这是一个挺现实的问题。

非洲人后来就去了世界各地。在美国,非洲人也创造了文学的一些样式,尤其是在音乐、舞蹈方面。但非洲大陆有它的弱点,跟中国这样的大国有一个强大的中央政府相比,非洲分散为好多小国,有一些领导人把钱财据为己有,有一些知识精英也没有真正去建设国家。所以,能否直面现代性的总趋势,我们面临着极其困难的问题。当然,非洲大陆也有伟大的政治人物,比如曼德拉。我们谈这个问题的时候,我感到,中国对非洲大陆在有些方面是可以尽一份责任、出一份力的。不同的思想,不同的智慧,能够彼此流通,彼此滋养,有助于每个民族未来的发展。

回到我思考过的问题,就是我们作为一个个体,吉狄马加、瓦塔、树才,我们真的不能满足于在书房里写作,我们还得投身于社会生活,参与国家的文化发展。拿您来说,您除了诗歌创作之外,还是一位行动者。我知道您担任过副省长这样的重要职务,您也因此成了这样一个人物,既投身政治,又倾心于诗歌写作。您是怎样把这两者结合起来的?

吉狄马加:实际上我想任何一个诗人的写作,就诗人本身而言,他当然是一个独立的存在,他必须忠实于自己的灵魂,忠实于自己的心灵。诗人的写作实际上是极具个人化的一种行为,当然它也是个人生命经验和人类经验的一种创造性呈现,好的诗歌既是个人独到的表达,同时它还必须折射出人类生活的普遍意义,所谓优秀的作品都应该具有人类意识,简单地说,也就是他创作的作品要能真正唤起大众的共鸣,能在这个世界找到知音,我认为这对于诗人来说是极为重要的,所以我们很难简单地把一个诗人的独立写作和他

吉狄马加(左)与切赫·瓦塔(中)对话,树才(右)翻译。

与社会的更广泛的联系割裂开来。

那么从更广义的角度来看,不同的诗人其社会身份也是千差万别的,为了生存他们从事着不同的工作;诗人从来不是一个职业,他顶多是一个社会角色,纯粹的职业诗人无论是在古代还是在现代都是凤毛麟角的,因为诗人很难靠写诗来养活自己。诗人可能是一个政治家,也可能是一个医生,也可能是一个教师,当然也可能是一个无业游民,作为无业游民,他要纯靠写诗养活自己也是不可能的。捷克诗人赫鲁伯是一个神经科专家,葡萄牙诗人佩索阿是一个银行职员,现在有很多重要的诗人第一谋生手段是在大学里面当教授,哪怕他们在诗歌上再有名,他们的收入来源还是他们所从事的与诗歌有关或无关的其他工作。

如果从诗歌写作的本身去看的话,诗歌的写作从来都是一种个人行为和私人行为,任何诗歌的写作都不是一种集体创造的过程,任何一个真正诗人的写作，都是其个体心灵世界的镜面对现实的折射，而这一切都是由诗人的精神主体通过复杂的语言创造完成的；当然，诗人在这个社会生活中的身份和职业，也会对诗人的写作产生不同程度的、这样或那样的影响，这似乎也是一个不用争论的事实。比如在中国或者是我在国外访问的时候，我就经常被一些记者和同行问到一个问题，说我是一个非常好的诗人，同时也是一个具有政治身份的人，他们最感兴趣的话题是：你是如何把政治角色和诗人角色统一在一起的。因为他们认为政治家的身份与诗人的身份是很难统一在一起的，他们认为这种统一是件不可思议的事情。其实他们有这样的想法是很正常的，因为纯粹的政治和纯粹的诗歌总是有距离的，但是我以为政治家的工作在任何国家都是一种职业，而诗人不是，它就是社会生活中无数个社会角色中的一种，但需要说明的是，不是所有的诗人都能从事政治性的工作，也不是所有的政治家都能成为好的诗人，但有些人兼具两种身份，比如20世纪就有很多伟大的诗人，他们既是非常优秀的诗人，同时又是杰出的政治家，比如说智利的巴勃罗·聂鲁达，他担任过国会议员，还竞选过总统；比如你的两位伟大同胞，也是我非常敬重的两位伟大的非洲诗人，塞内加尔的开国总统桑戈尔，长期担任马提尼克市长的艾梅·塞泽尔，他们都是伟大的政治家，其政治影响与他们的文学影响一样深刻地影响过非洲和世界，直到今天，他们仍然被认为是20世纪世界诗坛具有重要代表性的诗人。同时，当然还有另外一类诗人，他们的写作和所从事的政治活动，从来是密不可分、紧密相连的，也可以说他们作为政治活动家的身份也给人留下了深刻的印象,土耳其诗人希克梅特,法国超现实主义诗人阿拉贡、艾吕雅,希腊诗人卡赞·扎斯基等都是这样的诗人。

人是千差万别的,就个体而言,每个人也是不一样的,诗人也不是从一个模子里造出来的。人们常说诗人必须要具有诗人的禀赋和才能,但这并不是说能写诗的人就能做好其他的工作。所谓复合型的人才不是今天才有,在中国古代的诗人中就有,比如唐代的诗人王维,就是一个不只具备写诗才能的人,他的才能是多方面的,我以为他就具有政治才能。有不少诗人有从事科学研究的背景,特别是一些西方的诗人,有的是数学家、医学家、计算机专家,有意思的是他们的写作背景,给他们的创作也带来了许多意想不到的东西,所以说诗人这样一个身份一旦被放到不同个体身上,其情况是完全不同的,我们为什么要简单地规定一个写作诗歌的人只能这样而不能那样呢?这本身就是很荒唐的。

当然,从社会生活的客观现实来看,如何处理好政治工作和诗歌写作的关系,如何将政治和诗歌更有机地联系在一起,这对一部分既是政治家又是诗人的人来说,既是一个无法回避的理论问题,也是一个必须面对的现实问题。伟大的诗人既是精神高地的守望者,又是精神世界的创造者。在这里,我想用一个不恰当的比喻来说明这个问题:形而上的人类精神,屹立于数千年人类文明之巅的精神,它要比具体的政治更大,要高于一般意义的政治。政治是一个更具体的意志和主张,或者说它是一种更现实的意愿。19世纪法国诗人雨果就用他的行动为从政兼写诗的人树立了榜样。像我这样的诗人,任何时候都不仅仅满足于躲在书斋里面写自己的诗,我们应该把我们的诗歌理想、文化理想变成一种社会行动,不是所有的诗人都有这样的机会和运气,能把自己变成一个行动的诗人,这是需要具备特殊的能力和条件的。

正如你说的那样,在今天的中国我们开展了一系列的诗歌活动,其目的就是要在文化上构建人类命运共同体,我们就是要用我们的行动,来推动国际间的文化对话和交流,就是要通过诗人所进行的更有深度的心灵交流,来打破和消除这个世界被人为设置的任何壁垒和藩篱。我想这种具体的文化行动很重要,它能帮助我们走进彼此的心灵,用诗歌把我们真正联系在一起。

更重要的是,我们要把我们的诗歌理想、文化理想和当今的现实生活紧密地联系在一起,也就是说我们必须成为行动的诗人,这或许就是我们的责任和使命,在这一点上,我们可能要比别的政治家多一些优势。把这种文化理想变成行动和现实时,我们将会更有效、更精准、更合乎文化的内在规律,从而真正通过这种对话和交流,来进一步推动人类社会朝着更美好、更友善、更和平的方向前进。

作为一个人,一个社会的人,一个民族的诗人,我既投身于政治,又献身于诗歌,在你们看来我是一个双重的角色;而你也一样,一方面承担着总统技术顾问的角色,同时也是一个有影响力的诗人。这种双重角色,我想最重要的是要承担起一种神圣的责任,这个责任是什么呢?我想就是要通过我们的行动,将当下的政治生活和文化生活更好地融合在一起,这是一项极其光荣的社会事业,我想我们无论如何也不能辜负了时代和历史赋予我们的责任和使命。

切赫·瓦塔:你的回答,其实我也了解。我提这个问题,其实我自己也知道,这两种角色的融合是可能的。我也同意,诗人不是一种职业,而是一个更深刻的个人生命的内在角色,通过语言表达自己对世界的看法。

我没有像你那样承担过副省长这样重大的政治责任,但我也承担着政治上的一个角色,因为我现在是总统的技术顾问,而我写诗二十多年了。吉布提是一个小国家,1977年才独立,我从小在公共学校接受教育。诗人,我觉得不应该是那种在书斋里的、边缘的角色,而应该投身到国家的建设进程中。我跟你提这个问题,也是我自己在面对的一个问题。作为一个诗人,他有表达的自由,作为一个政治人物,他有承担的社会角色,要给予社会一些建议、指导。在这里确实也有矛盾的一面,当然如何处理好这些矛盾,取决于不同的个体。

你的回答让我感觉到,你不仅能够把诗人的自由表达保持好,同时你也把自己定位成有能力去做服务社会的事情的人。对我来说,政治人物和诗人之间,确实有矛盾的一面,主要是因为一个政治人物,置身于体制之内,实际上他不能什么都说,这也是一个很现实的问题。你掌握好了一个平衡点。

确实,大诗人和政治家之间实际上能够找到平衡,比如说法国的雨果,美国伟大的民主诗人惠特曼。在你的作品中,你谈到世界上的一些著名诗人,你刚才谈到非洲的两位大诗人,他们是"黑人性"运动的发起者,从根本上影响了用法语写作的非洲人,就是你刚才提到的桑戈尔和塞泽尔。桑戈尔是一个政治人物,因为他是塞内加尔的开国总统。我想问一个问题,他们是如何对你的写作发挥影响作用的?你欣赏这两位非洲作家作品中的什么?在他们的诗歌和你扎根于彝民族的想象中的诗歌之间有什么相近之处?

吉狄马加:我可以明确地告诉你,伟大的非洲诗人桑戈尔、艾梅·塞泽尔等人的创作,不仅仅影响了非洲法语诗人的写作,整个非洲大陆诗人的写作,其实他们也影响了一部分中国诗人的写作,特别是像我这样的少数族裔诗人的写作。我最早知道桑戈尔,还是在20世纪80年代初,那个时候就陆续读到他的作品。当然同时也知道了艾梅·塞泽尔,他们在法国读大学时就创办了黑人大学生杂志,明确提出了"黑人性"的问题,实际上这是一个影响了后来非洲文化复兴运动的宣言。"黑人性"告诉我们,它的内容就是整个非洲黑人文化和传统价值的总和,毫无疑问,"黑人性"的提出是在世界文化的格局中对非洲文化的一种总体肯定。那个时候虽然我们与非洲大陆相隔千山万水,但"黑人性"的理念却让我们开始思考,每一个民族和诗人应该如何去看待自己的文化传统和历史,尤其是对像我这样具有少数民族身份的写作者而言启发尤其大。对这一系列非洲诗人作品的阅读,必然会启发我们重新去思考自己的文化、自己的历史,并真正认识到必须从自己文化的源头去获得创造的力量,毋庸讳言,"黑人性"对我们的影响首先是一种精神上的影响,这种影响是巨大的、强烈的、爆炸性的。

正因为此,从我开始诗歌写作的时候起,我就把桑戈尔、艾梅·塞泽尔等这样一些非洲诗人,当然也包括美国的黑人诗人兰斯顿·休斯、麦凯都视为精神上的兄弟,我们和非洲作家、诗人在精神上具有天然的亲近感，这种亲近感，我想一个重要的原因，就在于他们的作品书写的是他们民族的历史、文化和急剧变化的现实。另一个原因就是他们的作品既继承他们民族文学传统中优秀的东西，同时也大胆地借鉴了西方现代文学中许多形式和技巧，特别是许多作家和诗人在书写地域文化和刻画人物内心方面，为我们提供了许多具有经典意义的作品，尼日利亚小说家阿切贝、肯尼亚作家恩古吉等人的创作，同样也给我们树立了光辉的榜样，他们的作品不同程度地影响过当代中国许多少数民族作家的写作，这些影响是多方面的。

非洲作家、诗人的写作也是多样的，他们的写作也呈现出一种开放的状态，特别是用法语、英语以及葡萄牙语写作的作家、诗人，可以看到他们受原宗主国文学的影响，比如许多法语语系的非洲作家、诗人，在20世纪就深受法国超现实主义写作方式的影响，他们在处理非洲传统诗歌和西方现代诗歌的关系方面，有很多经验和创作实践都值得我们借鉴，其实在这方面他们对我们的影响也是巨大的，在很多时候这些遥远的不同大陆的诗人，他们给我们带来的启发甚至要比我们身边的一些经典诗人更大。从一定意义上来讲，我们把桑戈尔、艾梅·塞泽尔、兰斯顿·休斯看作我们诗歌精神上的导师是顺理成章的。当然，这样讲并不是说我们诗歌写作的影响仅仅来源于非洲，影响和来源当然是多方面的。

我想这就是诗歌的力量，也是诗歌传播的重要性之所在。桑戈尔和艾梅·塞泽尔，包括美国诗人兰斯顿·休斯，他们写作的时候大概也不会想到，在遥远的中国，他们的作品会影响一个彝族诗人的写作，并且让彼此的精神永远地联系在了一起。所以，我们完全可以说桑戈尔、艾梅·塞泽尔和兰斯顿·休斯并没有死亡,因为他们的作品还活在这个世界的许多地方。

全世界的诗人都是生活在一个大家庭里,我们都是这个部落的一个成员,在这个部落里,我们将一同分享用语言创造的这些被称为诗的精神成果,同样,我们还有责任将这些成果送到世界上的每一个角落,走进每一个渴望获得这些精神成果的灵魂和心灵,因为我们所有的创造既属于我们这个大家庭,同时也属于绵延不绝的全人类。

在这里我也要告诉你一个秘密,今天坐在我们身旁的翻译家、诗人树才,我们能成为朋友,最重要的精神上的媒介就是桑戈尔。树才是中国诗人中唯一见过桑戈尔的人,我曾经这样告诉过树才,我们作为诗人兄弟,你幸运地面见过桑戈尔,我就视为我也见过。我想我这样告诉你我们与非洲诗人的情感,你就完全能理解非洲对我的重要性。

切赫·瓦塔:这是不可思议的。你甚至把我没准备的问题都回答了。确实,我读你诗歌的时候,我读到了桑戈尔、塞泽尔这些非洲大诗人的东西。他们让我为自己身为一个非洲诗人,为非洲的古老文化,为非洲的精神创造感到骄傲。

你的诗歌让我强烈地感到这种相似性,在桑戈尔的诗歌里,在塞泽尔的诗歌里,都有非洲祖先的东西,神秘的东西。这一次我去大凉山,在你的故乡,我看到彝民族在高山上生活,是高山民族,了解到你们文化中祖先的角色,一种神秘感下创造的精神上和文化上的美,我读你的诗时感受到了。

在你的诗歌里，就有这种节奏的相近性，气息的相似性，还有天性的相近性，这些都让我想到桑戈尔和塞泽尔这两个大诗人。我觉得这不是偶然的。你专门提到这两位非洲大诗人，你的作品中有一种呼应性，一种相似性。

现在，我想提一个问题。这个问题是我考虑再三才提出来的，因为您对非洲这两个大诗人有这么深的感知。2019年，您作为院长的鲁迅文学院组织了国际写作计划，我发现我是受邀代表里唯一的非洲代表，而且是非洲一个很小国家的诗人代表，也许还没有写出伟大的诗歌；而我发现，东欧、拉丁美洲、亚洲和欧洲，却都有好几位作家受邀。也许这个问题有一点挑衅，但确实是出自我的内心，我想利用这个对谈的机会提出来：这样的安排是出于怎样的考虑？莫非中国觉得非洲的文学没有什么文学价值，或者从政治角度来讲，非洲是一个自然资源的宝库，而缺少重大的文化上或者精神上的价值？总之，我感到非洲有一种缺席感，一种相对的被遗忘感，您怎么解释或者理解，在这个写作计划中，也是在这些活动中，非洲的这种缺席？

吉狄马加：应该说我们中国与非洲的联系由来已久，尤其是从20世纪50年代以来，这种联系就从未中断过。在毛泽东时代，中国就积极支持亚非拉人民反对殖民主义、争取民族解放和国家独立的正义斗争，中国和非洲都是严格意义上的第三世界国家。从20世纪50年代开始，因为政治上和国际交往的实际需要，我们集中力量翻译了一大批的非洲文学作品到中国，这里面有诗歌、小说、戏剧，当然也包括介绍非洲历史文化的一些书籍，有的还是以系列丛

吉狄马加（右三）与鲁迅文学院国际写作计划的作家、诗人在一起。

书的方式进行出版的，当然那个时候被选择翻译的对象，大多数是从事黑人民族解放斗争的作家的作品，其作品的意识形态色彩还是比较浓的。20世纪80年代以后，中国知识界特别是文学界对非洲文学的翻译和介绍又形成了一个高潮，从整体的国家交往的方面来看，中国与非洲的交往有了更广泛的拓展，政治层面、文化层面、经济层面的交流都提升到了一个更高的水平。我以为中国对非洲的外交方略和政策从来不是一个急功近利的安排，而是把这种关系放在更大的世界格局上来加以构想和实施的。在我的印象中，中国举办的许多重要的国际文化交流活动都会主动邀请非洲国家参加，包括我在青海省创立的青海湖国际诗歌节，几乎每一届都邀请了非洲诗人来参加，这里面有来自埃及的诗人、肯尼亚的诗人、南非的诗人、摩洛哥的诗人、贝宁的诗人以及尼日利亚的诗人。也正如你刚才说的那样,我们也有同样的感觉,那就是随着中国和非洲在政治、经济方面的联系日益紧密,文化上的联系和交往显得相对滞后,我们的确不应该在文化的交往上出现缺失和弱化的状态,实际上,非洲的文化资源是非常深厚的,这片大陆有着伟大的文化传统,对于今天的中国来说,加强这方面的交流,依然是非常重要的,我个人认为这种重要性甚至不亚于政治和经济交流上的,许多有识之士都看到了这一点。

我觉得稍微有一点遗憾的是,虽然国家层面对加强与非洲的政治、经济和文化的交流是高度重视的,但是还有待于相关机构来加以落实,特别是在文化交流方面更应该有所作为,更应该打通各种交流的渠道和途径。应该说在政府间的交往中,特别是在对外交往政策的制定上,我们不是不重视与非洲文化的交流,也不是没有认识到在世界文化格局中非洲文化的重要性,而是我们在交流中还缺少更有效的对接的方法。比如说,我们许多重要的国际文学和诗歌活动,就非常想请一些非洲重要的作家、诗人前来参加,但是总感觉到渠道是不通畅的,很多时候只能通过第三方来代我们邀请,这就说明我们的直接联系还是不够通畅的,这不是一个单方面的问题,实际上需要我们双方都要有这样的意识,来改进我们交流中不畅通的问题。你这次能来中国参加活动,就为我们明年举办中国和非洲国家诗人的圆桌会议提供了有利条件。文化界的交流、民间的交流,说到底首先要建立人与人之间的信任关系,这种信任关系就为进行交流提供了可能。当然交流是多方面的,我们应该建立更多的多边的、双边的交流机制,应该花更多的力气来设计和落实我们之间的这种交流。相对而言,我们与欧洲作家、北美作家、南美作家以及亚洲邻国作家、诗人的交流就要方便得多,因为交流的频率比较高,所以渠道也是比较畅通的。今后我们与非洲作家、诗人之间的交流,更应该是一种有深度的交流,还应该取得一些实际的文化交流成果,我想这对于我们今天构建人类命运共同体也是有着特殊意义的。

中国和非洲的交流还有一个更大的优势,就是历代的中国领导人都非常重视和非洲的关系。毛泽东主席在世时就曾经说过一句名言,那就是我们永远不要忘记了非洲兄弟,是非洲兄弟把我们抬进了联合国。因为当年中华人民共和国要恢复在联合国的合法席位,所有的联合国成员都要投票,大多数非洲国家都把票投给了我们,所以当年我们恢复在联合国的合法席位,非洲的票是至关重要的。

另外,中国国家主席习近平多次访问非洲,特别是在与非洲国家领导人举行重要会议的时候,他的每一次演讲都全面地阐述中国加强和非洲在政治、经济、文化方面交流合作的极端重要性,我以为我们都应该按照这些政治领导人的主张和要求,去具体地完成这些交流任务,我认为我们明年将举办的中国诗人和非洲诗人的圆桌会议就是一个落实这种深入交流的具体举措,我非常期待这个圆桌会议能如期举行。这个圆桌会议的意义是巨大的,因为我们要通过这样一个会议发出我们的声音,就是今天的非洲和今天的中国在文化上同样需要相互借鉴、相互学习、相互启发、相互影响。这种文化上的深度交流,特别是通过诗歌所进行的交流,也将会进一步促进中国人民和非洲人民心灵世界的交流,这种交流所形成的精神成果,毫无疑问,对今天这样一个充满了矛盾和变数的世界而言,也将会成为国家间文化平等交流的典范。

现在我们已经有了这种交流的正确的指导思想,最关键的是我们如何真正地行动起来,把这些交流变成现实。对这些问题我有一个深切的感受,虽然我们翻译了不少非洲现当代作家、诗人的作品,但是这与我们翻译的欧美文学以及其他地区的文学比,无论在数量上还是质量上都是不可同日而语的。尽管我们近几年又翻译了一些非洲作家用英语和法语写作的文学作品,也翻译了一些非洲作家、诗人用本土语言写的作品——我记得肯尼亚作家恩古吉的几部小说就是从斯瓦西里语翻译过来的——不管怎么说,这样的翻译还是比较少,这些不足都需要我们在下一步的工作中加以改进。同样,任何一种文化上的交流都应该是双向的,而中国作家和诗人的作品被翻译成外文的还比较少,在非洲国家进行出版的就更加稀少了,我们应该在这方面建立一种有效的合作机制,就是相互翻译和出版对方作家、诗人的作品,有了这样一些翻译成果和作品,就能够让双方的读者和人民进一步地加深相互的了解,进而从情感上和心理上亲近对方。

我认为"一带一路"的倡议,不仅是一个政治倡议、经济倡议,而且是一个文化倡议。如果放在更长远的角度来看,再过几十年上百年来看,我们今天的这种文化交流和文化互动以及它所形成的成果将更为重要,而我们这些人都是这种交流过程中的桥梁和文化使者,我们理应为此感到自豪。

切赫·瓦塔：我也想讲一讲我对这个问题的思考。这不光是我一个人的思考和忧患，也是很多非洲的作家、知识精英的思考。你跟我之间的讨论，对我来说具有一种历史性的意义，不光是在朋友之间，而且是在两个不同国家、不同大陆的诗人之间。你不光是一个大诗人，而且是一个迅速行动的人，你已经想到了要付诸行动。这个确实把我的思想也带向了一个新的前景。

我跟你讲讲非洲人，尤其是非洲知识精英，他们有忧虑和思考。在非洲人眼里，中国现在是一个巨人，一条巨龙，醒来的力量会碾压其他大陆。

我们之间的交流有一种历史的意义，因为我们能够敞开心扉。我的思考也代表非洲很多知识精英的思考，就是说中国对非洲的重视，如果不在文化上、精神层面上有一个更好的推进，那么中国对非洲的重视，也会变成只是一个理论上的愿望。随着"一带一路"的推进，非洲人已经强烈感受到中国的强大，但这个强大是表现在经济和金融上的。西方尤其是欧洲以前对非洲有过长期的占领，有人认为，现在中国正在进入和占据他们留下的空位。你知道非洲贫穷，很多基础设施需要建设，机场、道路等，这些都需要钱。谁给钱？中国给钱。但非洲的知识分子在思考，这些资金我们现在拿来用了，以后我们怎么偿还？非洲的领导人通过谈判得到一个好的利息，但未来这些资金都是非洲国家的债务，尤其这些巨大的基础设施项目大多采用中国的技术、主要由中国的工人来具体施工，这些中国工程师、中国的基建工人，实际上也不懂非洲的语言，与当地人交流很少。长远来说，这是非洲知识分子的一个忧虑。我们特别需要时间来缓解这样一种忧虑。

你的思考具有很实际的意义。出于一个政治人物的行动敏感，你的这些建议非常有价值。在历史上，肯尼亚的总统曾经总结过非洲人的命运，当西方列强来的时候，他们拿走了我们所有的土地，然后在我们的手里塞了一本圣经。现在西方逐渐变得衰弱，实际上他们已经拿走我们很重要的东西。你看现在，我们是用他们的语言在思考，在写作，我指的是英语、法语。如今，中国"一带一路"给我们带来了资金，给我们带来了基础设施，但也引起非洲一些知识精英的忧虑，忧虑未来债务怎么偿还。所以，文化的对话体现互相尊重的精神，对他们显得尤其重要。从某种角度来说，我们就是要加强文学、文化、精神上的对话，这有助于让非洲的知识精英看到，我们之间的交往不限于经济、金融上，而且还把它上升到一种文化、精神上的互相尊重、互相分享。否则，我担心非洲人和欧洲人的争吵，以后也会发生在和中国人之间。这是我很深的忧虑，所以我才觉得，关于中国和非洲大陆的前途命运，中国和非洲之间的未来关系，我们彼此交流，具有历史的意义。

吉狄马加：非常感谢你刚才的这一席肺腑之言，也为你的真诚和坦率而感动。我完全能理解你对这些问题的忧虑，其实我们也在思考我们面临的不同的问题。从历史的角度看，非洲文明是人类最古老的文明之一，在漫长的人类历史进程中，非洲文明发挥过十分重要的作用，但是近几百年以来，欧洲对非洲的殖民彻底改变了非洲大陆和非洲人民的命运，非洲经历了很长的黑暗时期，特别是大量的非洲人被贩卖，同时被运走的还有大量的财富，可以肯定地说，今天的欧洲所积累的财富，很多都来源于对非洲资源的攫取，殖民地的历史在很多国家都留下了很深的痕迹，非洲是这样的，拉丁美洲同样也是这样的，关于这个话题好多都已经形成了公论，无论从历史还是现实的角度来看，欧洲曾经对非洲和拉丁美洲的殖民都是不光彩的，在道义上也应该是永远被谴责的。而今天中国与非洲的关系，首先是建立在相互尊重主权的基础上，而我们所开展的合作都是以平等、互利、共享的原则进行的，中国提出的"一带一路"合作倡议其宗旨也是为了进一步促进世界各国经济和社会事业的健康发展，让全世界来共享这样一种发展的成果。

从现在的情况来看，中国与非洲国家在经济和贸易方面的合作还是比较良性的，这并不像一些欧美国家所说的那样，今天中国与非洲的合作是一种后殖民主义的行为，会在那里形成所谓的债务陷阱。我想欧美国家的这种态度，实际上已经反映出了他们复杂的阴暗的心理，在这一点上，我也注意到了非洲许多国家的政治领导人的表态，他们明确反驳了欧美经常出现的这样一种言论。但是有一点，我们确实要更加重视我们之间的文化交流，我们要在加强政治、贸易、金融以及基础设施建设方面合作的时候，加强文化交流，因为只有真正地深入文化的交流，才能从心灵中消除彼此的疑虑。由于历史文化背景不同，加上地理距离遥远，加强中非人民思想和精神上的沟通尤为重要，我们一定要在"一带一路"合作倡议的大框架下，真正建立起一套有效的文化交流机制，从现在的情况看起来，我们必须把这种交流机制尽快地落地，并且形成和产生真正的成果。我们和非洲之间共享的不仅仅是经济发展的成果，还应该是文化发展繁荣的成果。

如果说我们在交流方面有什么忧虑的话,这种忧虑恰恰就在文化上,因为与欧洲国家相比较,我们有一个先天的不足,虽然欧洲国家对非洲有过一段殖民的历史,但是你们在语言上和宗教上有着千丝万缕的联系,虽然这种联系的背后有很复杂的情感和纠葛。就我所知,现在非洲许多政治、经济和文化精英,他们都有着在欧洲生活和学习的背景,虽然现在已经有越来越多的非洲留学生来到中国学习,但是与前往欧洲学习的人员相比,数量上还是少的。非洲与欧洲的这种特殊联系,已经持续了几百年了,欧洲人在前往非洲的时候,除了带去了枪炮,同时也带去了他们的语言、他们的文化、他们的价值观,可以说他们对非洲有过极为深入的影响,别的不说,就是现在非洲活跃于世界文坛的重要作家和诗人,大多游走于非洲和欧美之间,他们很多人还在欧美的一些重要大学担任教职,而对于非洲而言,中国是另一个文化系统,所以我们在文化交流上的难度要远远地大于欧美国家与非洲的交流。但是我相信,人心是相同的,只要我们以真诚的态度对待对方,具有包容度的中国文化就能与非洲文化在交流中结出累累硕果。

从 20 世纪中叶以来,特别是反殖民主义浪潮兴起后,中国与非洲的确建立了深厚的友谊,中国政府和中国人民一直对非洲国家和人民争取民族解放、人民自由和国家独立的正义斗争,报以极大的同情并给予了坚定支持,中国一直站在支持非洲各民族反对殖民侵略和干涉的第一线,可以说,这种在最关键的时候凝聚而成的深厚的友谊,为我们今天在政治上建立互信打下了重要的基础。20 世纪风起云涌的非洲和拉丁美洲民族独立运动,极大地改变了世界的历史进程,而中国人民和中国政府一直是这一运动的坚定支持者,我们不应该忘记历史,只有这样我们彼此的心灵才有可能靠得更近。

我刚才已经说过了,今天中国和非洲的关系,尤其是在政治、经济和文化上的关系,都是一种平等的关系。我们今天的各种合作,还必须考虑到这种共享利益的延续性,我们今天的发展不仅仅是为了我们这一代人,还应该考虑到我们的子孙后代。在这样一个全球化的背景下,不仅仅是中国人民、非洲人民,当然也包括这个地球上所有国家的人民都在经历一个现代化的过程。人类只有一个地球,我们今天所面临的资源的问题、环境的问题、可持续发展的问题、核威胁的问题、消除贫困的问题等,都是我们必须共同去面对的,对这样一些问题没有一个民族和国家能置身事外,生活在这个地球上不同地区的人们其相互间的关联度,已经超过了历史上的任何一个时代,我们同住在一个地球村,为了这颗蓝色星球上所有人的命运,我们每一个民族都应该贡献出我们的智慧,这里当然就包括了中国人的智慧、非洲人的智慧、印度人的智慧、日本人的智慧、欧美人的智慧以及这个地球村所有人类的智慧,让这个世界变得更加理性、和谐和美丽,是今天全人类的神圣职责之所在。

切赫·瓦塔:你这是一种真知灼见。我们需要在文化和精神方面做加强中国和非洲之间联系的工作。非洲的知识精英,知道历史上欧洲和非洲之间的那样一段殖民历史。他们对中国的这种忧虑,也有他们的一些原因。我非常赞同你富于真知灼见的分析,我们要解读今天，但是也不要忘记过去，也要解读好过去。我们对话的出发点是，我们都看到中国的力量和非洲的力量。我特别赞同你的这个提议，就是在非洲作家与中国作家之间，建立这样一个空间、一个机制，来加强文化和精神的交流。只有这样，我们双方，非洲的知识分子和中国的知识分子才能在另一个层面上，解读好自己的过去，然后以理智的、清澈的视野来看待今天。你刚才提到，翻译彼此的作品在文化精神的交流上是至关重要的。能够组织这样的翻译力量，把作品译到不同的民族语言中去，是对未来的一个开放。中国也许可以帮助非洲国家建立出版社，这样就不用让非洲作家跑到曾经殖民他们的欧洲国家去出书。

这也是我的一种理想。中国的领导人曾到过我们吉布提。以前是亿万富翁给我们带来了建设项目，以后我也希望这样的国家代表团能够带上中国的作家、知识分子，能在文化上、精神上也给我们带来建设项目。

吉狄马加：非常高兴我们能有今天这样一个对话，我仍然要对你的真诚表示我的感谢，从这个对话所涉及的问题可以看出，我们都能坦诚相见，说明我们的确是真正的诗歌兄弟。我们的交流已经说明，非洲和中国一定要在精神上形成这种有深度的交流，我相信我们两个人的交流绝不是个案，希望我们多搭建这样的平台，让更多的中国作家、诗人、知识分子和非洲的作家、诗人、知识分子进行更广泛的交流，并结出更为丰硕的交流成果。

刚才在交流中谈到我们要相互翻译出版中国作家、诗人和非洲作家、诗人的作品，我们接下来应该制订一个可操作的计划，我相信许多中国作家、诗人都会积极地响应。我就曾经有一本诗集在肯尼亚出版,是肯尼亚当代著名的女作家、人权斗士易孔亚翻译的,我非常幸运,这可能是中国诗人的诗集第一次被翻译成古老的斯瓦西里语,他们还在那里专门搞了一个隆重的首发仪式,遗憾的是,我没有机会前去见证这一盛况。听我的美国朋友说,这本斯瓦西里语诗集出版后,许多美国的诗歌网站都作了宣传,这说明文学的翻译和交流能起到别的交流不可替代的重要作用,据我所知,现在也有一些非洲的出版社在出版中国作家、诗人的作品,当然主要集中在北非的埃及和摩洛哥。

我想我们今天的交流已经形成了许多共识,相信我们明年举办的中国诗人和非洲诗人的圆桌会议,一定会取得圆满成功。中国和非盟已经举办了若干次中非国际会议,每一次会议都获得了国际社会的广泛赞誉,我相信我们明年的这个国际诗歌圆桌会议,也一定会在中非文学交流史上留下精彩的一笔。

不知不觉我们今天的交流已持续了三个多小时,这说明我们的确有许多想法需要交流,我希望今后还有更多这样的交流;既然我们已经是无话不谈的朋友和兄弟,下一步我们就更应该保持这种兄弟般的情谊和联系,我预祝你能为中国和非洲的文化交流作出更为卓越的贡献,当然,也希望你带着我们沉甸甸的友谊回到你的祖国吉布提,再一次感谢你的真诚和坦率。

切赫·瓦塔:有两个轻松的问题,还是要问一问。我看你的日常生活非常忙碌,时间安排得特别紧凑,你还有睡觉的时间吗?你还有时间去照顾家庭吗?还有一个问题,你是彝族人,在你的写作中是不是有女性的影响,或者说女性的力量是否鼓励和照耀着你的写作?

吉狄马加:你毕竟是一个真正的诗人,所以你很敏感。实话告诉你,我的工作的确很忙,因为我还承担着中国作家协会的许多日常工作,所以我的写作只能是抽时间来完成,我很少有整块的时间来进行写作,这对于一个诗人来说,并不是一件好事,但是我做的这些工作对更多的写作者和文学交流有意义,我就感到非常满足,每次出差的时候,我都在利用空闲的时间进行阅读,你知道一个作家、诗人停止了阅读就不能更好地思考。

当然我必须抽更多的时间进行写作,一个诗人必须要靠他的作品而存在,如果没有了作品,他也就失去了存在的价值,所以我必须花更多时间去写自己急于想写的东西。我非常珍惜与家人相处的时光,我想诗人的生活也是人的生活,我们更应该懂得生活对我们和家人的意义,有些时候给家人带来更多的快乐,从中获得的幸福感也并不比自己写出一首诗得到的快乐更少。

我的诗歌中有很多赞颂女性的诗篇,我很多诗是献给我的母亲的。我们彝族人具有祖先崇拜的传统,其中对女性尤为崇拜,我们彝族生活中还留存着许多母系社会的痕迹。过去在彝族部落的战争中,如果有女性出来劝阻,那么这一场战争就必须结束。在彝族的神话传说中,我们的创世女神名字叫蒲嫫列伊,一只天空的鹰在她的裙子上洒下了几滴血,因此她才贞洁受孕生下了彝族的创世英雄支格阿鲁,所以我们彝族人把自己视为鹰的儿子,而对女性的崇拜也成了我们精神生活中很重要的内容。在彝族生活中有一句非常古老的谚语,那就是"人世间妈妈为大,粮食中苦荞为王",因为苦荞是一种古老的粮食,我们彝族人对它有着特殊的情感,所以我们在赞颂母亲的时候就用珍贵的苦荞来比喻。歌颂、崇拜和热爱女性,是我们血液中自然流淌着的东西。

切赫·瓦塔:非常感谢你。同时,我也要感谢我们的翻译树才先生。

吉狄马加:好。期待着我们的再见!

2019 年 4 月 15 日下午

诗人在任何时候都需要回望自己的精神故土
——接受保加利亚作家、翻译家兹德拉夫科·伊蒂莫娃的采访

兹德拉夫科·伊蒂莫娃,保加利亚小说家、翻译家,生于1959年。曾任保加利亚美国文学杂志《暮色》编辑、匈牙利《当地的思想》文学杂志编辑与保加利亚笔会中心秘书长。1999年至今,任英国文学杂志《文本的骨头》编辑。出版短篇小说集《苦涩的天空》《其他人》《丹尼拉小姐》《靓身美嗓》《白种人和其他后现代保加利亚故事》《卖国贼的上帝》等。曾获2005年英国BBC世界最佳十部短篇小说奖,2006年获手推车奖提名,2008年获欧洲图书奖提名。

兹德拉夫科·伊蒂莫娃(以下简称"伊蒂莫娃"):感谢你能接受我的采访,你不仅是中国当代具有代表性的诗人,同时也是已经进入了当代国际大诗人行列的诗人。我非常感谢你能就中国当代诗歌写作以及如何促进中国文学界和保加利亚文学界的交流问题接受我的采访。

吉狄马加:我也非常高兴有这样一个机会和你面对面地交谈。过去很长一段时间,保加利亚文学界和中国文学界保持着良好的交

保加利亚作家、翻译家兹德拉夫科·伊蒂莫娃。

往和合作,所以我能在北京接受保加利亚作家的采访,一起讨论两个国家的文学现状,对我个人而言,这也是一种荣幸。

伊蒂莫娃:在这里我首先要转达保加利亚作协主席波亚兰加对你的问候,转达他对你由衷的敬意。你的诗集《身份》保加利亚语版已经出版了,我本人作为译者觉得非常荣幸,这本书已经成了我生命的一部分,一个永久美好的回忆。

在翻译你的诗集《身份》的过程中，我住在两个城市，一个是索菲亚，一个是我出生的故乡城市，为了翻译好这本诗集，我花了大量的时间进行了认真阅读，经常是在两个城市的图书馆里进行翻译，我力求吃准，理解透彻。我还在保加利亚的一家电台陆续朗读你的诗歌。

我还安排两个城市的一些中学生朗诵你的诗歌，学生们最喜欢的是你的抒情诗，其中有一首题目叫"时间"的诗歌，他们尤其喜欢，当然他们还喜欢你那些有关爱情的诗篇，以及你向其他国际上的诗人致敬的那些篇什。

我非常喜欢你的演讲集《敬畏群山》中的一些文章，特别是你在2015年"欧洲诗歌与艺术荷马奖"颁奖会上的致辞，以及你在波兰米钦斯基表现主义"凤凰奖"颁奖仪式上的讲话，我都非常喜欢，我认为你获得这样一些奖项都是实至名归的。

吉狄马加：感谢你将我的诗歌翻译成保加利亚文，这当然是我的一种光荣。在此之前，保加利亚曾经出版过我的一本诗集，是一位保加利亚年轻诗人翻译的，在我的印象中，他还担任过保加利亚作家协会的秘书长，他的名字叫赫里斯托夫，我还专门为这本诗集的首发式去过保加利亚，还在两个城市朗诵过诗集中的一些诗歌，其中一个地方是索菲亚，我记得当时出席我诗歌朗诵活动的有近百人。但是这次你翻译的这本《身份》内容要更丰富，我不同时期的诗歌都有收录。一个好的译本对于一个诗人在别的国度的传播很重要，我一直认为一个诗人的作品一旦进入了另一种语言，它就是经历了一次重生，获得了第二次生命，感谢你让我的诗歌在你的伟大母语中获得了生命。

我们中国作家和诗人对保加利亚始终充满着尊敬。早在20世纪30年代,鲁迅先生和茅盾先生他们,就开始关注保加利亚的作家和文学。我在很年轻的时候就已经阅读过许多保加利亚作家和诗人的作品,比如保加利亚作家伐佐夫的作品,诗人瓦普察洛夫的诗歌,我特别喜爱并十分钟情的是保加利亚小说家埃林·彼林,他的那些充满了保加利亚田园风光和乡土气息的短篇小说,给我带来过难以忘怀的愉悦和艺术享受,高尔基就曾经在文章中高度评价过他的作品,直到今天我还保留着20世纪80年代中国出版的《埃林·彼林中短篇小说集》,所以说对保加利亚作家和诗人的作品,我一直有着非同寻常的亲切感。说到埃林·彼林,我还想补充几句,那就是他不仅仅是保加利亚书写乡村生活的高手,也可以说,把他放到整个19世纪末20世纪初的世界文学史来进行考量,他也堪称世界级的大作家。读他的小说,虽然我们和保加利亚远隔千山万水,但是我们同样能在这种阅读中,走进保加利亚民族的心灵,更真切地感受到保加利亚民族血液的温度。

伊蒂莫娃:你对埃林·彼林的这种阅读和喜爱,令我感动,因为我本人也很喜欢埃林·彼林,他是我写作当中非常重要的一个资源。和你交流对埃林·彼林的看法,感到十分愉快,我作为你诗集的译者,也有相同的感受,中国和保加利亚,虽然远隔千山万水,但我们的心灵是没有距离的,把你介绍给保加利亚的读者,也是一次对中国当代文学最直接的呈现。这次有机会参加了国际写作计划,特别是访问了你的故乡布拖的达基沙洛,亲眼看到了你和你的同胞在一起的情景,体验了那里的山地生活和民族文化,这些都给了我许多重要的启示,让我对你的作品中那些力量和美,又有了更加深刻的理解。在去达基沙洛的路上,沿途能看到彝族人在陡峭的山坡上劳作,耕种各种各样的作物,看得出你的同胞依然吃苦耐劳,力图改变自己的生存环境。我很想知道,出生在这样原始的山地,这样的环境和这样的人民,它们在你的写作当中起到了什么样的作用?形成了你怎样的诗歌风貌?

吉狄马加:一个诗人,特别是一个民族的诗人,他的写作肯定离不开他成长的环境,离不开养育他的民族,离不开滋养他的民族文化,当然更离不开这个民族千百年来所形成的伟大精神传统。就像你刚才说的那样,我们彝族的确是一个典型的山地民族,虽然我们在历史上有很长的一段时间与外界隔绝,但我们拥有数千年的文明史,我们的先人创造了非常灿烂的古代文化,就像你们在西昌彝族文化博物馆里看到的那样,我们创造过古老的历法十月太阳历,同时我们也创造了自己的文字,在彝族的现实生活中,我们还有着坚守至今的道德价值体系,也正因为我们拥有的这一切,才让我们在这样艰苦的环境下,始终保持了达观向上的精神,我要告诉你的是,正因为有这样的环境和人民,我的诗歌才充满着深沉的爱和难以用语言来表述的悲悯之情,而我诗歌中最内在的特质,就是一种追求人道、自由、平等以及抗拒一切暴力的精神。

伊蒂莫娃:你在2017年出席罗马尼亚的诗歌节,做了题为"诗歌可以打破一切障碍和壁垒"的演讲,其中你提到了身为出生在诺苏家庭中的孩子,民族文化的养育使你本能地把自己和众生视为平等,这种平等观念在你身上可以说是与生俱来的,就是说在你的意识里,万物和众生是平等的,这样的观念在欧洲人看来是比较特别的,当读到你的那篇演讲时,我也被深深地震撼了。

吉狄马加:的确如此,在彝族的原始神话中,这种万物众生平等的思想比比皆是,彝族的史诗《勒俄特依》《梅葛》《阿细的先基》等都有这样的内容记载,彝族人认为在这个地球上,无论是动物还是植物,都是一个大家庭的成员,所有的成员都是平等的,他们之间的关系,就是一种相互依存、共荣共生的关系,这是彝族一个很古老的哲学观念。当然这一思想和观念,毫无疑问已经成了我们潜意识中的一种东西,另外,作为一个古老的山地民族,彝族人崇尚英雄和自由,从另外一个角度来讲,就是在我们的意识深处,尊严和自由很多时候甚至比生命还要重要,特别是凉山彝族在20世纪50年代以前,还保留着许多古希腊英雄部族生活的遗风。

伊蒂莫娃:在你的演讲当中,你提到了对于一个少数民族诗人而言,自己的民族传统非常重要。你是具有代表性的彝族诗人,同时你的诗歌成就又在国际上获得了广泛的承认,你既是本民族重要的诗人、中国重要的诗人,也是世界重要的诗人,这种成就并不是轻松获得的,你是怎样成功地从你的民族走出来而为世界所接受的?

吉狄马加:我想任何一个诗人作为人来说,都不是一种抽象的存在,他都会置身于某一个社会里,也就是说,只要是人,他都会有他成长的土壤和社会属性,在这一点上,任何一个诗人都不能例外,就像我刚才说的那样,诗人不可能没有他成长和生活的环境,也不可能不接受文化和传统对他的影响,更重要的是,不同民族的语言和思维方式,对诗人诗歌风格的形成其影响力更是巨大的,所以,一个民族的诗人首先是属于他的民族的,属于那片养育了他的土地的,属于给了他取之不尽、用之不竭力量的伟大传统;但是一个真正的优秀的诗人,他同时也是属于全人类的,因为所有伟大的精神创造,其成果也就成了这个世界文化遗产的某一个部分,这样的例子中外文学史上很多。东欧就有很多杰出的民族诗人,比如波兰诗人密茨凯维奇、罗马尼亚诗人爱明内斯库,我认为他们作为诗人,既是自己民族的儿子,同时也是伟大的世界公民。

如果从全球的眼光看,任何一个民族的生活,都是这个地球上人类生活的一部分,他们的生活都不是完全孤立的,人类创造的优秀的精神成果,也应该被更多的民族所共享,正因为那些伟大的经典作家,揭示和表现了人性中最真实和最具生命力的东西,因为这些作品反映的是人类最普遍的情感和思想,这些作品才可能超越某个狭小的地域,成为人类共同的精神财富。从我的阅读经验来看,世界上任何一位伟大的诗人,他都必须首先将自己的创造植根于民族精神的厚土,植根于有别于他人的深厚的文化传统,但同时他还必须在精神和意识上超越这一切。一个民族的诗人,他不仅仅是民族之子,他还应该是人类文明之子。如果把一个诗人比喻成一只飞翔的鹰,哪怕他飞得再高,最后他还是要在大地上栖息,这片他栖息的大地毫无疑问就是他的民族及其文化,但更重要的是,他还必须获得天空的承认,因为只有天空的高度才能让我们从遥远的地方确认那是一只正在高高飞翔的雄鹰。

其实诗人就是一只鹰,他们永远翔游在土地和天空之间,雄鹰只有飞得更高它才可能看得更远,而能抵达何种精神高度就成了丈量诗人作品的一把尺子,而具有精神高度和人类意识的诗人的作品,终将会被传播到很远的地方。就像瓦普察洛夫这样伟大的诗人,当然他首先是属于保加利亚的,但同时他又属于全世界,也正因为他的作品既体现了保加利亚深刻的民族性,同时又让我们看到了保加利亚民族美好善良的心灵,尤其是他对正义和自由精神的捍卫,更让他的作品感动了生活在这个世界上不同地域的人们,我想我们对他作品的热爱也正来源于这里。

伊蒂莫娃:你2018年获得"波兰塔德乌什·米钦斯基表现主义凤凰奖",在演讲当中您讲到,对于一个诗人而言,仅仅发现自我是不够的,一个伟大的诗人还必须超越自我。读到这句话的时候,我觉得很感动,因为当今的诗歌写作,在全世界范围之内,很多诗人汲汲于小我、小情绪、小感觉,不太关心社会,不太关心世界,你能否就这个问题再详细说明一下?

吉狄马加:首先,每一个诗人的写作都有自己的个性和艺术追求。写诗是一种个体行为,它既表现出极强的个人意识,也是诗人独立思考的艺术呈现,对诗人特性的这一基本判断,我想全世界应该都是认可的。20世纪以来的现代主义诗歌的历史告诉我们,诗人关注内心,关注自我,关注个人经验,这也是现代诗歌的一个特点,这一点我以为无可厚非。一个诗人的写作怎么可能离开个人的生命体验呢?但是我要强调的是,无论诗人怎样揭示生命的意义、死亡的神秘、存在的无常,他的作品还应该具有把这种经验普遍化的能力,这种对普遍性的包容和呈现越大,越说明诗人本身的格局越大,伟大的诗歌不可能没有一定的社会意义,如果说得更大一些就是人类意义。

另一方面,任何写作都离不开特定的时代,即诗人所生活的时代。而我们任何一个诗人,或者说有责任的诗人的写作,都应该树立这样一种写作的志向,那就是勇敢地去揭示生活和社会的真相,去反映和表达人类对真善美的追求和渴望,都应该用最大的热情关注人类的命运。诚然,任何时候,诗人的这种表达都是从个体出发的,所以诗人个体的声音、诗人个体的呈现、诗人个体的创造,都必须得到充分尊重,因为失去了"个体"这个前提,诗人独特的价值也就不复存在。

但是如果一个诗人,发出的仅仅是个体的声音,而这种声音没有获得应有的共鸣,没有反映他所置身的那个时代、揭示出那个时代的真相,那么要成为一个有格局的大诗人是不可能的。诗人的胸怀和眼光非常重要,真正站在人类精神高地上的诗人,才可能用广阔的视野去审视人类的历史,并预言这个世界的未来,就某种意义而言诗人就是祭司和先知。在我们这样一个后工业化、后现代的社会环境下,人类整体的生活都是碎片化的。也正因为碎片化,很多诗人的作品完全转向内心,许多细微的极度个人化的东西往往成为他们抒写的主要内容,虽然这些作品都是其内心真实的表达,但由于这些作品所呈现的个人经验缺乏普遍意义,故很难获得他者心灵的共鸣。

就世界而言,现在正处于一个精神和道德整体下陷的时期,但诗人不能下陷,他必须站在人类精神的高地,他必须手持燃烧的火把,这火把照亮的就是人类的精神世界;诗人不仅仅是一个时代的歌手,他还应该成为这个时代正义的化身,见证这个时代,并留下自己真实的记录。

伊蒂莫娃:我同意你的看法,诗人应该揭示时代的真相,其次也要像预言者,预言未来的世界,这样的描述特别贴切。

你在一次演讲当中,用到过一个意象,就是人类将最终抵达光明涌现的城池,你似乎是在把未来美好的世界,比作由光构造而成的人类天堂。在另外一次演讲当中,你也谈到诗人是文字的魔术师,作为一个诗人,要用文字建造人类理想的乌托邦。你是否就这个话题再谈一谈,即诗人是如何通过文字的艺术促成这样一个美好的世界的建立?

吉狄马加:我想任何一个诗人都是独立的存在,他的写作本身就是在构筑一个世界,当然这个世界首先是一个属于诗人的诗的世界,同样这个世界也应该是属于全人类的精神世界,因为诗人的创造永远是人类精神创造的一个部分。说诗人是语言文字的魔术师,那是由于诗人不是通过其他方式,而是通过文字和修辞来完成独立的创造。任何一个诗人的创造其实都是在实现一种理想,可以是精神上的理想,也可以是艺术上的理想,从某种意义上来说,这种追求是无止境的,所以说这具有很强的乌托邦的色彩,尽管这样,诗人的追求却不能停止,这或许就是诗人存在的价值。德语诗人里尔克终其一生都在理想的道路上前进,他的作品所构建的全部隐喻和象征,就是在引领我们进入一个形而上的光明的城池。这是伟大诗人的责任和使命,也许这个理想遥不可及,但是诗人必须要有这样

吉狄马加(左)接受保加利亚作家、翻译家兹德拉夫科·伊蒂莫娃(右)访谈,中间者为翻译黄少政教授。

一个神圣的目标,否则诗人的写作以及他所有的创造,就会丧失精神的高度,也就不可能真正抵达涌现出光芒的城池。

伊蒂莫娃:一个诗人写作非常强大有力,都能像你的诗歌作品一样的话,那么他构筑的那个诗歌世界,人们就不再把它视为乌托邦,而是把它看成是一个真实世界的另一面,也就是说,诗人的写作达到了这样的境界,哪怕他构筑的是乌托邦的东西,在人们看来也都像是真实的。

吉狄马加:我想任何人类的现实生活都是真实的,人类历史的进程也从来都是不平坦的,它伴随着战争、变革、动荡、苦难和希望,人类历史每前进一步都付出了血的代价，而诗人必须要写出并揭示人类在这一历史过程中的命运，而如何反映其中蕴含的最为复杂的人性，更是诗人义不容辞的职责。面对人类对万物和众生犯下的罪行，诗人以人类的名义所进行的忏悔，实际上是对人类在进行一次又一次的救赎。诗人既为人类创造了一个属于他的世界，同时他也为人类的未来预言了一个光明的前景，诗人的责任不仅仅要创造语言的奇迹，他还应该为人类的现实提供最深情的服务。诗人不是精神的贵族，他只能是为人类贡献精神食粮的仆人。我们说20世纪以来的现代主义艺术，其最大的特征就是解构人类的现实和生活，它把揭示现实的荒诞性和生命的无意义作为了主题，我们说现代主义艺术让我们看到的是人类的荒原和困境，这绝不是耸人听闻的一个说法。残酷的事实就在那里——20世纪，在相隔不长的时间里爆发了两次世界大战，因战争死亡的人数超过了历史上的任何一个时代，而这以后人类所面临的死亡威胁、生存威胁、发展威胁，更是令人触目惊心，特别是冷战思维并没有消除，一些政治集团和国家还在以各种名义欺凌弱者，整个世界充满了不确定性。世界上并没有一个统一的宗教，我以为诗歌在面对这个世界的时候，或许它就如同一种被公认的心灵的宗教，给人类苦难深重的灵魂以温暖和慰藉，而诗人通过诗歌给我们带来的这种精神抚慰，毫无疑问也会给人类勇敢地迈向未来增强信心。

伊蒂莫娃：20世纪的很多作家，似乎对人类不抱任何希望，在他们的心底，人类似乎要毁灭了。你刚才的表述认为，诗人还有另外一种作用，诗人揭示人类面对的困难，但不是要把人类带进悲观绝望的深渊，而是要告诉人类还有另外一种前景，那就是说人类是可以改进的，人类是可以被救赎的。

吉狄马加：当然，我仍然相信人类的未来是美好的。核战争的威胁、地缘政治引发的各种冲突，特别是20世纪以来出现的各种生态和环境问题，已经让一些重要的思想家和具有远见的政治人物，开始思考人类所面临的这些共同的问题，许多智库和专家也提出了许多应对之策，但是到目前为止并没有真正解决这些棘手的问题，一些国际性组织的作用也越来越弱化。比如全球变暖的问题，人类对资源的掠夺式开发问题，对生物多样性和文化多样性的破坏问题等，都没有得到根本的改变。寻求一种更适合人与自然和谐相处的方式来发展经济社会，依然是今天人类亟需解决的迫在眉睫的重要问题。诗人作为人类精神的守望者和书写者，更应该在这样严峻的现实面前关注万物众生的生存状况。我并不是一个传统意义上的悲观主义者，但我却对人类的未来充满了不安和忧虑，正因为隐约感受到了人类明天的这种不确定性，才更加期待诗歌在人类的精神世界中发挥更重要的作用。我刚才已经说过这样的意思，让诗歌成为一种超越了所有宗教的另一种"宗教"，因为诗歌从本质上就是灵魂里的东西，尤其是在这样一个被消费主义绑架了的时代，拜物主义对人的异化也大大超过了从前，我们更渴望有大格局的诗人来担当重任，把那些真正来自人类灵魂的诗歌奉献给这个时代。

在这方面，20世纪俄罗斯最伟大的诗人之一阿赫玛托娃的《安魂曲》和《没有名字的主人公》，就是两首经典的见证之诗，它们是20世纪俄罗斯民族命运的真实写照，如果说它是俄罗斯民族的悲剧之诗,那它同样也是人类的悲剧之诗。这些长诗用极度悲悯的情怀,见证了人类在罪行面前所表现出来的尊严以及绝不妥协的正义立场,在阿赫玛托娃那里,是诗歌最终帮助人类完成了对自身的救赎,诗歌才是最后的胜利者。

伊蒂莫娃:我们知道中国近年来经济发展很快,已经是全球最领先的经济体之一。另外一方面你作为鲁院的领导人,也作为中国作协领导人,主持国际写作计划,召集全世界的作家、诗人,一起交流文学经验。我们这次从西昌泸州回到鲁院,看到这里,专门开设了一期残疾人作家班,我很感动。中国发展经济的同时,对弱势群体,对这个群体中间涌现出来的有写作才能的人也是非常尊重的,经济发展的同时并没有忽略像这样的弱势群体那种创造性才能的发展。作为鲁院的院长,你是怎么做出这样的决定的?

吉狄马加:中国这几十年高速的经济发展,可以说令世界瞩目,今天中国已经是世界最重要的经济体之一。正如你说的那样,我们在经济高速发展的同时,越来越重视社会事业的发展,当然这也有一个渐进的过程,特别是对发展教育、医疗、文化等领域的事业的重要性的认识,也是逐步深化的。如果把这个话题再展开一些,中国这几十年的发展之所以能取得这样辉煌的成就,实际上依赖的就是有一套符合中国国情并能有效运行的社会制度,这一点非常重要,正因为这几十年保持了高度的政治稳定,经济的高速发展才有了可能;另外就是我们常说的改革开放,高度的开放同样重要,不能关起门来搞经济,所以中国今天的蓬勃发展,与改革开放的政策是分不开的。

我想对任何一个国家来说都一样，一个健康人道的社会，除了有丰富的物质基础，还应该有高度的精神文明，应该重视社会事业发展。近几十年来中国物质文明和精神文明两个方面的建设，无论是政府还是相关的社会组织，都做了大量卓有成效的工作，精神文化建设也被提到了国家战略的高度，在国家和地方制定的发展规划中，文化建设是一个很重要的内容。

你们在新闻报道里已经看到，明年也就是 2020 年，中国政府将会向全世界宣布中国消除绝对贫困，实现整体脱贫进入小康。这项伟大的工作正在进行最后的攻坚，这是了不起的划时代的成就，是人类消除贫困历史上的一个奇迹，每年数百万人脱离贫困，这在人类的历史上是从未有过的。另外，在消除贫困的过程中，乡村精神文化建设也被列入了考核范围。这次你们到我的故乡布拖县达基沙洛，看到了山上居住的彝族老百姓，政府给每个家庭都盖了新房子，他们在教育、医疗方面也有了很好的保障。当然消除贫困的任务仍然是艰巨的，把后续工作做好更是对脱贫工作的考验，特别是可持续产业的形成，才是脱贫致富的关键。在中国关注弱势群体既有政策要求，同时也是全社会的一项公益事业，就像这次你们看到的，鲁迅文学院办的残疾人作家班，就是一个最好的例证。社会公平不是一句空话，我们理应给残疾人写作者提供更多成长和提升的机会。

我们的国际写作计划，希望全世界有更多的作家来到中国，实际上这也是一种开放精神的体现，我们只有一个目的，就是让全世界的作家看到一个真实的中国，并给大家提供宽松的、有深度的交流机会。今天的中国在进一步融入世界,文化的对话和交流更为重要,让不同文化背景、不同政治背景、不同社会制度背景、不同宗教背景的作家相聚在一起,其实就是用具体的行动促进人类的和平与进步,这是功德无量的事情。凡是参加过写作计划的作家、诗人、批评家,都有一个共同的感受,那就是这个写作计划给他们提供了一次宝贵的了解中国现实,了解中国文化,特别是了解中国人生存状态的机会。作家都非常敏感智慧,跟一般旅游者不同,他们会透过现象发现和看到更本质的东西;匈牙利有两位作家参加写作计划后,很快就出版了写中国见闻的图书,并成为了畅销书。

伊蒂莫娃:我 2013 年在上海待过两个月,去年又在那里待了十天,我看到上海孔庙那一带原来全是小平房,五年后已经全是高楼大厦了,给我的印象非常深刻,这里发生的变化太剧烈了。你们鲁迅文学院现在同时开办了两个班,一个是残疾人作家班,还有一个是研究生班,我看好多都是年轻的作家、诗人。你也是从年轻的时候开始写作的,以你过来人的身份,或者眼光,你对这些年轻的作家、诗人或者说广义上的年轻作家、诗人,有什么话要说的吗?

吉狄马加:一是要向经典学习,二是要向生活学习。作家、诗人的创作就是一种精神劳动,这种精神创造的过程,具有极强的主观性和个人性。坚守自己的写作信仰,是一个写作者在年轻时就应该具备的品质;一个优秀的作家还要善于学习,我个人认为在这样一个知识爆炸的时代,作家应该是复合型的人,其知识结构不能单一,哲学、社会学、人类学以及新知识都应该成为今天写作者的知识储备。意大利作家卡尔维诺,意大利符号学家、作家埃科就是学养丰厚的作家。不是思想家的写作者,就不可能登上人类精神光辉的顶点,这一点至关重要。

当然写作是需要天赋的,但任何一个有天分、有潜力、有才能的写作者都离不开后天的努力,如何把自己的天赋发挥到极致?没有任何捷径可走,只有通过艰苦的劳动才能达到。说到对作家的培养,实际上就是提高写作者的修养。当然,真正的作家不是哪个学校能培养出来的,只有时代和生活能培养造就作家,我们的鲁院就是这样一个为写作者加油打气的地方:丰富他们的各种知识,开阔他们的文学视野,更重要的是给他们提供一次回顾和思考自己写作历程的机会,为新的发展进步找到正确的方向。任何天才要应运而生都是需要环境的,我想我们的鲁迅文学院就是要营造这样一个环境,做有才华的写作者的一个"加油站"。

伊蒂莫娃:刚才这一部分,你谈得特别到位,让我觉得特别振奋,感觉自己头发都要竖起来了。我现在想提一个小问题,你是哪一年发表作品的?

吉狄马加:我1979年开始发表作品,那个时候还是大学三年级的学生。

伊蒂莫娃:你现在应该有大量的职务,比如说全国人大常委会委员、中国作协副主席,你同时又是鲁院的院长,或许还有其他的社会职务,这些职务的工作占据了你生命当中的大部分时间,你还有时间写作吗?

吉狄马加:很多采访者都问过我这个问题。作为一个诗人,他的存在靠的是他的作品,所以无论工作怎么忙,我都会挤出时间来写作，基本上每年都有新作问世。但是，作为文学组织的一名工作者，能有机会为作家服务也是个难得的机遇，比如这个国际写作计划能够实施，我就很有成就感；能把作家、诗人的文化理想变成现实，其意义也是巨大的。一个诗人与广阔的社会生活发生关系，对我而言也是至关重要的，正因为我有从政的经历，对社会和现实的了解才具有了全局观，同时我又是一个作家，所以我对事物的看法都是双向的，或者说是多向的，为此我要感恩时代和生活。伟大的法国作家雨果就是一个游走于书斋和社会生活的行动者，他是我必须要认真学习的一代楷模。

伊蒂莫娃：把这两个角色处理好，还能坚持写出好的作品是需要付出很多劳动的，特别是你花这么大的精力来推动国际文学交流，给我留下了极为深刻的印象。你组织的这些高水平的国际文学交流活动，不仅仅扩大了中国文化的影响力，也促进了世界诗歌的进步和繁荣。你手头最近正在写什么样的作品？

吉狄马加：反映彝族的现实和彝族人民的精神世界，仍然是我诗歌的主要内容之一。就像许多古老的民族一样，彝族正在经历一个现代化的过程，彝族人内心和灵魂所经历的这种嬗变是从未有过的，我想从更大的精神层面来呈现这种剧烈的变化，这首长诗名字叫"火的胜利"，希望它是我呈现一个古老民族的心灵史以及他面向未来时所展示出的巨大勇气和哲理思考的一次全新尝试。

伊蒂莫娃：非常感谢你今天下午在百忙中接受我的采访，同时也要感谢亨特（即黄少政）精彩的翻译，他的每一次翻译总是无与伦比的，他不仅仅是今天下午我们交流的桥梁，还有他在达基沙洛和泸州的表现，都令我惊讶赞叹。最后一个问题，中国诗人里面你最喜欢哪一位？

吉狄马加：中国伟大的诗人很多，这样去选择是一件很困难的事，但为了满足你的要求，我就说三位吧。一位是中国浪漫主义诗歌的鼻祖，也可以说是世界浪漫主义诗歌的先驱屈原，第二位是中国唐朝伟大的现实主义诗人杜甫，他被后人尊崇为诗圣，第三位就是中国现代诗歌史上的泰斗艾青。

伊蒂莫娃：艾青不仅仅是你最喜欢的一位现代诗人，同时他还直接给过你许多做人和写诗方面的教诲，是这样吗？

吉狄马加：是的，非常宝贵，受益终身。当然中国诗歌史上还有许多伟大的诗人，他们的作品也都深深地影响过我，我对他们都充满着由衷的敬意。

伊蒂莫娃：不好意思我想再补充几句话，这次到成都参加诗歌活动，见到了许多优秀的中国诗人，我准备翻译一些他们的作品在保加利亚发表，争取在每一期的月刊上都能推出一位中国诗人。其中有一首写蟋蟀的诗就令我非常感动。

吉狄马加：谢谢你将要做的这项工作，真的很有意义，我代表他们感谢你。

伊蒂莫娃：像你这样伟大的诗人能够专门接受我的采访，是我的荣幸。我回到保加利亚会把今天的经历告诉我的家人包括我的孙子。再一次感谢你给我这样的礼遇。我本人确实认为你要是获得诺贝尔文学奖，也是实至名归，很简单，你实至名归，你应该得到这个奖项。

吉狄马加：诺贝尔文学奖，总是颁发给幸运者，所以谁是幸运者只有上帝知道。但是作为一个诗人，我只有一个信念，那就是为土地而写作，为民族而写作，为人类而写作，为生命而写作。

伊蒂莫娃：你的写作既属于民族，也是属于全人类的。

吉狄马加：谢谢你美好的祝愿。

伊蒂莫娃：我真的非常喜欢你的诗歌。保加利亚有一个习俗，你正在等待着命运的敲门，而我们会把那扇希望之门朝你打开。

2019 年 4 月 16 日下午

或许通过人类的自我救赎，这个地球才会变得更好
——与澳大利亚诗人马克·特里尼克对话录

马克·特里尼克(Mark Tredinnick)，澳大利亚诗人、散文家，当代英语世界最重要的诗人之一，生于1962年。已出版著作：《如我所知》《蓝绿诗章》《火热日记》《蓝色高原》《田埂上的苍鹭》等。曾获蒙特利尔卡迪夫诗歌奖、布莱克纽卡斯尔诗歌奖、总理文学奖以及卡里布尔散文奖。2017年参加香港国际诗歌之夜活动。目前在悉尼科技大学和悉尼大学担任诗歌和写作教授。

马克·特里尼克：非常高兴今天能够在这里与你交谈。

吉狄马加：我非常高兴也珍惜我们今天的交流机会。

马克·特里尼克：这种交流对我来说是一件非常荣幸的事情，我既把你视为长者，还把你看成兄弟。

吉狄马加：是的，在我们这个地球上，诗人就是一个大家庭的成员，不管是什么肤色，不管生活在什么地域，不管置身于何种社会制度，也不管是什么样的文化背景，我想只要是诗人，我们的精神和灵魂就会把大家联系在一起。所以我希望今天的交流更直接、更坦

澳大利亚诗人马克·特里尼克。

率,特别是涉及诗歌那些最本质的东西的,更应该敞开心扉,畅所欲言,相互启发。我以为这也是一个向对方学习的机会,希望我们度过的这个下午将是美好的。

马克·特里尼克:你的诗歌作品里面写到了生态环境,人的精神,人和人和谐相处,在您的作品当中,这类题材占据很重要的地位。可否请你谈一谈你的创作动机?

吉狄马加:正如你所说过的,在工业革命和后工业革命之后,人类社会如何发展?现实已经给我们提出了许多必须去认真思考并且需要回答的问题,比如说,我们发展的真正目的是什么?我们怎么能更好地可持续地使用我们地球的资源?我们怎么能找到更合乎人类全面发展的方式?如何处理好人和社会、人和自然的关系?正是人类理性主义和实用主义的发展理念,造成了今天人类面临的这些有关生态破坏、环境污染、资源过度损耗等异常严峻的问题,这些问题到了今天已经成为不可回避的客观现实。

自20世纪50年代以来,实际上已经有很多有识之士开始质疑人类的发展方式,特别是对资源掠夺式的开发。无序地发展和扩张高耗能的产业,给这个地球带来了从未有过的压力。这种压力无论从伦理的角度,还是从社会可持续发展的角度,都是必须正视的问题,因为它关系到人类的未来。显而易见,对这个问题我们必须做出正确的选择,否则它就会给人类的未来带来更大的灾难。事实上,这些年全球气候的异常变化,各种生态灾难的频繁出现,已经一次又一次给人类敲响了警钟,所以,我们选择什么样的发展方式,实际上就决定了人类未来的命运,我想我们应该就此形成一种共识。

我的家乡过去是一个林木十分茂盛，水资源也很充沛的地区，但是自20世纪50年代开始，森林被大量地砍伐，造成了很严重的泥石流，各种自然灾害频发。这是一个沉痛的教训。20世纪90年代开始，中央政府和地方政府开始严禁砍伐森林，制定了退耕还林、退耕还草的政策，开始修复遭到破坏的自然山水。诗人大都是自然主义者，我的许多诗歌的灵感都来自于对自然的热爱和亲近，我们所发出的保护生态的声音，都是我们真实情感的直接体现。

我想澳大利亚也有过类似的发展经历。保护和发展实际上是一个悖论，一方面我们的发展不能和自然形成一种对立的关系，另一方面，人类为了生存又不可能不进行新的发展，保护和发展的分寸如何把握，我想听听你的高见。

马克·特里尼克：你说得对，从我记事起，就明显感觉到了环境在一天一天恶化，泥石流频发，森林山火此起彼伏，所以大家也意识到了人类对大自然过度的索取，已经带来非常严重的问题，对此我们都感同身受。这次达基沙洛之行，看到山上种种萧然的景象，也感觉改善生态确实是一个很迫切的问题，谁也不能幸免，谁也不能置身事外。

20世纪70年代有一个智库叫罗马俱乐部，最早提出环境的问题，另外一个智库叫伽亚（Gaia），这两个机构把这个问题提得非常尖锐，严厉警告人类必须悬崖勒马，指出如果人类继续这种近于疯狂的对自然的索取和开采，必然会导致人类自己的灭亡。你觉得在目前情况下，我们人类从道义角度，或者从其他方面还能提出什么样的方案，解决人类造成的这个问题呢？

古狄马加:是的,对环境问题的关注实际上就是从20世纪50年代开始的,因为那个时候已经看到了这种危机,有许多研究机构和智库,用不同的方式开始提醒许多国家的政府和大企业,罗马俱乐部是在这个方面很有建树的一个机构,在我的印象中,他们每年都发布这方面的专题报告,这些报告中,还有大量的来自于他们独立收集的数据。今天人类面临的这些生态问题,并非危言耸听,现实确实已经到了非常危险的地步。现在我们可以看到,包括联合国在内的一些国际组织,都在积极地推动改善温室效应造成的全球变暖的现状,许多国家公开承诺减少碳排放量,但是尽管这样我们仍然感到,与地球环境恶化的速度比较起来,这种努力仍然是杯水车薪,远远不够。这是一个巨大的挑战,是对生活在这个地球上的所有人的挑战,寻求这一问题的解决之道我想是我们责无旁贷的共同的责任。

从目前的情况来看,不是我们没有找到这些问题出现的原因,而是要让大家形成一种共识,并拿出具体的举措和办法来解决这些问题。现在许多国家的政府和民间机构提出了一些很好的发展和保护的理念,现在最重要的是,如何让更多的国家认同这种倡议和理念。令人瞩目的几次世界性的环境大会,虽然取得了积极的成果,但是仍然有一些发达国家和发展中国家不能形成真正的共识,甚至有的发达国家就完全不履行自己的责任和义务。我认为对环境和生态加以保护,不仅仅是我们要寻找一种更好的发展方式,还有更高的道德层面的意义。让人高兴的是,现在世界上大多数国家都制定了自己的保护环境的政策,确定了保护目标,对环境保护有了更深的认识,都力求处理好发展经济、保护生态和改善民生的相互关系。改善地球生态环境,需要各方面的积极努力,而不仅是一部分人一部分国家的努力。

我个人认为,虽然生态环境的改善在一部分国家呈现出好的状况,但就整个地球而言,这种环境恶化的大趋势并没有得到扭转,似乎还有愈演愈烈之势,在这种情况下,我们作为诗人的确应该发出我们的声音,要用我们的作品来唤醒今天的人类,我们要把我们的责任感和对人类未来的忧虑,注入我们的每一首诗歌中去,我们不光要成为保护地球生态环境的倡导者,还应该成为实施行动的人;我们还应该从人类文化、文明不断延续的角度来认识地球母亲对我们的重要性,我想我们的声音将会成为保护这个地球正义之声中不可或缺的组成部分。

在这个方面,英国伟大的哲学家罗素在20世纪就表达过类似的忧虑,他认为现在人类的发展,只一味地强调技术和逻辑,强调人类对物质的过度需求,实际上已经造成了环境资源的紧张,甚至已经打破了应有的基本的平衡。我认为人类生态发展观也是需要启蒙的,这种启蒙从一个人的童年时期开始就应该进行,没有连续不断的启蒙、没有一种未来的前景就是可疑的,甚至是悲观的。

20世纪40年代,印度的圣雄甘地就有这样一种思想,他认为如果我们地球上的每一个人都仿效并过上高度发达的美国式的生活,占有大量的住房、汽车和各类生活资源,那么这个地球是无法承受的。当然他的结论是以当时的科学技术发展水平为前提的。尽管如此,我以为这个判断现在并未过时。我们必须考虑到世界上的人口还在不断增加,资源的总量也只会越来越少,虽然因为科技的进步,我们有了许多新的资源替代品,但是,要真正改变我们的发展和资源的矛盾还存在大量的难题,改变我们向地球无度地索取资源的行为仍是十分必要的。

当然科学界也有一种争论,认为今天的气候变化,似乎与人类的经济和社会活动没有太大的关系,并不认为是工业生产带来了今天的环境问题,他们认为整体的气候变暖是地球的一个周期性变化的问题,另一种观点却认为今天的生态和环境问题,都与人类的发展方式息息相关。我们不是科学家,但通过我们的亲身感受,可以得出一个结论,那就是今天的地球与过去相比不是越来越好,而是变得越来越糟。现在每一天都有生物种群在消失,这已经是不争的事实。而这类情况的发生,是和人类的活动有着千丝万缕的关系的。我不是一个悲观主义者,但整个地球的环境在持续恶化中,这恐怕也是一个事实。

我注意到一个情况,我们过去走在乡村的路上,特别是在下雨后的小路上,能看见一条条蠕动的蚯蚓,但是现在已经很难看到这样的景象,因为我们使用了大量的农药和化肥,土地中的生物链被人为地切断了。过去在我的家乡,能看到许多鹰盘旋在高空,现在鹰的数量也远远不能跟过去相比了。森林中动物的种类也没有过去那么多,许多动物都面临着生存的危机。

马克·特里尼克:我最近参与了一个面向全球的诗歌项目,这个诗歌项目要求参与者写一首《物种灭亡的挽歌》,不用考虑科学界的各种争议。有一个事实,正像你谈到的那样,大量物种在不断消

2019年4月吉狄马加(左四)与澳大利亚诗人马克·特里尼克(左三)、格鲁吉亚诗人邵塔·雅塔什维利(左二)、德国诗人马蒂亚斯·波利蒂基(左五)、英国威尔士诗人艾弗·阿普·格林(左六)在一起。

亡。所以从道义的角度，应该讨论人对自然的剥削性的关系，资源索取是一种剥夺性的行为。美国自然写作大师洛佩兹的新作《地平线》，从道义角度探讨了人对自然的这样一种剥削行为，这种剥削也体现在男人与女人、人与人之间，核心就是剥削性的问题：人在剥削地球，人把剥削人的方式用于剥削地球。这是洛佩兹在《地平线》这本书中探讨的问题。

我们现在面对的问题是一个非常宏大的问题，你刚才谈到了诗人本身应该尽到自己的责任，应该通过自己的诗歌来呼吁，来唤醒社会使其意识到我们面对的生态灾难，人类对地球这种索取带来的危害。问题是，面对这么宏大的问题，诗歌本身的力量是不是太小了？我们怎样才能像你说的那样,让整个社会意识到这个问题的严重性？

吉狄马加：正如你所言,关于人类和生态的关系,是当今人类必须面对的一个宏大的问题,我个人认为它不仅仅是一个纯粹的生态问题,同时它还是一个政治问题、社会问题、伦理问题和发展方式问题,当然这个问题无论从理论层面还是从现实层面看,都十分复杂,因为这样一种关系并不是今天才存在的,不过这对关系所形成的矛盾现在日趋激烈。20世纪美国作家蕾切尔·卡逊所写的《寂静的春天》就是对这种矛盾和冲突的反映。你刚才说到的巴里·洛佩兹的生态写作,其实也是在表达这样一种思想。他们的思考有一个共同的特点,那就是告诫和警醒人类,把我们地球上的生命保护得更好,他们还揭示出了人性中对物欲的贪婪,特别是人类对别的生物所犯下的累累罪行。地球是有记忆的,或者说土地、森林和河流都是有记忆的,人类实际上是为了自己的生存而剥夺了别的动物和生物的生存权,因为人从来都认为自己是这个世界的中心。面对我们发展的漫长历史,人类对自身的救赎其实早已经开始,只是这种救赎与对物质的欲望,一直处在激烈的博弈中,所以,我们还必须从更高的精神层面来理解这种救赎的重要性,重塑人类对所有生命的敬畏之心,在今天这样一个高速发展的现实面前,这一切更为重要。

你谈到了诗歌的作用,在这样严峻的现实面前,诗歌当然不可能去解决这些棘手的问题,老实说,诗歌也无法直接去解决人类在物质需要方面的现实问题,我们不可能通过读一首诗就改变生理的饥饿,但是这并不是说诗歌就失去了它的作用,人之所以是人,是因

2019年4月吉狄马加与澳大利亚诗人马克·特里尼克（左一），吉布提诗人切赫·瓦塔（左三），奥地利小说家、导演彼得·西蒙·艾特曼（右一）在一起。

为他们有灵魂、有精神、有思想、有情感，诗歌的作用，就在于它能改变人类在精神上的饥饿，我想在一个正常的社会，对于人类来说，精神需求和物质需求的满足是同等重要的，某些时候精神需求的满足或许还更加重要。今天的人类就像坐在一列高速行驶的火车上，诗歌给我们带来的是什么呢？阅读它的时候，似乎高速行驶的列车就慢了下来，让我们可以凭窗看到外面的原野，看到草叶上的一颗颗露珠，还能看见天空中飞翔的鸟，以及鸟翅上闪光的羽毛，我想这就是诗歌的作用，它让我们又回到了自己的灵魂，回到了我们精神的源头，诗歌重新给现实赋予了不一样的意义，或者准确地说是拓展了生命的意义。诗歌作为人类最古老的艺术，同样也是最年轻的艺术,它已经伴随人类几千年了。诗歌既是一种精神的抚慰剂,也具有宗教的意义,它会让我们去思考活着的意义,同样,也会启发我们去认识生命的真谛。当诗歌作用于人的心灵和灵魂的时候,它要比其他的文化形态更有效,也更为有力。

说到巴里·洛佩兹,我对他充满了由衷的敬意。我的长诗《我,雪豹……》在美国出版英文版时,承蒙不弃,他为我写了一篇令人感动的序言。他在序言中表达了这样一种思想,那就是人不是这个地球的主宰,我们必须善待这个地球上的所有生物,否则,人类离自己毁灭的时候就不远了。他是这个地球上还健在的为数不多的几位最伟大的生态作家之一。

马克·特里尼克:如果这个世界上动物、植物物种大规模消失的话,人类的生活将会非常贫乏,没有意义。

吉狄马加:现在的科技发展,特别是在育种方面所取得的成就,确实极大地提高了人类粮食的产量,对消除和解决人类的贫困和饥饿发挥了重要的作用,但是就生态和环境保护而言,科技的进步并非是万能的,我们必须从古人的生存智慧中去汲取经验。在人和自然的关系上,不能用二元对立的观念来处理这些现实中的难题。今天因为基因技术的突破,实际上粮食的产量已经大大地提高,但是我们赖以生存的地球的生物链却不断遭到破坏,令人忧心的是,如果生物多样性被破坏了,生物种群的消亡就不可逆转,因为这个地球的生物都处在一个整体结构中,单个的生物是很难独立存在的,没有了地球生物的多样性,地球生物种群的鲜活性就失去了保障。我们对文化多样性和生物多样性原则的坚守,还必须站在人类更高的道德精神的层面来理解它。这种坚守，我以为它是应该超越种族、超越意识形态、超越社会制度、超越宗教信仰的一种认同，只有这样我们才能站在全人类整体的角度来保护我们的地球。只有真正形成了这种共识，我们才可能把拯救地球的呼吁变成实际的行动。今天人类的科技发展又进入了一个新的阶段，生物工程、人工智能等领域又有了新的突飞猛进，但是人类发展对地球生物链带来的破坏却没有得到根本的改善，工业化和后工业化所造成的后果，直到今天还需要人类花更多的时间来加以解决，需要说明的是，我并不反对人类的科技发展和进步，最重要的是我们如何在这种发展中选择一条正确的道路，而不是在一个阶段取得成就的同时，遗留下许多负面的东西，这种负面的东西所带来的危害，从长远看来，或许要比所取得的成果大得多，我想这是我们都不愿意看到的。

马克·特里尼克：加拿大一位人类学家怀德·戴维斯写了一本书叫作《寻路人》，在这本书当中他有一个观点，说我们这个世界上生活着不同的民族，不同民族在看待地球、处理人类与地球的关系上有独特的智慧，有独特的境界。比如说西方人特别是来到澳大利亚的白种人，来到北美的白种人，他们特别长于发现和创新。在这个意义上，戴维斯把这种文明称为一种青少年文明，意思是这个孩子还没有长大。

他在比较澳大利亚的原住民和白人时，发现原住民在看待人与万事万物之间关系的时候，比白种人更有智慧。你谈到由于人处在食物链的顶端，考虑问题的时候，不仅仅要考虑到自己的可持续发展，对食物链上的万物都有一种责任，一种义务，要考虑照顾好它们才对。你们彝族文化怎么看待这些问题？

吉狄马加：彝族是非常古老的民族，已经有数千年的文明史。文明的标志之一就是创造了自己的历法十月太阳历；彝族也是一个有着古老文字的民族，这种文字已经传承了数千年，是一个至今还在使用的活态文字；另外彝族有着自己的习惯法，形成了自己独特的精神文化传统和价值体系，这个价值体系包括了宇宙观、生命观、自然观，特别是我们的祖先还给我们留下了丰富的哲学思想和生存智慧。古老的精神文化传统和价值体系，既深深地植根于我们的精神生活，同时也浸润于我们的世俗生活。彝族是在这个世界上留下古文化典籍最多的民族之一，我们为我们古老而灿烂的文化而自豪。

在我们民族古老的创世史诗中就有这样的说法，人类是从雪山上下来的，当然也还包括别的生物，这就是所谓的雪族十二子，这十二子有六种是有血的动物，还有六种是无血的植物。这个传说告诉我们一个道理，就是动物和植物都是我们的兄弟姐妹，我们都是这个地球上的血亲，我们只有相互依存、相互爱护、相互尊重才可能共生共荣，这种集体无意识，实际上已经成了一种潜在的生命基因，直到今天它还被顽强地保留在彝族人的精神系统里，实际上，它也是我们热爱这个地球上所有生命这一精神价值观的源头。

在生态保护方面，在彝族传统文化中，一直传承着独特的生态观，特别是在半农半牧的生活中，特别讲究生存需要和自然资源再生的平衡，比如说无论是在迁徙还是定居过程中，为了获得生存所需的燃料，彝族人都不会大面积地砍伐森林，而是从森林中砍取枯枝和朽木。彝族人的祖灵都会被送到山顶的悬崖存放,在我们的传统观念中,对自然的敬畏,对群山的敬畏,对河流的敬畏,都是我们原始崇拜中的重要内容。在彝族古老的哲学思想中,"万物有灵"是一个核心的思想,彝族人认为万物都是有灵魂的,一块石头有灵魂,一棵树有灵魂,一条河流有灵魂,山有山魂,路有路魂,树有树魂,这种哲学思想和原始的思维传统,决定了我们是一个与大自然有着血肉联系的民族,我们是置身于现代化进程的今天,还保留着万物有灵和祖先崇拜的自然之子、英雄之子。

马克·特里尼克:彝族一共有多少部史诗?

吉狄马加:一共有十几部史诗,当然有的是创世史诗,还有的是英雄史诗。

马克·特里尼克:美国20世纪60年代有一位作家,他的书在中国出版了,即《沙乡记事》,他的名字叫利奥波德。利奥波德是在美国和中国都非常著名的作家,《沙乡记事》在中国很早就出版了。《沙乡记事》里面提到过一个土地伦理的观念,人类在使用土地,在和自然的关系里面,人类有一种道义责任来规范人类和土地的关系,包括土地上的那些生物。现在在生态保护这个问题上,在全世界相当大的范围内是有共识的。有人说现在保护已经太晚了,从好的方面来讲,我们现在这样做也许还来得及。另外,澳洲有一个大规模保护土著民族语言的大行动——保护第一语言运动,实际就是对那种部落社会的语言实行保护。

回到中国,回应20世纪像利奥波德这样一些先驱,这样一些先进思想家提出的土地伦理的问题,你作为出生、成长于中国边远地区的少数民族诗人,你觉得中国在这方面有什么经验和方案可以提供给国际社会参考吗?

吉狄马加:我想生物多样性和文化多样性已经成为全世界普遍认同的原则,已经没有争议,实际上这已经是全人类的共识。"土地伦理"这个说法,也被越来越多的人理解和接受。土地上所有的生物,都有它们不可被剥夺的生存的权利,我想这种权利就像人的权利一样应该得到充分的尊重,虽然它们不能用人类的语言来直接表达它们的诉求。数千年来,正因为这个地球以人类为中心,造成了对别的众多生物的不公平,我们不仅要从道义上尊重这个地球上所有的生命,还应该树立众生平等、众生神圣的价值理念。

世界上许多原住民相信土地是有记忆的,我们彝族人也有这样的观念意识,在我们生活的大地上,无论上面生活过多少种群,无论它们是动物还是植物,我们相信土地都会记住它们的历史,而我们也会将对养育过我们的土地的敬畏和亲近纳入我们的精神基因。彝族的创世史诗实际上就记录过迁徙过程中,我们的祖先在土地上所经历的一切。世界上有许多民族都把土地看成是自己的母亲,把土地比喻成母亲的身躯,这并非是一个深奥的隐喻,而是因为土地滋养了所有的生命,并给万物带来了蓬勃的生机,我想对土地的热爱和尊敬,也是我们诗人诗歌创作的一个永恒的主题,难怪在中外经典诗歌中有许多歌颂土地的名篇佳作,这反映出了土地在人类生命中的重要性——我们的生和死都是在这片古老的大地上完成的。

澳洲开展对第一语言的保护,这是一个值得称道的做法。保护原住民的文化,其中保护他们的语言,特别是濒临消亡的语言尤为重要，这也是全人类的责任。在这方面中国也有许多经验，特别是在一些民族聚居区开设了双语教学的课程，一方面要学好自己的民族语言，另一个方面又要学好公共语言。我读书的时候，小学、初中、高中，都是用汉语进行教学，汉语可以说是在中国被使用最广泛的公共语言，那个时候还没有条件进行双语教学，但现在在我的故乡大凉山彝族聚居区，双语教学越来越普遍，这也充分体现了中国民族政策的先进性，中国宪法明确规定各民族都有使用和发展自己语言文字的自由。就我个人的理解，对民族语言的传承和保护，实际上也是保护文化多样性的一项重要内容，因为我们知道任何一个民族都是通过语言在进行思维，而语言和文字存在着大量的独特的精神信息，保护任何一种古老的文字和语言，不仅仅是使用那个文字的民族自身的责任，同时它也是一个文明社会的共同的责任，也是全人类共同的责任。我曾经写过一首诗献给智利最后一位迪思卡尔印第安人，因为她的死亡也就意味着把一种语言带进了坟墓，毫无疑问，这是人类的损失。

近几十年来，中国民族地区的教育质量有了很大的提高，在我故乡开展的双语教育实际上也取得了一定的成效。彝族是一个开放的包容性很强的民族，在孩子的成长过程中，一方面要学好自己民族的文字和语言，另一方面还要学好通用语言汉语。我的故乡是一个彝族人口比例很高的民族自治地区，彝族人口的比例达50%以上，特别是其中有七八个县，彝族人口的比例更是高达90%以上，我想在这样的地方开展双语教学还是必要的，这既是一个制度性的安排，更重要的是它也把传承民族语言和文字作为了一项很重要的内容。现在在凉山彝族自治州，有用彝文出版的报纸和刊物，还有用彝语播放的广播电视节目，在自治州首府西昌的大专院校，还专门开设了彝语言文学专业的课程，我过去的母校西南民族大学还专门设置了彝语文学院，在四川省还有专门出版彝文著作的专门出版社，可以说，对民族文化的传承和保护，已经形成了一个完整的体系。

当然任何文化和语言的保护，都必须放在一个发展的过程中来加以完成，在中国一定要处理好少数民族语言的传承保护与公共语言汉语的教学、使用的关系。中国有五十六个民族，我们的公共语言是汉语，就像你们澳大利亚的公共语言是英语，也可以说汉语在中国是一种主流语言，英语在你们澳大利亚也是一种主流语言。在中国五十六个民族中，真正有文字的民族也就几个，很多民族只有语言没有文字，所以在中国学好通用的公共语言汉语，是非常重要的。使用汉语的人口，在中国占到了绝大多数，这也有一个推广汉语普通话的问题，比如，同是汉族人的福建人和广东人，如果不用普通话进行交流，他们也是听不懂对方的方言的。语言永远是一种交流的工具，如何处理好大语种和小语种的关系，如何更好地传承和保护好少数民族的语言和文字，我想这不仅仅是一个单纯的文化传承和保护的问题，还是一个关乎人类道德和责任的问题。

马克·特里尼克：你的原籍凉山彝族聚居区一共有多少个县？现在还有很多人在使用自己的民族语言和文字吗？

吉狄马加：十七个县市。我刚才已经说过一些情况，除了我们有自己民族文字的报纸，彝文杂志社、出版社，还有已经成体系的教学系,现在在大学里,除了有彝语言专业的本科生、研究生,还有了跨专业的博士生。

我还要告诉你的是,在彝族作家和诗人中还有一部分人使用自己的母语写作,他们与用汉语写作的彝族作家和诗人一起,共同构成了当下的彝族文学创作的整体,每年都有用民族文字出版的诗集、中短篇小说集和长篇小说,这些作品极大地丰富了当代的彝族文学,也为许多通过母语阅读的读者,提供了宝贵的精神食粮。当然他们也有一部分作品,被陆续翻译成汉文,在彝族聚居区之外的地方出版,读者也扩大到了中国其他的区域。中国改革开放以来,人口的自由流动大大超过了从前,用汉语进行交流也越来越普遍,特别是许多少数民族年轻人,开始在中国沿海地区打工就业,这也给文化和语言的交流提供了新的天地,我认为在这样一个全球化的背景下,语言在很多时候已经成了一种谋生的工具和能力,从另外一个方面讲,政府层面所制定的语言和文化政策,确实为我们保护和传承民族的语言文字提供了条件和可能。一个健康文明的社会,应该为文化的多样性发展创造一个良好的环境,毫无疑问,任何人选择使用自己的民族语言文字,都是他人权的一个部分,我们都应该尊重他们的这种权利。

我是用汉语进行写作的,当然毫无疑问,我在写作过程中,一直受到彝族传统诗歌的影响,这其中有创世诗史,也有英雄史诗;我还受到了彝族传统口头文学的影响,我诗歌的内在节奏,许多是来自于对彝语口头文学的借鉴;最重要的是,我从彝族古典哲学和诗歌中,学到了许多认识事物的不同的方法,从某种意义而言,它们给了我一种独特的精神价值取向、一种对生命和万物的感知方式并使我认识到了来自语言本身的神秘力量。在汉语现代诗中,我们这些游走于两种语言的诗人,恰恰为汉语现代诗提供了一些新的可能,也形成了我们与单纯的汉族诗人许多不一样的地方。无独有偶,在英语世界里,比如说爱尔兰诗人叶芝、希尼,虽然他们是用英语写作,但他们却把爱尔兰民族的思维方式以及语言习惯创造性地带进了英语,这对英语诗歌是一种伟大的加入和丰富。这方面的例子很多,许多非洲的黑人诗人对法语世界的贡献也是巨大的。

马克·特里尼克:你刚才谈到用主流语言写作但是实际上还是反映民族的审美,既丰富母语也丰富了主流语言。在你的演讲当中,你曾经谈到,总有一些力量试图消除差异,忽略小的或者弱势的存在。而差异应该得到尊重,这种体现差异性的诗歌,对整个社会持续不断地进行的那种公共讨论(什么是诗歌)绝对有正面的促进作用。如果像你这种写作停止了,这种社会公共讨论,关于什么是诗歌的讨论就会贫乏,因为不同于主流的写法,这样一种异质性的写作,使诗歌呈现出风格的多元化。

吉狄马加:现代主义诗歌的产生直接关联的就是资本及物质主义对人的异化,实际上就是对人类整体精神世界和现实世界的解构,当下世界的诗歌也都呈现出碎片化的状态,正是因为这种工业文明所形成的现代语境,人类开始再一次反思我们是从哪里来的,我们要到哪里去,20世纪以来许多伟大的思想家和作家似乎都在解决这样一个问题,法国作家加缪和爱尔兰戏剧家贝克特,其作品都在探索生命的意义,表现现实的荒诞性。也正因为人类已经离自己出发的地方很远了,有时候我们对源头的回望仅仅是一种愿望,正因为我们回不去,我们才希望回去。

20世纪以来,许多伟大的诗人都想通过自己的理论和创作来回答这些问题,埃兹拉·庞德、叶芝、艾略特、奥登、塔德·休斯等都在思考所谓的现代性与人类的生存环境这样一些问题。许多诗人的写作已经没有了自己的精神背景,特别是自己可以依托的精神领地,在这方面叶芝是幸运的,他的写作始终植根于凯尔特古老的文化传统,他诗歌的神秘主义都与爱尔兰古老的文化密切相关。作为一个彝民族的诗人,可以说,我也是一个幸运者,因为我的诗歌的精神内核,就来自于我们民族赖以生存的伟大的精神文化传统,来自于那一片绵延不绝的群山,来自于我走得再远也能感受得到的那种神性背景。当然对"诗人"的认知也是不一样的,我个人依然认为诗人就是民族精神层面的先知者。在我们彝族的传统意识中,诗人和祭司就是同一个人。在现代社会中,诗人仍然应该是精神的引领者,我们不仅仅要发现自我,更重要的是还要超越自我,只有当我们的作品能唤起人类普遍的精神共鸣的时候,我们的作品才算真正实现了飞跃。

我在阅读叶芝和弗罗斯特的诗歌的时候,常常被深深地感动,我想这不仅仅因为他们的诗歌在语言和修辞上的创造,更重要的是他们的诗歌给我传达了一种来自灵魂和生命本体的气息,他们的作品能让我透过语言和修辞感到土地和万物的律动,那些动人的故事和情节,虽然被丰富的象征、隐喻和意象承载着,但它们那种直击我心灵的力量却依然强大。当下的世界诗歌写作,我个人认为,从纯粹的语言实验和形式创新方面看,应该说取得了很好的成绩,但是,一旦我们的诗歌离我们的灵魂和心灵越来越远,这些语言的实验和形式的创新,就会显得苍白,某些时候诗歌观念和形式的创新是重要的,甚至这种创新永远是重要的,但是灵魂,我说的是灵魂,一旦离开了我们的诗歌,诗歌就失去了它真正的对于生命而言最重要的价值。

说到这里,我想借这个机会问马克先生两个问题。第一个,我想问你的是,你长期从事诗歌教学和研究工作,同时你又是一位诗人和批评家,毫无疑问,在这些方面,你都有着丰富的经验。现在当代英语诗歌呈现出怎样的一种状态?当然我说的是最主要的状态。我阅读了你的一些诗歌,总的感觉是,你是一个关注生命的诗人,特别是你的作品大量写到了人类的生存困境以及你对这个世界的最独特的心灵感受,你的作品也让我想到了那些自然主义写作的经典作家的作品,我想我对你的诗歌是喜欢的,因为它们是从你的心里流淌出来的,就像我刚才说的那样,现在的很多诗歌离灵魂太远,也离心灵太远。我想听听你在这方面的高见。第二个问题,我想问问你,像叶芝和奥登他们那一代诗人,无论是写自然还是写社会,其作品都是具有精神高度的,可是现在许多诗人的书写大都沉浸于对日常生活琐事的呈现,总体来说,缺乏形而上的东西,当然,诗人的写作是多种多样的,我并不反对对日常生活的揭示,它们同样也是有价值的,可是真正的诗歌,能缺少或者说远离对精神高度的诗性表达吗?

马克·特里尼克:我基本上同意你对当代世界诗歌写作的整体

评估。我觉得它可能是一种牺牲品,因为在西方学术体制里,后现代主义和解构主义走得太远了,被推向了极端,这样的话,他们对整个诗歌写作的评价标准就变得非常狭隘,以后结构主义、后现代主义的观点影响诗歌写作,很多诗歌写作像您说的,离人心、离人的灵魂越来越远了。这一类评判标准不再考虑人道主义的那种传统,那样的诗歌如狄金森、叶芝他们的那种写作,明显不受现在这种学术体制的欢迎,他们现在比较看重的确确实实是技术、修辞这样的东西。但是在澳洲也不尽然,也有非常受大众认可的诗人,比如说简·兹尼基,还有詹姆·赫费尔德,这些诗人写作比较贴近人类心灵的诗歌,但在学术体制那里,这些诗歌也是不受待见的。

你在鲁院和中国其他地方组织的这种活动,包括诗歌的交流是有价值的,因为你至少给了这种传统的写作一个发声的机会,告诉他们我们还在坚持像狄金森、叶芝这样的写法,在捍卫这样的诗歌传统。

吉狄马加:你刚才的讲话对我很有启发。现在国际诗歌交流越来越多,相互间的诗歌作品的翻译也大大超过了从前,这在过去是不敢想象的。现在有这么多诗人的作品被翻译到不同的国家,特别是有些小语种的诗人也受到了足够的重视,这当然是一个好的现象。当然诗歌的翻译在任何语言中都是最困难的,虽然有的人认为诗歌是不可译的,但是翻译诗歌这项艰苦的劳动却从来没有停止过,诗歌作为一门最高超的语言艺术,它在不同语言中的转换和翻译实际上也是一个再创造的过程,特别是有一类诗歌,在语言实验方面走得很远,其修辞和意象也是异常地复杂,特别是在语言的音乐性方面更加独特，这类诗歌的翻译是十分困难的；当然也有一些诗人，他们在内容的呈现和语言的创新方面就结合得很好，往往这些诗人的作品也相对容易被翻译到别的语言中去。我曾经问过一个翻译西班牙诗歌的外国诗人，他告诉我，洛尔迦的作品，在翻译过程中既能传达字面意义，同时其意象又能比较完整地在另一种语言中呈现出来。在不同的文学形式中，诗歌的受众一直不占多数。诗歌跨语言翻译的难度是最大的，一些实验性的诗人，其作品已经被经典化了，但要在另一种语言中进行翻译和重构，其难度之大也是很难想象的，有时候，那些翻译作品已经成了在另一种语言中的又一次创造。

在这方面有一个鲜明的例子。20世纪30年代俄苏诗人赫列勃尼克夫，他的语言实验，一直受到捷克语言学派的推崇，我曾经问过几个中国的俄罗斯文学专家，他们告诉我，他的诗几乎是不可翻译的，因为有许多词都是他自己创造的，另外他的诗歌中的音乐性也是无法复制的，就是在俄语中他的作品也非常难懂。前不久我见到立陶宛诗人托马斯·温茨洛瓦的时候，他也告诉我，虽然他曾经将赫列勃尼克夫的一部分诗翻译成立陶宛语，但是要理解他的诗歌依然是非常困难的。最近我正在推动中国的俄罗斯诗歌翻译家，争取尽快将他的诗歌翻译成汉语，当然，这种翻译也是一种语言实验。需要说明的是，我并不是喜欢他写的这样的诗歌，而是想了解这种语言实验，对诗歌语言本身所产生的影响，我想如果没有这样的价值，捷克语言学派也不会把他作为一个经典诗人来推崇。当然，根据我个人的诗歌谱系，在俄罗斯诗人中，我还是喜欢阿赫玛托娃、茨维塔耶娃、曼德施塔姆、帕斯捷尔纳克、马雅可夫斯基和叶赛宁，就英语诗而言，我可能更喜欢惠特曼、叶芝、狄金森、狄兰·托马斯等这样一些诗人，可以说赫列勃尼克夫作为一个诗人，他不仅仅在俄语现代诗歌中，就是在世界现代诗歌中也是一个另类。

就这个问题，我想再问问马克先生，诗人永远在寻找一种内容和形式的最佳状态，一直在进行着语言的艰难的创新，但是如何掌握好这个度，仍然是诗人们孜孜探求的，你作为一个有着语言实验经验的诗人，一个真正的批评家，又是一个具有国际视野的文化学者，我想听听你对这些问题的看法。

马克·特里尼克：同意你的看法。对于任何一个诗人，既要创新，也要维持读者群，这是一个挑战。一方面你写的东西要走进同时代的人心里面，让他们认可，让他们感同身受，让他们觉得你写得真好，另外一方面，你确实应该有所创新，庞德有一句名言"让你的诗歌是一种新的诗歌"，说的大概就是这样的意思。艾略特在他著名的批评文章《传统与个人才能》中提到了解决这样一个挑战的方法，他提的方法更合情合理一些。实际上不是要你撇开你的传统，任何一个诗人都必须依傍一个传统，而不是撇开你的传统去创造。以十四行诗为例，这个诗体大概起源于15世纪，它有句法方面的要求，有词法方面的要求，也有诗学方面的要求。但是即使是用这样一种诗体，现在的诗人创作时也可以表达足够的现代性。创新就类似于中国那个说法——推陈出新，通过你的创新把传统带到了现代，艾略特在这个问题上讲得是最好的。你刚才提到两种写法，在中国是不是也有两种写法？一种写法传统，抒情，表现人道主义，当下的读者都能感同身受；另外一种写法确确实实是进行某一种语言实验，诗人的实验，这种实验为修辞而修辞，写某种琐碎的很复杂的体验，不考虑读者是否能接受，在中国是否也存在这种分裂？

吉狄马加：中国诗歌界整体的写作生态可能要更复杂一些，因为你知道中国有着数千年的诗歌传统，而这种传统从未中断过，现在还在用传统诗词的形式写作的诗作者，据不完全统计，大概有四五百万人，据说这还是一个比较保守的数字，中国古典诗歌的力量一直是很强大的。但是中国格律诗的创作，要在形式的创新方面有所突破，一直是一件很难的事，但是我想最重要的是，今天用古典诗词形式写作的诗人，他们写的都是当代的生活，所谓旧瓶装新酒。不可否认，当下也有一些在形式和内容上都有所创新的好的旧体诗词作品。中国现代诗的传统就更复杂了，现代诗诞生于新文化运动，是现代汉语在诗歌方面所取得的新成就，它的产生受到了来自西方诗歌的最直接的影响，当然这里面包括了英语诗歌、法语诗歌、俄语诗歌、西班牙语诗歌和其他的外来诗歌，可以说，新诗的源头是多方面的。中国的现代诗歌只有一百年的历史，但中国诗歌的传统却源远流长，正因为有着这样深厚的诗歌传统，同时又受到外来诗歌多方面的影响，所以中国诗人的写作也呈现出十分多元的状态，写作现代诗歌的诗人的数量也很大，各种诗歌群体和流派也非常多，有的诗人被称为"学院派诗人"，有的诗人把自己定位为所谓的"民间诗人"，当然这些诗人都有着鲜明的个性和特点：有的非常注重形式的创新，注重修辞和语言的创新，有的强调口语在诗歌中的作用，把诗歌新语言的实验作为自己的追求，当然也有一部分诗人重新回到汉语古典诗歌的传统中,去获取语言和内容的滋养。总之,当下的中国诗歌是充满了活力的,也可以说它是当下世界诗歌版图中最活跃并最富有创造力的一个部分。实际上,当下的国际诗歌交流,中国诗歌的写作和中国诗人的作品,已经受到了国际诗坛的广泛关注,当然这种关注,也是我们近二十年来进行国际性交流所取得的重要成果。

当然我也要告诉你,现在出现了这样一个现象,正是由于国际诗歌交流的增多,诗人们看到了语言的独特性对诗歌创作的重要意义,现在有许多中国诗人开始注重诗歌语言的内生作用,他们开始重读中国古典诗歌中的经典,开始从自己民族语言的核心去寻找新的动力,特别是在吸收中国古典诗歌的美学精神方面,进行了更具有东方意义的形式和语言的创新,这其中有不少少数民族诗人,开始回到自己的诗歌传统,当然这种回归,是一种更具有现代精神的回望,正是因为诗人们国际视野的开阔,才对伟大的诗歌传统有了新的认识,在形式、语言和修辞方面开始向内转,这是近期中国诗人写作的一个值得关注的趋势。

国际诗歌交流中,还有许多值得我们关注的趣事,有时候对自己传统诗歌价值的认识,还来自于外来诗歌的激发,比如欧洲后期象征派诗歌,就影响过中国现代派诗人的写作,但是我们也知道,象征派诗人庞德等人的作品,受到了中国唐诗和日本俳句最直接的影响,东方古典诗歌,当然也包括非汉字圈古典诗人的诗歌——印度古典诗歌也是一个重要的部分——也影响了许多西方诗人的写作,墨西哥诗人奥克塔维奥·帕斯的写作,就具有东方诗歌的神秘色彩,他本人还亲自将许多中国唐诗和印度古典诗歌翻译成西班牙语。今天中国诗人向古典的致敬,并不是一种一般意义的致敬,而是大家基于对诗歌本质的理解,认识到了传统中有许多我们必须继承的东西,这些东西可能是我们区别于别的民族的诗歌更为特别、更为宝贵的东西。诗歌永远是语言的艺术,语言给我们带来的有些东西,就如同我们血液中潜藏的密码,最重要的是要将它抓住。

我的朋友,我要向你表示感谢,我们的交流已经有近三个小时了,没有想到涉猎的范围如此广泛,我们谈到了诗人的责任和对这个世界的关心,特别是就生物多样性和文化多样性保护交换了意见。毫无疑问,你不仅仅是一个卓越的诗人,同样也是一个有着强烈社会责任感的世界公民,你的许多思想和看法,对我也很有启发,我们都相信诗歌将会在促进人类美好生活的建设方面发挥更大的作用。

马克·特里尼克:我特别感谢你的邀请和今天进行的这个对话,虽然我们是第二次见面,不同的文化背景以及遥远的地域差异并没有影响我们坦率地交流,彼此感觉像兄弟重逢。今天就诗歌问题,就环境生态问题进行讨论,得出了许多相同的结论,所以我要再一次感谢你给我提供了这样一个宝贵的机会。

吉狄马加:这样的谈话,除了相互启发对方之外,其实也是一种精神的享受。我相信这个讲话发表后,同样会让读者产生共鸣。期待我们下一次的见面。

2019 年 4 月 17 日下午

诗歌是现实与梦境的另一种折射

——答法国诗人菲利普·唐思林问

菲利普·唐思林,法国著名诗人、文化学者、哲学博士,巴黎大学名誉教授。因其高品质的诗歌作品被法国文化部授予"文学与艺术骑士"。唐思林已出版了各类作品三十三部。1990年荣获国际戏剧奖,2008年荣获保加利亚Radicevic诗歌奖。

菲利普·唐思林:写诗是否让您感到是一种比其他的方式(比如小说、散文随笔、日记等)更自由的表达方式?

吉狄马加:选择任何一种所谓自由的表达方式,我想都是因人而异的,很多时候也是由你所要表达的内容决定的。有的题材适合用小说去表达,有的适合用散文随笔去书写,有的却更适合于写成诗歌。比如说帕斯捷尔纳克并没有把《日瓦戈医生》写成一部长篇叙事诗,而是写成了一部真正意义上的小说,虽然这部小说充满了诗意,有人评价它是"诗人的小说",但是不管怎样,它毕竟还是一部具备所有小说元素的作品。这种情况同样发生在布莱希特等诗人的身上,他们的许多作品都是用戏剧或小说的形式来完成的,而并

2019年6月吉狄马加（左）与法国诗人菲利普·唐思林（右）在大凉山。

非是用诗歌写成的。不过我理解你问这个问题的另一层意思，实际上你是想问我为什么要选择诗歌这种方式，来表达我对这个世界的疑问和认识，实际上说到底，你是想问我为什么要成为一个诗人。这怎么说呢？我只能告诉你，这种选择并非是一种偶然，如果撇开那种先天性的东西——有人把这种东西称为禀赋，我认为，宿命让人成为诗人的可能性要比那种偶然以及禀赋等原因更大，在这里我说的宿命，当然不是一种可笑的迷信，我以为诗人之所以能成为诗人，那是因为他选择了诗歌，因为诗歌将从此成为他的另一种生命，而同样的，诗歌也选择了他——因为这种选择，如果他具备一个真正诗人的潜质，那么他的身上将有诗歌的精灵附体并终其一生。

菲利普·唐思林：您希望时间能记住您诗歌中的什么？（您觉

得您的诗歌在历史上能留下什么痕迹?)

吉狄马加:哲学上的时间是吹过的风,它没有开始,也没有未来,而我们写出的诗歌,就宛如一片树叶、一粒沙子、一抹晨晖,或者说更像一束转瞬而逝的光,但是请相信,在人的精神世界中,诗歌就如同天穹上的月牙,天幕上永远不会消失的星星,我只希望我的诗歌最终能被人记住的是,所呈现出的人性中最美好的东西,那些被诗化过的大自然永恒的宁静,而这一切,都是通过语言的创造而获得的。如果我要问你,作为诗人的荷马给我们留下的痕迹是什么呢?当然你会回答,是他的史诗《伊利亚特》和《奥德赛》,这没有错,这或许就是时间的洗礼和选择,而我要回答你的是,我只希望我的诗歌能在时间的长河中留下碎片的一丝反光,但是这一切并不决定于我,唉,这只有天知道。

菲利普·唐思林:大的无限和小的无限,就像阳光和深邃的黑暗,诗歌是不是您在人间道路上的平衡点,和天意不可分离?

吉狄马加:无论是面对浩瀚的苍穹,还是面对深邃的内心,诗歌从一个词开始,其实就已经进入了光明和黑暗所构成的无限。在诗歌中,是语言固化了短暂的黑暗和光明,同样也是语言,让黑暗和光明成了液态的海洋。伟大的德语诗人荷尔德林让我们相信,诗歌绝不是世俗的产物,而永远是万物群山之上的精神之光。我不能说,也不敢说诗歌是我人间道路上的平衡点,因为,这可能是一种冒昧,甚至是对诗歌的一种不敬,诗歌对于我而言,它永远站在最高的地方,以超越现实的英姿给我注入强大的力量,如果这种力量就是你所说的天意,那我可以告诉你,一个诗人一旦失去了这种力量的来源,他就不可能再写出神奇的诗句。

菲利普·唐思林:依您的看法,存在的荒诞,是因为我们丧失了我们现代生活的意义,或者是因为我们不理解我们与大自然的关系的深刻意义(所导致的)吗?

吉狄马加:如果离开了生命本身的延续性,以及这种延续本身的价值和作用,那么生命存在的意义,当然是具有荒诞性的。我以为生命的意义从来都是我们所赋予的,无论是过去、现在,乃至将来。远的不用说,就在20世纪,人类就经历了两次世界大战,而在此后,区域性的战争和冲突从来没有停止过,恐怖主义、宗教战争以及种族屠杀也并未断绝,甚至在一段时间里甚嚣尘上。什么是人类存在的意义?有许多思想家和哲人给出过不同的结论,但有一点是共同的,那就是对存在意义的质疑。人类永远不能离开业已形成的经过检验的道德和伦理规范,当然更不能违反我们与自然形成的和谐关系,否则,人类的未来必然会陷入危险的境地,而人类也可能会在错误的选择中迷途难返。重新确立我们的精神和道德法则,让人类回到真正能让生命更有意义的价值体系中,真正结束我们与自然的对立关系,或许人类的未来才可能是美好的。

菲利普·唐思林:诗歌,主要是您的诗歌,是不是尝试与事物保持一种不确定性?

吉狄马加:诗歌当然不是对事物的直接的反映,这种不确定性是任何时候都存在的,诗歌与事物的关系不是镜子映照物体的影像,而是影像在诗人眼睛里的折射。诗人与事物之间的不确定性,这是由他的主观性所决定的,诗人对世界的感知具有某种先验性,正是因为这种先验性的存在,诗人给我们提供的东西才是独有的甚至是唯一的。诗歌不复制现实,只感知和呈现自己的现实,当诗歌和事物一旦没有了距离,或者说诗歌与事物完全重合在了一起,那么诗歌本身就到了死亡的边缘。

菲利普·唐思林:山的意象在您的诗歌中常常出现,您咏叹山峦……您是觉得您被山超越、压倒,还是您使山变高以此来展现什么?

吉狄马加:你知道我出生于一个山地民族,而我诗歌中常常会出现群山的意象,我歌颂和敬畏群山是因为山是我诗歌中的一个精神符号,同样群山也是我生命和灵魂的一个强大的精神背景,有了它的护佑,我的灵魂和身体才能获得真正的平静和安宁。我与群山的关系不是你想象的超越和压倒的关系,同样我也没有这样的愿望让它变得更高,我更多的是渴望得到它威力无边的保护,因为在我们彝人的精神世界中,那里是诸神居住的神界。如果你有机会聆听到我们的祭司毕摩呼唤山神的诵词,你就会知道群山在我们的生命和精神中意味着什么,它神圣的地位是不言而喻的。

菲利普·唐思林:我们能体会到您的诗文中对死的突出描写。死并不是生命的终点,而是它自在系统中的延续:就像生存中的神秘和美经过死亡而得以升华。诗歌是否是这神秘的信使?

吉狄马加:所有伟大的诗人都会写到生,当然也会写到死,而死亡在彝人的生活中,不是一个简单的过程,而是一个庄严的仪式,正因为有死亡的存在,我们才可能去思考生命的意义。彝人认为死亡是另一次生命的开始,而人有三魂,一魂会留在火葬地,一魂与灵牌在一起让后人供奉,还有一魂将被送到祖先居住的地方。在彝人的传统诗歌中,对死亡有着精辟的论述,也可以说是因为对死亡有着透彻的理解。许多彝人在中年的时候,就在为自己准备死亡时所穿戴的丧服。诗歌当然是神秘的信使,它报告了生命的诞生也报告爱情,每一首真正的诗歌都是一个生命最辉煌的临盆,它同样也传递着死亡的消息,因此在我们的诗歌中,对死亡的回忆才会成为创作的永恒的命题。

菲利普·唐思林:"传递"一词经常出现在您的诗歌里,对您来说,诗歌是这种传递的有力手段吗?诗歌能保护它所传递的东西的秘密吗?

吉狄马加:你说"传递"这个词经常出现在我的诗歌里,说明你的阅读是细致的。我想告诉你的是,诗歌本身就是由"传递"构成的,主观与客观的传递、形式与语言的传递、词语与词语的传递、已知与未知的传递、深色与浅色的传递、光明与黑暗的传递,在诗歌中"传递"并非仅仅是一种手段,它是我面对创造时必须接纳而又要深入其中的电流,诗歌的意义可以被一层一层地剥开,就像我们在剥开一个玉米,诗歌"传递"的不仅仅是内容和表层的意义,它还会传递隐喻、象征等诸如此类的更隐秘的东西,"传递"对我来说不仅是双向的,而且是多向的,事实告诉我们,诗歌在很多时候,保护了它所需要传递的秘密。

菲利普·唐思林:我发现在您的长诗中,您总是在精神和肉体、肉体和精神之间反复徘徊,一种真正的不可分割的循环。诗歌是否是外界的证人或是这一行动的主角?

吉狄马加：徘徊穿行在理想和现实、精神与肉体之间，作为诗人这并不是我一个人独有的行为，但我的作品的确反映了这样一种状况，因为从根本上来说，是因为我的心灵就置身于这样一种冲突中，每一个诗人都不是抽象的人，他的全部写作与他的实际的现实生活是密不可分的，除了他们在精神和文化背景上的差异，另外所承担的责任和使命也是不一样的（有的诗人不会这样看），但是有一点是肯定的，就是诗人的写作无论怎样都不可能离开对精神和肉体的抗拒或与它们的和解，因为肉体一旦被赋予了灵性，它就具有了一种精神，否则肉体存在的价值也是可疑的，当然从这个意义上来讲，精神与肉体的博弈是循环往复的，除非有一天生命结束，这一切才算有了了结。我不能说诗歌是外界的证人或者这一行动的主角，但我要说的是诗歌自始至终就是一个参与者，没有它，就不可能有我们用语言进行的这一有关精神和肉体的创造。

菲利普·唐思林：您写到"我只是在梦中才能看到自己"，诗歌是不是这个让您"看到自己"的梦？这种"看到"仅仅是一种幻觉吗？

吉狄马加：现实中的自己和梦境里的自己当然是不一样的，梦境中的自己可能才是最真实的自己，而现实中的自己并非是真正的自己。毫无疑问，我是通过诗歌这条隐秘的通道找到了、看到了另一个自己，我不以为这仅仅是一种幻觉，因为现实和梦境总是在调换着它们的方位，一个诗人如果有一天不能再从梦中看到自己，那么他身上所具有的灵性和天才的禀赋就将远离他而去，而作为一个诗人，他的使命和所具备的法力也将宣告结束。

菲利普·唐思林：如果现实通过梦境实现，书写它的深层意义而使之成为历史,您不觉得诗歌是在撰写历史吗?

吉狄马加:如果你说现实是通过梦境来实现的,完全是基于诗歌本身的创造特质,这个判断或许是可以成立的,但是我想更准确的表述应该是,诗歌是通过现实这面破碎的镜子多维度的折射来实现的,它不是现实本身,而是通过主观性重新铸造的一种精神,诗歌的写作当然是在书写它所要揭示的事物真相的深层意义,也可以说是对现实意义做最深入的描述,它也必然会成为一种历史,诗歌所撰写的历史要比史学家撰写的历史更深刻更具有哲理性,因为它撰写的永远不是世俗生活的历史,而是一部人类的心灵史、精神史。

2019 年 9 月 7 日

从语言出发,或许同样能抵达未来

——与法国诗人伊冯·勒芒对话录

伊冯·勒芒(Yvon Le Men),法国著名诗人。1953年生于布列塔尼地区。自1974年出版第一本诗集《生命》后,他便成为一个全职诗人。他在小城拉尼翁发起了"诗歌的时光"诗歌交流活动,邀请过众多国际知名诗人。从1997年开始,他协助米歇尔·勒布里,在极具影响力的圣马罗"奇异的旅行者"文学节上构建诗歌单元。他在二十多个国家举办过诗歌朗诵会,包括中国。迄今他已出版数十部诗集、访谈、小说、唱片和童话作品,主要诗集有《悔恨后面的国度》《石头的耐心》《光的回声》《暴风雨的花园》《黎明的方块》《在句子的天花板下》等。他的诗歌单纯、朴素、真挚、撼动人心。他多次获得诗歌奖项,包括"戈蒂耶诗歌奖"。程抱一这样夸赞他:"在所有法国诗人中,勒芒的诗是最富于中国诗味的。"2019年,他获得龚古尔文学奖诗歌奖。

伊冯·勒芒。

吉狄马加：非常高兴在这个美好的季节在北京与你相见，现在正是北京的秋天，视野最开阔最清爽的时候。秋天也是让人思考的季节。每一次与诗人的见面总是令人愉快的，这样的对话也非常有意义，能创造这样的机会更是非常难得。当下国际诗歌交流以及各种诗歌活动非常频繁，中国和法国都是有着悠久诗歌传统的国家，当代诗人的写作更是十分活跃。我们两个人作为两国诗人的代表——当然，这完全是针对今天的这个对话而言，因为无论是中国还是法国，还有很多优秀的诗人，他们不可能都加入到这场对话中来，但在这里，我们俩的对话，无疑会发出这两个不同国家诗人群体的某种具有代表性的声音，这或许也是我们交流的一大特点。希望我们能给这种交流赋予特殊的意义，当然这种交流还应该是坦率和开放的，我们应该就诗歌的问题展开毫无拘束的具有实质性的自由的讨论，这是我首先必须表达的一个提议，希望你能认同。

伊冯·勒芒：那我就单刀直入，开始问你第一个问题。在你的诗作中，我读到一首挺长的叫《一种声音》的诗。这首诗让我想起土耳其大诗人希克梅特的一首诗，叫《自传》或者《自画像》，应该是他1960年在柏林写的。在这首诗中，他对自己的人生作了总结，不管是好的还是差的方面。那首诗让我感动。当我读到你这首诗的时候，我就知道你喜欢土耳其大诗人希克梅特。我想问你，希克梅特那首诗会不会对你这首诗有一种影响？因为在你这首诗里有两句："我写诗因为害羞，/我写诗因为我揍过我妹妹。"这两行诗对我来说特别醒目，因为你写过这么多诗歌，而且这些作品非常强悍有力，而这两行诗让我感到你生命中一种易碎的力量，我觉得非常动人，正因为易碎，反而更加动人。

吉狄马加：当然我非常喜欢希克梅特的诗，我们这一代中国诗人在成长的过程中，有不少人都阅读过他的作品，他是20世纪50年代被重点翻译到中国的一位左翼诗人。当然有这么一个特殊的阶段，因为各种政治和社会原因，我们的阅读范围受到过一些影响，或者说能读到的翻译书籍还是有限的，前苏联以及俄罗斯诗人的作品对我们产生过比较直接的影响,另外法国、英国诗人的作品也是我们在阅读中有所涉及的。希克梅特是20世纪左翼作家群体中一位十分重要的诗人和戏剧家。20世纪50年代中国翻译过他的一部分诗歌,应该说翻译的质量和水平都是很高的,但我真正读到这些译本已经是20世纪80年代初期。我们知道20世纪中叶有三位非常重要的左翼诗人饮誉世界,当然他们都同属于社会主义作家,一个是智利的巴勃罗·聂鲁达,一个是中国的艾青,另一个就是希克梅特。对他们作品的阅读完全是出于一种天然的热爱,虽然相对而言,在那些可以阅读的书中,他们的书还是比较容易找到的,但尽管这样,希克梅特的诗被翻译成中文的也是极为有限的,在我的印象中,还是20世纪50年代希克梅特访问中国时,中国文学界为欢迎他,专门为他出版了一本诗选,诗集的设计装帧以及印刷都非常漂亮。书名是由中国的大诗人郭沫若题写的,可见重视程度。但我读到希克梅特的《自传》这首长诗是去年的事了,因为就在去年,中国又有了一本新的希克梅特诗选,所收作品的数量要远远大于过去的译本,其中就收入了《自传》这首长诗。而我的诗《一种声音》写于20世纪90年代前后,它实际上是我的一个诗体创作谈,正如你说的那样,它具有很强的自传性质。

需要说明的是,之所以说《一种声音》具有很强的自传性质,是因为我把自己童年和少年的经历都用诗化的语言写在了里面,它还可以被看成是我的文学经历的记录,因为它跳跃式地回顾了我诗歌写作的一段经历。在我后来的诗歌选本中,这首诗经常被选入,一些翻译家也对这首诗情有独钟,这是一件非常有意思的事,恐怕是他们都能从这首诗中看到我的一段生命经历和诗歌经验,因为它是对最真实的个人人生经历的一次诗性又现实的回顾。

伊冯·勒芒:也是自然的回应。

吉狄马加:是的,诗人常常会面对自己的内心,同样也常常会面对自己的过去,从某种意义上来说,我觉得真诚是最重要的。这首诗并没有什么特殊的技巧,我只是力求把我内心所经历过的最真实的情感告诉大家,而我选择和使用的也是最朴实的语言。我不能写并非来自于我内心的文字,之所以很多人读到它后被感动,那是因为它们都是我心灵里面流淌出来的东西。正如你所言,我的妹妹是我生命中十分重要的存在之一,我们从小就生活在一起,就像这个世界上大多数兄妹的关系那样,在我们的童年生活中,留下了许多美好的回忆,即使现在讲述起来也是一个又一个令人感动的故事,这其中有儿童天真的争执和游戏,当然更多的时候是我作为哥哥对妹妹的呵护,但成长的过程中也会出现不可避免的争执和冲突,这首诗中就写到了我潜意识中的内疚与哀痛,那是因为我在童年时打过妹妹,虽然那完全是一种孩童不理性的行为,可它对我而言却是一种无法释怀的记忆,当这件事过去了多年之后,我问起我妹妹还记不记得这样一件事,她说真的一点记忆也没有了。有一些留在人类心灵深处的印痕,就像被打碎的镜子,总有一些碎片不时闪着宁静的光,它们并不随着时间的消失而消失,其实它们就是我们生命中的那些再也无法抹去的东西,也是一个人心灵中最柔软的那个部分。

伊冯·勒芒:我觉得,你这个说得非常真实。我也非常看重童年的经历。不管通过什么方式,一个诗人的写作一定要跟童年建立联系,只有这样才可能发现生命的秘密,这也是诗歌的秘密。

吉狄马加:一些在旁人看来并不怎么重要的事情,它的影响却可能会伴随诗人的一生。对童年的书写,我这里说的是对童年生活的整体回忆,对很多作家来说都非常重要,从精神的角度讲,一个人童年生活中的某些东西或许就是一种遥远的隐喻,但它会经常浮现在我们的记忆中,这是个人的秘密,它时常会让我们回到童年生活的各种场景中去,我现在还能想到,一个人在田野里寻找各种昆虫的经历,以及在一条没有人的山溪里拦鱼的过程,大自然与童年的联系是如此紧密。我以为真正杰出的抒情诗人,他的精神源头和对事物的敏感、热爱一定与他的童年有着千丝万缕的联系。在这方面俄罗斯诗人叶赛宁就是一个比较典型的例子,读他的诗,透过纸页,似乎能闻到俄罗斯乡村的气息,能感受到美好的童年在他心灵深处留下的温暖和余晖。在与你的交流中,我同样能体会到你对童年生活的感受,我有幸读过一部分你的被翻译成中文的诗歌,特别是在成都曾经与你有过一次短暂的交流,我注意到你的诗歌非常注重对日常生活的提炼,其内在感情也非常地真挚;我喜欢你的诗,是因为你永远不是从概念出发去写诗,你的诗往往切口都很小,写的是你内心真实的感受,它们读起来都非常感人。这一点,也许正是法国诗歌的一个优秀传统,兰波、阿波里奈尔、米肖都是这样的诗人,当然除了这本身是法国诗歌的一个传统之外,更重要的还是诗人在写作中对心灵中那些细微感受的呈现,诗歌如果不是从心灵中产生的东西,那它与没有灵魂的稻草人又有什么区别呢?诗歌过度注重修辞，这已经是一个世界性的问题，当然，我也很清楚地知道如果没有了语言以及语言的历险，那诗歌的创造就会失去本身的魅力，但是如果我们的诗歌离诗人的灵魂越来越远，不能再写出人类心灵中那些最幽微、最真实的情感，那么诗歌的真正的价值也就丧失了。在这一点上我们有一个共同的特点，那就是非常看重心灵，把灵魂视为诗歌中最重要的东西。

伊冯·勒芒：刚才你讲到了诗歌最根本的问题：内在力量。生命和语言这个关系在诗中必须合而为一，就像道路和它的目的地必须合而为一一样。如果只是关注词语、修辞，那只是局限于形式、技巧层面的东西，但是，形式也得回过头来，给予道路必要的关心，让道路能通达它。我为童年写过一首诗。这首诗讲儿童长大成人，他意识到儿童的秘密正在离开。诗人的心灵一定会有发现。这种发现既是形式又是内容，既是词语又是生命。

吉狄马加：诗人的写作和创造，似乎永远在面临这样一个问题，那就是如何处理好内容和形式的关系。我想任何一个诗人，特别是那些有着远大抱负和野心的诗人，其实一生都在创造形式，也在探索语言修辞创新的可能，并会为这样一个目标乐此不疲，不停地劳作。而提供新的思想和内容，也是诗人同样必须面对的东西，因为任何语言和形式的创造，都不会是一种所谓离开了内容的创造，虽然我们会回到语言本身，但仅仅是这样，诗歌的真实价值就会减半，甚至堕落成一种没有意义的游戏。需要说明的是，我并没有否定语言实验和冒险对诗歌的极端重要性，我想强调的是那种完美的结合才是我们追求的目标和方向。20世纪以来的许多伟大诗人，他们可以说都是这方面的高手,同样他们所创造的那些伟大的诗篇,也是我们杰出的范本。而在当下,我们许多诗人却选错了进攻的方向,也可以说,仅仅为了某种过度的修辞以及技艺的炫耀而浪费了很多宝贵的时间,有些所谓学院诗人,其作品中已很难找到生命里那种强大的力量,也很难尝到人类胴体上健康汗液的味道。碎片化的写作状态仍然是当下的一个现状,后现代对现实和存在的解构,不光让我们的生活变得荒诞而缺少精神的目标,在诗人的写作中,这种缺少精神高度的所谓从世俗出发的立场,也已经让一些作品变得越来越没有精神价值。如何处理好自我的表达与诗歌精神的提升,如何做到内容和形式的最佳结合,仍然是大多数诗人在今天面临的考验。

伊冯·勒芒:昨天晚上我读你赠给我的诗集《大河》,今天依稀记得两个句子:"有一滴水到了入海口,它仍然记得它的源头"。《大河》这首诗让我看到一种精神的感悟,一条河是从一滴水来的,一条河始终记得这滴水,而一滴水也保留着关于源头的记忆。我们的生命也有这个特点,不管我们的生命最后有多么壮阔、多么深厚,它始终都能回忆起来最初的那"一滴水"。

吉狄马加:《大河》这首诗从某种意义上来说也是对我一段生命经历的回忆。我在黄河、长江源头的青海工作过九年,两条大河源头的许多地方我都去过,除了对其自然生态的了解之外,那里的神话传说、人文历史也给我留下了深刻的印象。长江、黄河都是中华文明的源头,正因为有过以上的经历,我对两条大河的了解就不仅仅是一般性的地理知识性的认知,更重要的是我亲身感受到了它们深厚的历史感和强大的精神存在。在历史上,无数的诗人写过黄河,许多诗歌成为中国诗歌史上的名篇,这其中有古典诗人,也有现当代诗人。唐代伟大诗人李白就为黄河写下过不朽的作品,现代诗人光未然就写下过交响合唱诗《黄河大合唱》。黄河不论从现实的角度还是从精神的角度,它都成了一种象征,我不知道世界上有多少像黄河这样伟大的河流,但我可以肯定,黄河一定是被历代的诗人吟唱最多的河流之一,要再为它写一首诗——这是我多年的一个夙愿——其挑战性是巨大的。我力求从现实的黄河出发,希望最终能抵达它所构建的精神的顶点,这种现实和形而上的书写,既要保持高贵的抒情品质,又必须是一次最具哲学性的完美表达,这其中包含的不仅有关于这条河流的神话、传说、故事以及活生生的历史,它还必须充溢着从未消失过的生命力,怎么把这样一首长诗完整地写下来,当然对我个人来说也是一次考验。朋友,说到这里,我想你完全能理解,这首诗就像一条河流,它是不能随意间断的,尤其是它内在的看不见的气韵,保持气韵贯通,这也是写长诗最难的地方。长诗的结构和完整性是它在艺术上取得成功的最重要的标志,忘记结构,把诗写得很长,并不是一件太难的事,但这样的长诗就已经与我们所说的标准相差太远了。我们还必须让这首诗真正做到名副其实,它是开阔的、深沉的、多情的、厚重的,更重要的是它所透出的沧桑和悠久感要像我们的灵魂,这就是我的《大河》,从一开始我就力求这首诗与别人的不一样。我不知道你同不同意我的一个观点,伟大的诗歌的产生都具有神授的意味,实际上《大河》的创作时间很短,是在几天之内完成的,写完几乎没有做多少改动,这是我诗歌写作生涯中令自己比较满意的一部作品。

我们之所以把河流看成是一种象征,那是因为从它的身上我们能找到一个人或者说一个民族过去的历史,同样我们也能从它的身上找到它所预示的未来,对源头的回望和追溯实际上是永无止境的,我们通过这种永无止境的追寻和向往,可能获得一种取之不竭的真正的力量,当河流在我们的精神世界中变成一个神圣的符号或者说象征的时候,那么我们就开始了向这条伟大河流的致敬,而诗人就只能通过他的语言和最真挚的歌唱来完成。

伊冯·勒芒:问题问得有点跳跃。已经问到第四个问题了。刚才听你讲到源头、入海口,生命源头不断地向往大海,一路都想吸取力量。你是在北京工作,用汉语写作,我是布列塔尼人,布列塔尼是法国的一个民族。这种边缘和中心、源头和入海口、大凉山和北京之间的时空关系,在你身上是怎么融为一体的?因为你似乎同时经历着两者。

吉狄马加:同类的话题过去也有别的诗人问过我。养育过我们的土地它意味着什么?与生俱来地塑造了我们的文化又是什么?这些问题看起来好回答,其实又不好回答。诗人的故乡是现实的,也可以说是精神的;现实的故乡是地理的,我们可以通过经纬度去给它定位,但是精神的故乡是什么呢?它既包含了那个现实的故乡所给予我们的一切,同时还是有关生命和死亡及其终极意义的哲学道场,从这个意义来说,哲学家和诗人都有两个故乡,一旦失去了这两个故乡,特别是精神的故乡,无疑就宣告了哲学家和诗人的"死亡"。有智者说过这样的话:他乡即故乡,我以为这是就精神的故乡而言的，因为从时间和存在的本质来讲，人类的精神故乡从来就只有一个，那就是生命和死亡。

故乡还是语言、生活方式、对宇宙乃至于最微小事物的看法，它还是一种固有的情感，或者说有别于他人的思维方式，这一切都会依附在我们的身上，从童年直至我们成为年迈的老人。我不是文化决定论者，但我却坚定地相信没有一个人或者说没有一个诗人可以脱离他所置身的文化对他的塑造。首先语言和文字的影响就是最直接的，当然，不同的人对生和死的思考永远是有差距的，这个世界上总有极为少数的人，他们在穿越生与死的时候，将拒绝一切所谓的向导和超度者。

有的诗人足不出户，不等于他的思考没有抵达更远的地方。当然一个诗人能到很多地方，这并非不是一件好事，远的不要说，我注意了一下，20世纪那一批伟大的诗人大多参加过社会革命，他们的足迹留在了这个世界的许多地方，革命、爱情和诗歌统一在他们的身上，他们是民族之子，同时他们也是世界公民，这些诗人在法国、德国、俄罗斯、希腊、意大利、土耳其、匈牙利、西班牙、南美洲当然也包括在中国都出现过，与他们比较起来，我们无论是身体还是精神都没有他们走得远，毫无疑问，他们都是20世纪充满了革命、战争和变革的时代的产物，还有一点不应被忽视，那就是他们对不同文化的了解，要远远超过他们的先辈，因此，他们的眼界是宏阔的。所谓时势造英雄，在这一群人身上体现得再充分不过了。

对中心和边缘的认识，我想我们可以从不同的角度来看。放眼这个世界，我们可以说有政治中心，有金融中心，有商业中心，或者说还有所谓的文化中心,比如北京就是今天中国的政治中心,上海、香港、东京也可以说都是亚太地区的金融中心,巴黎是欧洲的文化中心,墨西哥城是拉美的一个文化中心,我想这一切都是基于政治、经济和文化的现实而得出来的结论。我听说过去很长一段时间里,一个法国作家和诗人要真正成名,他就离不开巴黎对他的承认,那是因为法语世界的文化中心事实上就在巴黎,20世纪的许多伟大画家并非法国人,但他们最终是在巴黎获得了世界性的声誉,比如西班牙画家毕加索、罗马尼亚雕塑家布朗库西、俄罗斯画家康定斯基等。事实上,这样的中心一直就存在着,历史上的雅典和罗马,不就是欧洲古代的文明和文化中心吗?

但如果我们从另外的一个角度看,就会得出另外的结论,特别是在全球化的今天,尤其是在网络已经覆盖了这个世界、人类信息的传播方式已经发生了革命性变化的情况下,我们所要获取的信息大部分已经不是来自传统的传播渠道,而是来自于网络;网络的发明是一场震古烁今的革命,它不仅改变了我们的生活方式,还在逐渐地、有深度地改变着我们的思维方式。有人说这个地球是平的,而每一个互联网中的个体都能打破原有的对时间和空间的理解,特别是因为大数据的出现,人类在获取知识和信息方面的能力与便捷度,也让过去地理概念上所谓中心和边缘的人变得更加平等,原有意义上的中心和边缘的概念,已经在互联网时代发生了颠覆性的变化。

如果我们从文化本身来看,对多元文化共存的认同,已经是这个世界上大多数国家和民族普遍遵从的一个原则,也就是说,大家普遍同意，所有的文化都有它存在的价值，如果从文化本身的角度而言，而不是从商业和传播的角度来判断，我认为，每一个民族因其文化的特殊价值，它就是一个无可争议的中心。在今天，马赛文化的中心在哪里呢？当然不会在纽约，也不是在巴黎，而是在肯尼亚的马赛马拉。如果一个地方产生了一位伟大的作家或诗人，某种意义上，他就是一个中心，比如法属马堤尼克产生了一位伟大的诗人，他就是我们常常谈起的埃梅·塞泽尔，因为他出现在世界诗歌版图上，埃梅·塞泽尔就是一个中心，因为他无可非议地成了马堤尼克的文化标志；智利因为有了巴勃罗·聂鲁达，秘鲁因为有了塞萨尔·巴列霍，西班牙因为有了费德里科·洛尔迦，世界的诗歌版图也同样被历史性地改写，当然可列举的名字还很多，我不能在这里一一列出。中心和边缘，在今天我们显然不能仅仅以政治、商业、金融为坐标。显然文化的重要性会越发显现出来，同时由于不同文化价值的不可替代性，我们在今天才更加地重视边缘文化的保护、传承和发展，比如今天的中国除了用汉语写作的诗人之外，还有许多少数民族的诗人是用自己的母语写作的，他们可能是很小的一部分人，但他们的作品却有着非常特殊的价值，其中不乏非常优秀的诗人，他们的诗歌也得到了当地民众的由衷热爱，那是因为这些作品写出了他们的心声。如果从传播的角度来看，他们的受众的确很少，但是为了不让这些有价值的诗歌被忽视，我们有责任花更大的力气把它们翻译成汉语，这样就能让更多热爱诗歌的人读到，事实上这项工作我们已经做了很多年。不仅仅是在中国，世界别的地方也有许多用小语种写作的诗人，需要有更多的人去将他们的作品翻译成受众更多的语言。在东欧就有不少这种用小语种写作的诗人，我零星读过他们的一些被翻译成汉语的作品，老实说，我只能用"震撼"这两个字来形容。往往在这样的时候，我们就能看到强势文化和弱势文化在现实中事实上是不平等的，可见传播的意义是多么重要。前苏联就有一些重要的作家，他们既用母语写作，同时也用俄语写作，吉尔吉斯作家艾特玛托夫就是这方面一个典型的代表，他的成名作《查米丽亚》最初是用母语吉尔吉斯语写成的，后来被翻译成了俄语，最后又由法国诗人阿拉贡翻译成了法语，阿拉贡对这部小说给予了超乎寻常的评价，他认为是那个时代所能写出的最好的爱情小说之一，后来的事实证明他的判断是正确的，据我所知，这部小说被翻译成了一百多种语言。作家和诗人选择用什么样的语言进行写作，我想应该给予他们充分的尊重，人类的精神创造从本质上都是通过语言来完成的，因为人类的思维过程就是语言的创造过程，或者说没有了语言，人类也就停住了思维。我曾当面问过立陶宛诗人托马斯·温茨洛瓦，因为他能熟练地使用立陶宛文、波兰文、俄文和英文，他告诉我他能够用别的几种文字写叙述类的文章，但他写诗的时候，却只能用立陶宛文，因为只有通过母语他才能更准确地写出他心灵中那些细腻、幽微、微妙的东西，我以为他揭示了语言的奥秘。

伊冯·勒芒：语言问题说起来非常复杂。我是布列塔尼人，我们有自己的语言，布列塔尼语。你用汉语写作，我用法语写作。布列塔尼语是在我的骨子里，但法语也是我的母语，我理解，自己用母语写作好像也是要让布列塔尼语在法语那里得到一种承认。不管怎么说，每个人都有母语，有的人在母语之外，可能还学了其他语言。世界上有那么多语言，但总的来说，所有的语言都作用于他的母语，取决于你怎么确认你的母语。对我来说，布列塔尼语和法语都成了母语。母语的布列塔尼语变成了一种隐藏的语言，一种隐含在法语里面的语言。我想到了布列塔尼的诗歌大师，也是我的导师之一，诗人吉尔维克。他说过一句话，我至今牢记在心。他说每一种语言都是外语，甚至你的母语也是。诗人就是做语言的工作，吉尔维克是给法国带来了新的语言气象的人。我想问你，你怎么看吉尔维克的这句话？在吉尔维克看来，语言既是诗人工作的地方，同时又是需要超越之地。他认为诗歌最终要超越单纯的语言，抵达一种生命语言。受到他的思想的启发，我写过这样两句诗："到外国人家里像到你那里，到你家里像到外国人那里"。

吉狄马加：第一，当然语言是非常奇妙的，实际上诗人一生都在与语言打交道。这在我身上就表现得非常明显。从我出生开始，就有两种语言深刻地影响着我，特别是在童年的成长过程中，彝语和汉语交叉着进入了我的思维系统。在我的家庭内部，我父母进行交流往往是用彝语，有时候也给我们讲彝语，但更多的时候却用汉语进行交流，我的保姆就是一个汉族人，再加上经常到我们家来的有彝人，也有汉族人，所以在交流时所使用的语言也是因人而异的。我就读的学校都是用汉语教学，当然在我的同学中有彝族的也有汉族的，还有个别别的民族的。虽然我的家乡大小凉山的彝族聚居区，彝族人口在好几个县比例都达到了百分之九十七八，但在政府机构和学校使用的公共语言还是汉语，而在更多的彝族民众中，相互之间的交流还是用母语。我曾经回答过国外一位翻译家有关我写作语言的提问,他问我如何看待母语与自己诗歌写作的关系,我告诉他,从某种角度而言,彝语和汉语或许可以说都是我的母语,这样讲,你能明白我的意思吗?我想说明的是,我就是在这样一个特殊的环境中长大的,而两种语言都是我开始学说话的时候就进入我意识中的东西。

第二,仅仅从交流的角度来看,语言就是一种工具,我想伟大的布列塔尼诗人吉尔维克这句话没有任何错,把语言作为表达自己思想的方式和载体,这种说法也是能够成立的。但是就语言本身所包含的丰富性和不可替代性来说,问题就要复杂得多,因为语言还要承载历史和隐秘的精神记忆,更重要的是它是人类进行思维的编码,也正因为这一点,有人把语言视为自己的另外一个祖国,这究竟是为什么呢?那是因为无论离你的故土多么遥远,你可能什么都失去了,但唯有语言还有可能跟随着你,最终成为还能证明你是什么人、你从哪里来的证据,语言在这样的时候,也就变成了你永恒的唯有自己才能感知的故乡。可是语言的潜能和作用还不仅仅只有这些,除了一般性的交流,语言神秘的作用当然要比作为一种交流的工具更大,吉尔维克说外语即母语,并认为任何语言都是过渡的东西,最终我们还要超越语言,但是人的母语只会有一种,在极特殊的情况下,它也不会比两种更多,否则有的诗人就不可能一生中都在用自己最初掌握的语言写作——在诗人中间更是如此,这并非特例,比如俄罗斯诗人约瑟夫·布罗茨基、立陶宛诗人托马斯·温茨洛瓦、波兰诗人米沃什以及长期旅居法国的德语诗人保罗·策兰等,他们也许都能用旅居国的语言进行交流,甚至还能用新掌握的语言写作叙事类的作品,但他们最终还是只能用自己的母语写诗,这就是语言最为神秘、最不可被解释的地方。我以为只有诗歌的语言才能抵达语言的最深处,也唯有诗歌的语言才最能凸显出此语言与彼语言的最微妙的不同之处。诗歌的语言或许就是语言的空间里那一片时隐时现的底色,有时候它与感知有关,有时候它与清晰和精准有关,有时候它与潜在的意识有关,有时候它甚至与内在的声音和节奏有关,这就是为什么约瑟夫·布罗茨基和米沃什他们不用英语写诗,但他们一定要与译者共同把自己的诗再翻译成英语的最根本的原因。大家不要忘了,布罗茨基英语写作的水平要远远高于许多美国人,他的英文散文集还获得过普利策文学奖,可是,在选择用什么语言写作自己诗歌的时候,他不会有丝毫犹豫,只能选择他的母语俄语,所以对吉尔维克认为语言仅仅是一个交流的工具的观点,我只能有保留地表示赞成,但他认为我们最终必须超越语言,我却是完全赞成的。

另外,我作为一个诗人选择什么语言进行写作,毫无疑问是由我的经历所决定的。我刚才说过,汉语和彝语或许可以说都是我的母语。虽然一开始我的写作就是用汉语,但是彝语同样在我的写作中给了我看不见的影响,我常常游走于两种不同的语言思维中,在我的语言系统中事实上叠加着两种语言的记忆与影响。彝语的表达当然具有特殊的方式,比如倒装句,我想它有别于汉语的表达方式,对于我用汉语写作实际上是一种难得的丰富和补充。这种情况也并不是只出现在我的身上,非洲小说家恩古吉·瓦·提安哥、钦努阿·阿契贝、索因卡等,他们的写作实际上是从另一个角度,创造了英语文学在多种语言环境下新的可能,这些现实告诉我们,语言当然不可能是僵化的、一成不变的,它就如同一片大海永远在吸纳着新的东西,而这片大海也会变得更加地广阔博大、浩瀚无边。

伊冯·勒芒:我一边听,一边就想起我自己的情况。我父亲是布列塔尼人,布列塔尼语是他的语言,但他四十二岁就过世了。我母亲是学法语的,她在巴黎学缝纫,并获得了毕业证书。我的母语也是法语,我只会说很少的布列塔尼语,但布列塔尼语是流淌在我的血液里的。我生活的地方是在布列塔尼,很多村子的名字,表达事物的很多词汇,都是布列塔尼语。在我的法语里面有一种渗透进来的东西。这种渗透进来的东西变成了一种无意识的东西,它就是布列塔尼语,也许是更深入、更神秘的一种东西。但是确实,我得承认我的母语是法语,因为布列塔尼语我不会讲,我只能听懂一些歌曲,因为所有伟大的布列塔尼歌手,唱的都是布列塔尼语的歌曲。

吉狄马加:我们的写作实践告诉我们,这一切就真实地发生在我们的身上,因为我有过明显的感受,比如我的诗歌里常常有递进式的节奏,这分明就受到了彝语表达方式的影响,特别是我无意识使用的那些排比句,这与彝语诗歌中的表达完全是一致的,这并不是有意为之,而是在写作中自然而然带出来的。吉尔维克说我们最终还要超越语言,那是因为每一次我们对语言的创造,就一定会是对原有语言的一次超越,另外,更重要的是,那些来自于潜意识的东西也许它还与自身文化中的宇宙观、生命观、价值观紧密联系在一起,而这一切,在我们对语言所进行的新的创造中,也一定会产生不可估量的影响。我们是一个山地民族,山地的精神和文化能潜入我们语言和文字中的东西,将远远不会限于这些,它的丰富性和复杂性是难以估量的。

伊冯·勒芒:关于语言,我们谈了很多,现在再回到诗歌本身。说到诗歌的定义,我有这么一个思考,这么一种建议:我认为诗歌并不是对问题的回答,诗歌并不回答问题;但诗歌也不会让提出问题的我们孤零零地留在那里,也就是说,诗歌不会对我们弃之不顾,因为我们能够提出问题,这已经很厉害了。这是我对诗歌本身做的一个可能的定义或一种思考。那么,对这个问题,你是怎么想的?

吉狄马加:是的,我同意你的看法,诗歌并不回答问题。既然这样,我在想,什么是诗歌?如何认识诗歌?每一个诗人也同样不能做出简单的回答,何况诗人的回答其结果也将会是不一样的。我认为回答什么是诗歌永远离不开诗人这个主体,只有当我们理解了什么是诗人的时候,或许才能回答什么是诗歌这样一个看起来并不深奥的问题。在我看来,诗人就是永远在仰望无限苍穹和面对幽深内心的祭司,就是不断探索和叩问生命与死亡意义的哲人;诗人不是事物之间逻辑关系的论证人,但他永远是呈现事物内部黑暗中的微光的报晓者,更重要的是,诗人还是情感和眼泪最古老的陶罐,不可否认,诗人还必须是感知人类疼痛的肝脏以及无法背弃的灵魂,我想,这恐怕就是我所理解的诗人;而诗人所要承担的诸如此类的使命,或许就是我所理解的诗歌的使命,对,我认为这就是诗歌的使命。当然诗歌或许还有别的任务,有人说,它还承担着见证的使命,有人说,它必须去揭示真相,还有人说,诗歌就是语言本身,这一切都不足为奇,本来让诗人去回答什么是诗,这本身就是一个永远不会有周延结论的问题,因为诗人和诗歌永远只呈现事物的反光,却永远不会去解释事物正面的模样。诗歌甚至可以找到通往真理的道路,但它并非是逻辑的、理性的、有条不紊的,如果有人说他完全能解释什么是诗歌,你千万不要相信,因为他所解释的可能与诗歌无关,这就是我的看法。

伊冯·勒芒:一首歌不会回答问题。

吉狄马加:刚才我们谈的是对诗歌整体的看法,有些问题不可能有一个明确的结论,一首歌不回答问题,这自然是一个最好的结论。需要说明的是,我并不是说诗歌没有意义,或者说一首歌(或者说一首诗)承载的意义都不能进行解释。从接受美学的角度来看,意义的解释应该是由接受者来完成的,当然诗歌不能解释诗歌本身的问题,而解释的任务只能由接受者来完成。

伊冯·勒芒:在你的诗歌中,很多诗作屡次提到这些大诗人:希克梅特、茨维塔耶娃、马雅可夫斯基……你为什么这么热爱他们?这几位诗人的生活都遭遇过特别的困难,尤其是最后都自杀身亡,希克梅特还坐过牢。你是怎么理解他们的抉择的?死亡有着谜一样的原因,不管是出于恐惧还是因为灾难。他们只能把自己的诗篇留在身后,最后自杀身亡。但他们的伟大诗篇帮助我们建构我们的人生。我主要想问你,对他们尤其是对马雅可夫斯基,你是怎么感受他们的?你是怎么跟他们建立对话的?

吉狄马加:不知道你发现没有,诗人的阅读和写作实际上都有一个精神谱系,当然阅读还会更广泛,但诗人的写作实际上都是有传承的,在写作中,别的诗人会不知不觉地加入到你的谱系中去,成为你最情投意合的那个诗歌部落的一个成员。这就好比在动物世界,许多动物是靠气味去寻找同类的,而它们的同类也会在它们经过的地方留下印记。我想诗人也是这样。我一直把惠特曼、马雅可夫斯基、巴勃罗·聂鲁达、希克梅特、洛尔迦、扬尼斯·里佐斯、桑戈尔、埃梅·塞泽尔、塞萨尔·巴列霍等,都视为我诗歌谱系中的重要前辈,他们的作品都或深或浅地影响过我。这些诗人,不仅仅是他们的诗歌对我产生影响,更重要的是他们的诗歌观以及他们对生活的态度启发了我。他们有一个最大的共同点,那就是他们的写作从来没有忘记过对人类命运的关注,他们在写出"小我"的时候,从来没有忘记过"大我",但更可贵的是,他们在写"大我"的时候,却没有把"小我"丧失掉。他们都是能从自我出发,而最终创作出的作品却能反映出人类普遍的意义,我想这从来就是一个伟大诗人的重要标志。马雅可夫斯基、希克梅特、扬里斯·里佐斯、巴勃罗·聂鲁达他们教会了我如何与时代和群众产生精神以及现实的联系,桑戈尔和埃梅·塞泽尔让我知道了他们为什么要在理论上阐释"黑人性"的内涵,如何让亚文化地带的诗人重新找到文化上的自信,是洛尔迦和塞萨尔·巴列霍让我懂得了生命的真实和词语的"匕首",它们的力量要远远超过没有灵魂的巨兽。这些伟大的诗人,固然是环境和时代塑造的他们,但我想更重要的是,他们都以自己的创造从不同角度见证了他们所置身的那个时代,这并非是一种宿命,应该说,他们都是他们各自所属的民族的骄子,同样他们也是人类的骄子,这样的骄子的产生绝不是随时随地的,我想还会等很长一段时间,才可能再会出现一群足以让我们赞叹的人。

另外,借这个机会,我还想谈谈俄罗斯诗人茨维塔耶娃,虽然我刚才没有把她放在我的诗歌谱系中,但我认为她始终是我非常热爱的一位诗人,在20世纪的诗人中,她诗歌内在的爆发力可能是最强的,在这方面匈牙利诗人尤若夫·阿蒂拉和秘鲁诗人塞萨尔·巴列霍与她很相像,但无论从作品的数量还是诗歌的形式创新上,她都更具有冲击力,她每一次在创作上进入一次高峰,就会从灵魂和肉体上损耗一次生命的能量,从这个意义上来判断,在20世纪的俄国诗人中,只有马雅可夫斯基能与她的天才相提并论,我说的是天才,在这方面,她当然要远远高于帕斯捷尔纳克、曼德施塔姆和阿赫玛托娃。茨维塔耶娃的肉体和灵魂就宛如一块磁铁,她把所有的能量吸收到自己的身上,她的爆发能让每一个词语都变成灼烫的金属,让每一行诗变成带电的导体,她的精湛在于她在火焰中并没有毁灭自己,尤其是她的长诗无论激情如何澎湃,也没有破坏掉那严谨的结构,无疑是她强大的激情和冲击力给语言带来了新的东西,所以读她的诗的时候,我会想到那些来自于最原始的血液里的东西,我在西班牙的格拉拉达听弗朗门戈歌手演唱的时候,我就想到了茨维塔耶娃和洛尔迦,这些天才诗人中的天才,他们的身上都附带着某种灵性的东西,或许他们都是诗人中的祭司,因为他们都具有别人所没有的通神的本领。

至于马雅可夫斯基,在这里我还要多说几句,可以说他是20世纪作品被中国翻译得最多的外国诗人,当然这有政治的原因,他很长时间是苏维埃的第一诗人,在很长一段时间也是因为政治,他被推到了另一个极端,苏联解体后,很长一段时间他似乎被忘记了,但现在他作为一个诗人的价值又重新被认识。可以说他是被误读和误判最多的一位诗人,好在现在对他的评价开始趋于理性。马雅可夫斯基当然不是写了长诗《列宁》之后才被认定为一个天才诗人的,而是在他二十二岁写出了《穿裤子的云》的时候,就被看成是一位具有极高天赋的诗人;他还是俄罗斯未来主义诗歌运动的一位主将,我在很多地方说过,就是他的长诗《列宁》,现在看起来其气势和广阔都是很难有诗人能比拟的,叶夫图申科在一次与我的对话中告诉我,马雅可夫斯基的伟大还在于他在俄语诗歌中创造了新的形式,他在语言方面的贡献也是不可估量的,他甚至在很长时间里影响过俄罗斯诗人的写作,这其中既包括叶夫图申科,当然也包括约瑟夫·布罗茨基,茨维塔耶娃就曾经写过一篇文章《俄罗斯时代的史诗与抒情诗》,她在文章中高度评价了马雅可夫斯基的天才和力量。我曾经说过,一个伟大的天才对另一个旷世天才的评价,一定是可信的,因为只有他们能真正读懂对方。现在俄罗斯在重新评价马雅可夫斯基,世界诗坛也在重新评价马雅可夫斯基,他并非是一个完人,他的诗歌也不是每一首都好,有的诗歌实际上已经失去了价值,但作为一个天才的诗人,他的创造力和一部分诗歌将永远成为人类精神遗产中不可分割的部分。他是一个时代的诗歌符号,或许这个符号会因为环境的变化黯淡下去,但作为诗人,他不可能从我们的诗歌谱系中被人为地抹去,我写《致马雅可夫斯基》这首长诗,其实就是在向他致敬,就是在为我们这个诗歌部落中一位不该被忘记的巨人唱一首挽歌。我曾经设问过,还有可能出现马雅可夫斯基这样的诗人,或者说这一类型的诗人吗?我的回答是:恐怕很难。最重要的是,他们所生活的那个时代正是一个革命和战争的时代,也是人类社会发生着巨大变革的时代,就是法国曾经产生过的阿拉贡和艾吕雅这样的诗人,其在世界的影响也是后来者难以望其项背的,你可能会说,不能用这样的外在影响来评价一个诗人的重要性,我当然是赞成的,但是你不得不承认,总有一部分诗人,他们与时代和社会、历史的联系都已经成了他们全部诗歌活动的一部分,而这些诗人并非是一个个没有才华的庸俗之辈,他们自觉地选择了这样一种生活,对他们来说,革命、爱情和诗歌很多时候就是一个词,当然也是时代造就了他们,你现在要从拉美再找出一个像巴勃罗·聂鲁达这样的诗人也是不太可能的,同样也是他所置身的那个时代造就了这样一位拉丁美洲的传奇和英雄。我曾经问过阿拉伯诗坛巨匠阿多尼斯如何评价20世纪上半叶的俄罗斯诗歌,他不假思索地告诉我,当然出了一批伟大的天才诗人,但马雅可夫斯基是他们中间的一个巨人。

你刚才还说到了马雅可夫斯基的自杀,这当然是一件令人悲伤的事。有关他死亡的原因,现在分析的文章很多,许多重要作家和诗人的回忆录也涉及了这个问题,有的把他归结为政治原因,有的认为是因为他在爱情上的失意,但我以为最重要的原因,是马雅可夫斯基对社会理想的追求,最终与现实发生了错位,这恐怕才是最主要的原因。叶夫图申科告诉我,马雅可夫斯基自杀之前,其实他的想法和所作所为已经和现实发生了很难调和的冲突。当然马雅可夫斯基也是一个矛盾体,否则他不会在叶赛宁自杀之后专门写了一首诗,对叶赛宁的自杀行为进行讥讽,他在诗中这样写道:死很容易,但活着却更难。实际上叶赛宁的自杀,也是他的理想和现实发生了冲突,他选择用死亡的方式与自己做了最后的和解。最具有宿命意味的是马雅可夫斯基自杀后,帕斯捷尔纳克同样为他写了一首诗,这首诗既表达了失去同行的哀痛,同时还写出了诗人因为死亡而构成的隐喻,可以说这是马雅可夫斯基自杀后最耐人寻味的一首悼念诗;当然茨维塔耶娃和阿赫玛托娃也为马雅可夫斯基的死亡写过令人难忘的诗,尽管他们都是从不同的角度看待诗人的死亡,但有一点是共同的,他们都为失去这样一位同道而惋惜和悲伤,这就是所谓惺惺相惜的最朴素的道理。

伊冯·勒芒:塞萨尔·巴列霍的生活非常艰难,他差点饿死。他有一首诗,写在西班牙战争中一个牺牲的人,一个人叫他他没有复活,两个人叫他他没有复活,成千上万的人叫他他没有复活,但全世界的人叫他的时候,这个死去的人立即复活了,他站起身来,加入了他们前进的队列。

吉狄马加:后面这首诗我的印象很深,是塞萨尔·巴列霍在西班牙内战时写的,后来被收入了诗集《西班牙,请拿走我身边这杯苦酒》中。这本诗集是西班牙反法西斯战士在前线印刷的,他们还在战壕中散发过这本对西班牙充满了挚爱和深情的诗集,这本诗集与聂鲁达的诗集《西班牙在心中》后来都成了反法西斯历史上最重要的诗歌作品。

伊冯·勒芒:再问一个问题。我自己一开始写诗时,就喜欢把诗朗诵出来,甚至背诵出来。我那时候感觉,一方面需要孤独地写作,另一方面需要外在的舞台。那个时候我曾面对数千人背诵诗歌。写作就是孤独、不在场、缺席。然后,舞台就是在场、就是表现。所以我的所有这些诗,都是从眼睛出发,同时动用耳朵听觉。我跟音乐家有很多合作,他们把我的诗作写成歌。这次我给你带来的,就是最近出版的一个唱片,有我二十几首诗,被谱成曲唱出来。我觉得诗歌寻找音乐,音乐回过头来又替诗唱出声音,音乐和诗歌之间有一种天生的关系,写出的诗是符号也是音符。

吉狄马加:是的,我们都有这样的经历,诗歌也就是说诗和歌是很难简单分开的。我们民族中大量的传统诗歌就和民歌没有太大的区别,只是它被书面化和文人化了,但其内在的特质却是一样的,在我的写作过程中,隐含在诗歌中的音乐性实际上是无处不在的,也就是说,传统民歌中的音乐性会在不知不觉中进入我的血液,对音乐性的呈现,更像是与生俱来的本能。诗歌中流淌着音乐和旋律的节奏,在更多的时候,我以为在大多数彝族诗人的写作中,都不是有意为之的,这是一种自发的行为。当然一个诗人的写作,应该从本民族的诗歌传统中去吸收营养,但诗歌作为语言的艺术,它还必须在形式、修辞以及综合技艺的创新和探索上真正获得成功,无疑这是需要付出极大的努力的。我的前辈,中国的大诗人艾青生前就告诉过我,诗歌的形式、语言以及其内在的节奏都是交融在一起的,诗歌内在的节奏绝不是我们平常所说的传统意义上的押韵,而是语言在递进中自然形成的一种内在的旋律,它就如同河流上的波浪,其起伏和跌宕都与河流的整体是密不可分的,因为它始终是这个整体的一部分。关于艾青诗歌的散文化,就有许多评论家进行过透彻的分析,但是有一个结论是共同的,那就是无论他的诗在追求散文化方面进行过怎样的探索,但他诗歌中自然流淌的旋律和节奏却宣告了他的诗就是真正的诗,而不是所谓散文化的散文,这就是艾青的伟大之处;我以为在中国现代诗的语言发展过程中,艾青的贡献是巨大的,特别是他在20世纪30年代末40年代初反法西斯战争时期写下的诗歌,的确为我们在诗歌语言的民族化和纯洁化方面树立了光辉的典范,与他的同时代诗人相比,他诗歌的开阔度、自由性以及语言所具有的朴素美都是无人能出其右的,当然在这方面中国现代诗人闻一多、穆旦、戴望舒等人的成就也是很高的。

作为一个具有民族代表性的诗人,我的很多诗歌被谱成了曲、被传唱,我想这是21世纪的今天大多数诗人不会享有的殊荣,因为在这样一个被消费和物质主义主导的社会现实中,诗人和诗歌的处境如何是不言而喻的,我并不是说诗歌已经失去了它存在的价值,而是想说诗歌能发挥的作用的确是有限的,但人类任何时候都不能没有诗歌。幸运的是,我的民族还依然把诗歌作为他们精神生活的一部分,他们大多数都生活在高寒的山地,就是在最艰难的生活环境下,他们也会围坐在火塘边,用吟唱传统的诗歌和音乐的方式来度过漫长的冬季,每一个节日都有庆典仪式,火把节、剪羊毛节以及彝历年都是他们让诗歌和音乐飞翔的时候。我的诗歌《彝人之歌》《布拖女郎》《让我们回去吧》等,可以说只要有彝人的地方就能听到对这些诗歌的吟唱。我想告诉你的是,对于一个诗人来说,还有什么比获得自己民族的热爱和认可更重要的呢?我的被传唱的诗歌大多数都是被年轻的彝族自由歌手谱成曲的,他们和传统的民歌手最大的不同是，他们汲取了世界不同民族歌手的经验，并在自己的音乐传统之上进行了大大的创新，也可以说，他们是多种文化交融和冲突的产物，更重要的是，他们是一个处于现代化历程中的古老民族的怀旧者、梦想者与游吟者，他们不仅在自己的故土上演唱，今天他们还走到了许多其他地方，在北京、成都、昆明等大城市都能看见他们的身影，他们就像流浪的吉卜赛人，但最大的不同是，他们的身后永远有一片飘荡着炊烟的故土在等待和召唤着他们，他们总有一天还会回到那里，正如歌声中所唱的那样，在那里再一次获取生命的力量。最近，就有一位重要的彝族歌手——他的名字叫哈布——告诉我，他是中国著名的音乐组合"彝人制造"的主唱和作曲，他花了近四年的时间为我的十首诗写了曲子，估计近期就能全部完成，我有幸聆听了其中的几首，我要告诉你的是，它们深深地打动了我。毫无疑问，这是音乐的力量，同样这也是诗歌和音乐结盟之后所产生的力量。我一直主张诗歌应该被更广泛地传播，真正成为大众生活的一部分，这个传统在很多民族中都有，就是20世纪那些大诗人，他们诗歌的传播，在民众中朗诵也是一个重要的方式，我们今天为什么要摒弃这样一种与民众最直接的沟通方式呢？叶夫图申科在北京与我见面的时候，他就给我提出了一个要求，希望我能在中国给他安排若干场朗诵活动，就在我预想为他做出安排的时候，非常遗憾，这位享誉世界的诗人就在美国永远地离开了我们。最令我感动的是，他在离世前的半个月还为我的俄文版诗集写下了一篇序言，我估计这恐怕是他最后的文字之一，祈愿他在另一个世界安息。

你明天就要返回法国了,我会送你几张碟片,录制的是音乐家们为我的诗谱写的歌曲,你可以带回去送给相关的法国朋友。我上次到法国的访问是成功的,特别是在里昂进行的诗歌交流,使我进一步了解了当代法国诗歌的现实情况,感谢里昂的朋友们为我在法国出版了一部新的诗集。在几次诗集的朗诵和签售活动中,我都真切地感受到法国仍然是一个真正意义上的诗歌国度,民众对诗歌的喜爱仍然是那么自然,而法国诗人对诗歌艺术的执着和探索精神,同样给我留下了极为深刻的印象。我会找机会再一次访问法国,特别是去访问吉尔维克和你的故乡布列塔尼,这当然是我向往的一个地方,吉尔维克和意大利诗人翁加雷蒂都是我极为喜爱的诗人,他们都是语言的炼金士,在他们的诗歌中几乎没有形容词,他们的诗都是运用最简洁的词直抵诗歌内核及其本质的钉子,在20世纪的诗人中,他们都是惜墨如金的诗人。同样我还想邀请你在适当的时候再一次访问中国,到时候我会亲自陪同你到我的故乡四川大小凉山的彝族聚居区去看一看,我相信你会在那里获得不同的感受,我还会在那里专门安排一次有关地域性诗歌与世界诗歌关系的对话会,我希望我们两个是这个对话的发起人,当然同样是最重要的对话人。

我们今天的对话很有意义,不知不觉已经过去了很长的时间,这样的机会对于你和我都很难得,虽然我们有几次见面的机会,但每一次都非常匆忙,所以我非常珍惜我们今天这样一次富有意义的交流。我还要向你表示祝贺,因为你在前不久刚刚获得了重要的"龚古尔文学奖",我知道这很不容易,因为事实上法国的诗歌中心在巴黎，而不在所谓的"外省"，我认为这次的奖励就是对"边缘"的肯定，这也回应了我们在前面谈到的所谓"中心"和"边缘"的话题，我还认为你的获奖不仅仅是你个人的殊荣，它同样也是布列塔尼诗人共同的殊荣，我想你的老师和前辈吉尔维克如果还活着，他一定会为你感到高兴，当然他的在天之灵知道了这一消息，他同样也会含笑九泉的，不知道你以为如何，反正我是相信的。谢谢你今天与我的交流。当然我们最后不能忘记了我们的朋友树才，没有他的努力和高水平的翻译，我们的交流就不会有这样的成果。

伊冯·勒芒：我也同样要感谢你，我们今天的交流对我而言也是极为宝贵的一次机会，我们在中国的几次见面，你的人和诗歌都给我留下了极为深刻的印象，同样，我们也结下了深厚的友谊，我非常期待你有一天能访问布列塔尼，到时候我会陪你去追寻吉尔维克的踪迹，他是我的老师，他也是我们吉尔维克诗歌传统中的一位巨人，到时候，要欢迎并邀请树才继续为我们的交流担任翻译，因为没有他，我们的交流就很难继续下去。我想说的是，近几年在法国和中国的各种诗歌交流活动中，树才的贡献都是巨大的。当然，谢谢你的邀请，我还会寻找机会再次访问中国，特别是要去你的故乡四川彝族聚居区看一看，我相信这一愿望在不久的将来是一定会实现的。

吉狄马加：好的，我期待着我们下一次的见面，再次谢谢两位！

2019 年 10 月 25 日傍晚

传统与创新以及诗歌给我们提供的可能

——答罗马尼亚诗人卡西安·玛利亚·斯皮里东问

卡西安·玛利亚·斯皮里东(Cassian Maria Spiridon,1950—),罗马尼亚著名诗人,现为罗马尼亚《文学对话》和《诗歌》主编。出版过《从零开始》《黑夜星座》《词语降临我们中间》等近二十部诗文集。他还是一位出色的诗歌活动家,创办了罗马尼亚雅西国际诗歌节,曾先后荣获罗马尼亚科学院爱明内斯库诗歌奖等十余项国内外重要诗歌奖项。

卡西安·玛利亚·斯皮里东(以下简称"卡西安"):亲爱的朋友和诗人吉狄马加,我很高兴地回忆起我们在天水"李杜国际诗歌节"期间多次会面的场景,特别是那些天举行的"东柯杜甫草堂"的落成仪式让人兴奋难忘。中国几千年的诗歌以其达到的抒情高度处于最富感染力的诗歌之列,它是一种历久弥新、永远都有现实意义的诗歌。在这种超越一切的传统辉映下,你的诗歌、颇具敏锐性的诗歌的位置又在哪里?

吉狄马加:我同样怀念我们在天水相处的那些日子,正如你所

罗马尼亚诗人卡西安·玛利亚·斯皮里东。

言,中国有几千年的诗歌传统,而杜甫就是其中最为耀眼的诗人之一,我以为我们在天水对杜甫的缅怀,实际上就是对中国伟大的诗歌传统的追寻。就其来源来讲,中国古典诗歌与西方诗歌是迥然不同的,它们从一开始就呈现出不同的美学特质,中国古典诗歌与其所承载的文字完全是一个独立的系统,如果不了解中国文字的特殊意蕴和内涵,旁观者要真正进入中国诗歌的内核是很困难的,也就是说,中国古典诗歌所构成的美学精神除了其东方哲学的背景外,还有一个最重要的承载基础,那就是具有象形以及复合意义的中国文字。毫无疑义,中国古典抒情诗不仅从一个方面代表了中国古代文化的重要成就,就是与同时代的西方诗歌相比较,无论是诗人的数量,还是所留下的浩如烟海的作品,同样是当时的西方世界不可比拟的。当然那个时候的东西方世界,还没有真正意义上的诗歌交流,西方对中国古典诗歌的认识和翻译已经是在18世纪以后,比我们所说的中国诗歌的黄金时代唐朝要晚几百年。中国诗歌的传统一直保持了其连续性,除了其语言和文字的稳定性外,诗歌中的现实主义精神也是其贯穿至今的一种传统,杜甫的诗歌被后人尊称为"诗史",那是因为他的诗歌具有见证历史的罕见力量。其实杜甫一直存活在诗歌的"现场"中,他没有一天远离过我们,当下几乎所有重要的中国诗人都还会经常阅读杜甫,这并非是一种时尚,而是因为杜甫能给我们提供许多弥足珍贵的东西。毫无疑问,我所承继的诗歌传统主要来源于三个方面,一个是我们彝族的史诗和民间诗歌,第二个就是汉语的古典诗歌和现代诗歌,最后一个当然就是被翻译成中文的世界不同国家的诗歌。需要说明的是,作为一个用汉语写作的中国诗人,毋庸置疑,我的全部写作以及用这种语言所进行的创造,都是悠久而伟大的中国诗歌传统的一部分,与那些已经仙逝了的古典诗人不同的是,我们依然还在为这一诗歌传统续写着新的篇章,时光荏苒,斗转星移,每一个时代的诗人都肩负着自己的责任,这一肩负的责任既是神圣的,当然也是不可推卸的。

卡西安:你来自少数民族,彝族拥有很强的文化传统,它通过自身的创造,尤其是今天的创造者们,作为一种富有生命力的存在,展现于中国巨大的文化版图上。你的诗歌就是这样一种存在。它是通过什么在当今中国的文化整体中体现其代表性的?

吉狄马加:中国是一个多民族的国家,每个民族都有着自己古老的文化传统,多元共体既是一个文化特征,同样也是一种现实存在,这里所说的多元是指不同民族的文化传统,而共体指的就是中华各民族共同创造的中华文化。诗人在不同时代都被认为是民族的精神符号,在一些特殊的时候,他们还承担着精神和文化代言人的角色。在我们彝族的文化传统中,诗人更接近于精神上的祭司,他通过语言和文字所进行的创造,既构建了一个属于其个人的精神疆域,同时又将一个民族的历史和现实诗性地呈现给了这个世界。所谓文化身份是 20 世纪后半叶开始逐渐形成的对文化归属的一种诠释,当代阿拉伯重要的理论家爱德华·赛义德就对个体文化身份的存在进行过专门的论述,当然所谓的文化身份常常并不是单一的,反映在个体身上很多时候甚至是多重的。在这里我想说的是,正因为这种文化身份的多重性,毫无疑问,我是一个彝族诗人,同时我也是一个不折不扣的中国诗人。中国当代诗歌的面貌是丰富的、多元的、极具包容性的，最令人欣喜的是许多民族都有着其代表性的诗人，他们的作品也成了当下中国诗歌写作十分活跃的一个部分，我为他们所取得的成就感到骄傲。

卡西安：你知道这样一个情况，我也可以大胆直言，就是从新石器时代开始，在我们的人民之间就存在过一种兄弟缘分，证明这个现象的是属于（罗马尼亚）库库特尼文化的彩陶与（中国）仰韶文化的彩陶，两者有着强烈的相似特征，他们都出现在六七千年前。这种神奇的同一性是否连续不断，目前，我们又可以通过哪些元素来肯定这一点？

吉狄马加：我在罗马尼亚驻北京的文化中心看见过属于新石器时代库库特尼文化彩陶的图片，当时就留下了极为深刻的印象，因为它们与中国仰韶文化的彩陶极为相似，尤其是在今天不断深化国际文化交流的时候，我们更需要了解在远古时期不同文明和文化是如何进行交流并相互影响的。实际上随着科技水平的不断提升，有许多文化之谜在不断地被解开，我相信总有一天库库特尼文化彩陶与仰韶文化彩陶之间的隐秘关系也会被我们所破译。在古代原始艺术中，这种具有相似性的情况并不是个例，我们彝族的原始木器，不论是造型还是色彩和纹路，都与墨西哥阿兹特克人以及秘鲁的克丘亚人的原始器皿非常相像，过去有考古学家、人类学家做过这样的推论，认为美洲的土著都是通过白令海峡从亚洲迁徙过去的，我在玻利维亚就听当地的一个土著首领告诉我，他们的祖先来自于东方。当然，从文化地理学的角度来看，也有这样一种看法，那就是生活在这个地球相同纬度的不同地域的人类，如果其居住的地貌和海拔相近,同时其感官吸收宇宙及外部信息比较接近,也可能创造出内容和形式上相似的原始艺术品,不过这同样也是一种大胆的假设和推论。人类的祖先给我们留下了许多宝贵的精神文化遗产,最重要的是还给我们传递了一个重要的信息,那就是人类文化的相似性要远远大于它的差异性,也正因为这样,建立一种更为包容、相互理解、人道的文明与文化的对话机制就显得尤为重要,同时我们也要对差异性有更足够的尊重,特别是在今天这个强势文化和弱势文化并存的时代,对弱小文化的延续和保护更应该上升到道德层面来加以重视。文化上的相互交流必须对现实产生作用,在全球化和逆全球化正在激烈博弈的当下,作为诗人,我们必须站在促进人类和平和人民友爱的一边。

卡西安:伟大的中国古代思想家老子在《道德经》第十一章写道:

三十辐共一毂,当其无,有车之用。
埏埴以为器,当其无,有器之用。
凿户牖以为室,当其无,有室之用。
故有之以为利,无之以为用。

我们可以在什么地方发现诗歌的"支撑"和"用处"?

吉狄马加:老子的《道德经》都是通过认识天地、山谷、容器、车轮、房屋等具体存在之物去发现抽象的道理,他深刻地揭示了"存在"与"虚无"的相互关系,认为"无"常常被一般人所忽视,正因为

"有"和"无"是相互依存和相互作用的,那些无形的东西才可能产生不可被忽视的作用。在人类的精神生活中,诗歌的教化和审美作用已经伴随了我们数千年,诗歌被视为人类精神遗产中那个"最柔软",同时也"最动人"的部分,恐怕都已经成了这个世界上不同民族的共同感受。如果说每一个民族都有自己的心灵史的话,那这一部又一部的心灵史,可以肯定都有诗歌的贡献。诗歌不可能摧毁坚实的堡垒和城墙,但诗歌却能抵达人类的灵魂。这个世界需要的是美好的诗歌,而不是花样翻新的杀人的武器。诗歌始终是人类文明最重要的基石之一,我们只有高扬起这面光辉的旗帜,人类才可能通向一个令我们所有的人期待的那样一个美好的明天。

卡西安:你在一篇访谈中称,在一流的外国诗人中对你产生影响的当首推亚历山大·普希金,当然,其他一些伟大的世界级诗人也曾对你产生影响。

如果与当今世界诗歌互鉴,你认为当代中国诗歌处在什么位置?

吉狄马加:今天的中国诗歌无疑是当下世界诗歌最活跃的部分之一,也可以说中国是开展国际诗歌交流最频繁的国家之一,这种情况在三十年前是不可想象的。中国开展广泛的国际诗歌交流主要是在近二十年,我想这是与中国改革开放的历史分不开的。中国深度融入国际社会,给中国诗人和中国诗歌进入一个更为国际化的交流场域提供了可能。现在中国每年都要举办不同层级的国际诗歌活动,其中青海湖国际诗歌节、成都国际诗歌周、泸州国际诗酒大会以及西昌邛海丝绸之路国际诗歌周等,都已经在中外文学界产生了较为广泛的影响。现在中国每年出版的诗集的数量估计在世界上名列前茅,当然这和总的人口基数有关,但同样也说明我们有一支庞大的诗人队伍,特别是近十年我们翻译外国诗人作品的数量也是令人惊叹的,可以说世界不同语种中重要诗人的作品,现在都能找到中文译本。有一点我必须要告诉你,正是因为这种交流和诗人作品的相互翻译,过去因没有正常交流所形成的误解与误读,都在更为直接的对话和交流中得到了消除,也正因为加深了对彼此诗歌的深度理解,中国诗人从未像今天这样更加重视自身的诗歌传统,开始了更为广泛的对自身诗歌传统、语言以及诗歌艺术形式的再认识,同时对外来诗歌的借鉴也进入了一个更为理性的阶段。这一切都是在交流和比较中得来的,说到底,诗歌在任何时候都不可能背离它是民族语言所创造的结晶这一根本原则。

卡西安:在一首题为"巨子"的致康斯坦丁·布朗库西的诗中,我们可以读到这样的诗句——"所有呈现的一切都朴素如初"。我们从这句诗说开来,布朗库西如何反映在了你的抒情世界里?

吉狄马加:在20世纪的艺术家中,我最看重的是艺术家的原创力。其实回望已经走过的路程,真正经得起时间考验而又具有原创力的艺术家是少而又少的,从我的角度看,马蒂斯、毕加索、康定斯基、彼埃·蒙德里安、马列维奇以及布朗库西都是具有原创性的。在原创上布朗库西最重要的是回到了精神和形式的原点,它的朴实是建立在视觉的简洁上的,这是让创造返回真正意义上的源头,或者说是让原始成为一种极致的简洁,这对于一个艺术家而言是很难做到的,但天才的布朗库西做到了。我以为在艺术创新上始终有两个方向,一个是朝着有序的复杂向外走,另一个当然就是朝着原始的极简向内行,毫无疑问,布朗库西属于后者。我以布朗库西的创作为主题写的这首诗,除了向他表达一种敬意之外,更重要的是布朗库西给我带来了一种思考,那就是诗歌作为一种语言和文字的艺术,同样需要我们在形式上有更多的探索和创新。在语言和形式上如何找到一种真正意义上具有原始品质的极简,意大利诗人翁加雷蒂和法国诗人吉尔维克都进行过可贵的试验和探索。在很多时候,绘画艺术的创新与诗歌的创新都会面临着相同的问题。

卡西安:詹巴蒂斯塔·维科在《新科学》中认为,"诗歌,即此而非其他",是"所有艺术的源泉"。这一点为古希腊的哲学家以及黑格尔、康德,直至海德格尔这样的哲学家所认同。

在普遍意义上的"技术设备"走到了"人类"前面的当下,诗歌还能如何作为?

吉狄马加:说诗歌是"所有艺术的源泉",在这一点上东方的哲学家与西方的哲学家在认识上是一致的,但东方的哲学家更强调诗歌所隐含的"阴"与"阳"的关系,这是东方哲学的基础,从更广泛的角度来看,东方哲学家还把诗歌看成是与心灵和自然对话的一种超验的方式,我们从古代东方的禅诗中就能感受到这种意境。诗歌在人类漫长的历史中,一直扮演着一种角色,那就是既充当了联系天地和万物幽秘关系的媒介,同时也给其他所有的艺术提供了形而上的源泉,也正因为此,我们才确信诗歌是其他艺术的来源和根本。对诗歌本身所给出的这个定义,我想无论在什么时候都不可能被改变,哪怕就是在科技发展日新月异的今天,这个定义本身所包含的具有普遍意义的结论,同样也不可能被改变。有人曾经问我,机器人最终能替代人类来写诗吗?我的回答是绝对不可能,得出这样一个结论是基于我对人与诗歌本身的判断,因为机器人永远不可能是真正意义上的人,人和机器人最大的差别是,人有灵魂和感情,而机器人永远不具备这两样东西。也因为你所说的在普遍意义上的"技术设备"走到了"人类"前面的当下,我们反而要重新思考诗歌中最重要的东西是什么。现在我们看到大量的诗歌离心灵和灵魂越来越远,它们只注重修辞和语言的试验,如果仅仅是停留在诗歌形式和技艺的探索上面,那么所谓"新的技术设备",就完全有可能替代今天的诗歌,并让传统的诗歌寿终正寝。但我相信真正的诗歌还会存在下去,那是因为还有许多具有"灵魂"和"感情"的诗人还会执着地写下去,人类也会因为有这样的诗歌对明天和未来充满了期待。

卡西安:无论过去还是现在,诗歌始终是自由的声音。有什么东西或有何人能够停息这种崇高的声音吗?

吉狄马加:我完全赞成你的看法,无论过去还是现在,诗歌始终是人类自由的声音,因为这是由诗歌所代表的自由与正义的精神所决定的,高扬这种精神并非都是一帆风顺的,历史上就有无数的诗人为了捍卫这种精神付出过沉重的代价,有的甚至献出了自己宝贵的生命。远的不用说,20世纪西班牙语世界最伟大的诗人之一费德里科·加西亚·洛尔迦就是一位发出过正义和自由声音的战士,他就被佛朗哥法西斯政权支持的长枪党杀害于他的故土格拉拉达,法西斯政权的这一暴行引发了全世界范围内的抗议行动,洛尔迦虽然献出了他年轻的生命,但他所发出的正义与自由的声音却传遍了这世界的每一个角落，从这个意义上来说，没有任何人和力量能够停息这种崇高的声音。是的，正义和自由的声音是不可能被压制下去的，即便遭遇了曲折和磨难，它也会等到最终伸张正义的那一天。

卡西安：你怎么看诗歌与形而上学之间的关系？

吉狄马加：有关诗歌与形而上学的关系，这是一个古老而又新鲜的话题，因为每一个时代的诗人在写作实践中都会与它相遇，我不想简单地用抽象的语言来对它进行阐释。诗歌是现实生活的产物，更重要的是它还是历史和精神的产物，现代主义运动在诗歌中带来的首先是对过去业已形成的崇高文学正典的背离，当然这里所指的主要是对其精神价值取向的割裂，这似乎是现代诗歌的一种必然的选择。毋庸讳言，它的形成与人类经历的两次世界大战以及工业化和后工业化时代带来的影响是分不开的。爱尔兰伟大的诗人、戏剧家塞缪尔·贝克特的《等待戈多》就反映出了人类面临的特殊处境，不仅仅是要知道我们从哪里来，还要探究到哪里去，更重要的是人类背后的那束精神之光在渐渐熄灭，人们回过头已经很难看见人类精神源头涌动着的光芒，也正因为此，在大多数现代诗人的作品里就很难读到荷尔德林以及像里尔克这样的诗人所投射给我们的那样一种崇高庄严的思想，今天的诗歌变得更加碎片化，缺少一种真正意义上的整体的精神指引，甚至很难再产生一位像卡瓦菲斯那样能从容穿行于神话与现实之间的诗人，这或许就是今天最真实的一个诗歌现实。但是我并不认为这一切是不可改变的。如果说诗人是行走在大地上的人，那么他的精神却必须要立于群山之巅，还应该更加自由地飞翔于无垠的天际。从某种角度来讲，诗歌是需要精神高度的,也可以说,一个没有在诗歌中呈现形而上思考的诗人,他肯定也是一个没精神高度的诗人。诗歌从来不是对现实的最直接的反映,如果是那样,诗歌就不可能翱翔于心灵、大地和天空之间;真正的诗人只有攀爬上那道形而上的楼梯,才可能让自己的生命和灵魂抵达那个光辉的顶点。

卡西安:你在一首诗里写过"让我们回去吧,回到梦中的故乡"。我以为每个诗人都有自己的故乡,那里是先辈带着他们继承的信仰和传统世代存续,又将它们传递给后来者的家园。今天的诗人们还有家园吗?

吉狄马加:在21世纪的今天,作为一个民族的诗人我是幸运的。现在已经很少有诗人的作品被谱写成曲广泛传唱,在20世纪中叶这样的情况还比较普遍,爱尔兰诗人威廉·巴特勒·叶芝、西班牙诗人费德里科·加西亚·洛尔迦、希腊诗人扬尼斯·里佐斯等,就有许多诗歌被传唱,里佐斯的长诗《希腊人魂》被希腊现代卓越的作曲家米基斯·提奥多拉基斯谱成曲后,不仅在希腊民族中产生了巨大的影响,就是在世界上也获得了许多诗歌和音乐爱好者的高度评价。我的诗歌《让我们回去吧》是由彝族著名歌手奥杰阿格谱曲的,现在是人口近千万的彝民族中传唱最广泛的歌曲之一。我以为人类既有现实的家园,同时还有一个精神的家园,这两个家园并非都是重合在一起的,要回到精神的家园无疑是人类每时每刻的渴望。我的长诗《不朽者》中有这样的诗句:"我要回去,但我回不去,/正因为回不去,才要回去",这就是我们的处境,或许说,这也是我们存活在这个世界上的所有诗人的处境。今天诗人的家园在哪

吉狄马加与卡西安·玛利亚·斯皮里东(右)及汉学家、翻译家鲁博安(中)在一起。

里？我们只能永远在这种精神与现实的悖论中去不断追寻。

卡西安：我知道你熟悉罗马尼亚诗歌，熟悉爱明内斯库，而且也熟悉尼基塔·斯特内斯库，他有一部诗集，书名是"哀歌十一首"。请你谈谈，对中国和罗马尼亚这两个国度抒情文学的看法，我们是否还可以出现七千年前库库特尼文化与仰韶文化之间那种惊人的巧合？

吉狄马加：我喜爱罗马尼亚诗歌，是因为罗马尼亚诗歌中始终保有着一种适度的哲学性和优雅的抒情特质，我以为这是精神传统和血液中带来的东西，这种东西不但体现在诗歌中，还体现在你们的音乐、绘画、雕塑和其他的艺术中。罗马尼亚诗歌在世界诗歌史上占有一个特殊的位置,米哈伊·爱明内斯库、图多尔·阿尔盖齐、卢齐安·布拉加、马林·索雷斯库以及尼基塔·斯特内斯库等,在今天已被这个世界上热爱诗歌的人们所熟知,我就曾专门为米哈伊·爱明内斯库和尼基塔·斯特内斯库写过致敬诗,在献给斯特内斯库的一首名叫"在尼基塔·斯特内斯库的墓地"的诗中我这样写道:"如果再晚一分钟,/你居住的墓园就要关闭/夜色降临前的门。/用一种姿势睡在泥土里,/时间的板斧终于成了盾牌。/此刻,手臂是骨头的笛子,/词语将被另一个影子吹响。凝视的眼睛,穿过黑暗的石头,/思想的目光爬满永恒的脊柱。/一个过客,吞食语言的钢轨,/吞食饥渴的星球,吞食虚无的圆柱。/当死亡成为你的线条的时候,/当生命变成四轮马车发黑的时候,/当发硬的颅骨高过星辰的时候;/唯有你真实的诗歌犹如一只大鸟,/静静地漂浮在罗马尼亚的天空。"最令我感到欣喜和满意的是当下的罗马尼亚与中国诗歌的交流又进入了一个新的阶段,这种交流最可贵的是,除了对彼此诗歌的翻译之外,还有更多的诗人开始进行深度的互访,这种诗人之间相互置身于对方国度的"在场",无疑为我们更广泛、更具有针对性地了解对方提供了可能,我相信因为诗歌而搭建起来的中国和罗马尼亚的文化交流会被不断地延续下去,这是我们的责任,同样也是你们的责任。

2020 年 6 月 5 日

诗的玄奥，或体现在词语和文本上的极大整齐性
——答意大利诗人奎多·奥尔达尼问

奎多·奥尔达尼(Guido Oldan)，1947年出生于意大利米兰，是"终极(临界)现实主义"诗歌运动的创始人，也是目前意大利诗歌界最具国际影响力的诗人之一。其作品被翻译成西班牙语、英语、汉语、希腊语、阿拉伯语、乌兹别克语等。出版的诗集《支配性思想》《全部的爱》《镜之日历》。主编有《当代诗选》《今日意大利诗选》《九百首精选诗集》《处镜之光》《2016意大利年度诗选》等。提出并阐释了"终极现实主义"的主旨思想，起草发布了"终极现实主义"的诗歌宣言，在他的推动下，这一运动成为当下意大利最引人注目的诗歌现象。他是米兰国际诗歌节的主要创办人之一。

奎多·奥尔达尼(以下简称"奥尔达尼")：如今，五大洲内，城市之中，人与物堆积错落，随地球一同旋转。如你所知，我们的终极现实主义由此应运而生。在这个与上一个千年截然不同的第三个千年里，你觉得应该如何处置你的诗歌创作？以何为导向？

吉狄马加：正如你所言，这个地球以及这个地球上所存在的人

吉狄马加与意大利诗人奎多·奥尔达尼合影。

类在整体上都发生了巨大的变化，特别是在这样一个网络化的时代，人类的物质生活和精神生活也大大地区别于从前。这是好事还是坏事我们无法做出非此即彼的简单判断，但是可以肯定，这个世界的面貌已经被我们重塑。贵国杰出的诗人埃乌杰尼奥·蒙塔莱（Eugenio Montale）在其文艺论集《在我们的时代》中，就表达过这样的思考和忧虑，那就是人类的发展在有些领域可能是一种进步，在另一些方面可能恰恰是一种倒退；他认为很多时候如果将进步和倒退进行计算和比较的话，人类常常还停留在某个原点上。当然这是一种哲学的比较，而不是数学的统计。在这个与上一个千年截然不同的第三个千年里，人类对自身的救赎会变得更加地紧迫，物质对人的异化也会处在一个加速度的状态下,人类与自然以及所处的社会环境的关系也会变得更为紧张,有时甚至还是对立的。地球纵然还在不断地旋转,但这个世界变得越来越扁平,却是一个不用再去争论的事实;同质化和趋同性开始将这个世界变得越来越整齐划一,尽管在一些国家,民粹主义和民族主义思潮有兴起之势,这些逆全球化的思想被一些国家的政府所采纳,但国际货币以及庞大的跨国企业所形成的网络,毫无疑问仍然在深度地影响着生活在这个地球上的每一个人。在这样一个特殊的时期,诗歌还能发挥什么样的作用呢?我以为诗歌只能植根于"人"本身,只能呈现出人的崇高价值,还必须将以揭示人与万物的生命意义作为我们永恒的主题。在这样一个消费和物质化的时代,诗人只能高举起那面被称为"形而上"的精神旗帜,他才可能在这场博弈中立于不败之地。面对明天和未来,诗人需要的不是脱胎换骨,而是要始终站立在屈原、但丁、普希金、歌德、雨果、贡戈拉以及惠特曼等先贤曾经坚守过的阵地上,只要还有诗人存在,这个世界的白天和夜晚就会被自由、温暖的风所吹拂,天上的太阳和星星亦会如往常般洒下幸福、梦幻之光。

奥尔达尼:一如世界人民的聚集,语言也相互聚集。失去最古老的语言,至少是那些地方性的语言,会使如今层级分明的语言之塔因失去某些组成部分而残缺不全。你对此作何感想?

吉狄马加:就精神和文化而言,这个世界实际上是一个整体,但由于距离、时间以及其他一些客观因素的存在,人类不同的种族才形成了不同的语言和文化,这种丰富性和多元性,并不能从逻辑上去否定不同语言文化与更大的文化整体之间的关系,在这一点上,地球生物的多样性就给了我们一个很好的启示,那就是任何一个单一物种的毁灭,都有可能影响整个地球生态系统的安全,因为科学已经证明,所有的生物都存活在不同的生物链中,而所有的生物最终都是联系在一起的,我以为我们的语言和文化也是相互联系在一起的,这似乎是一种更为隐秘的关系,它就如同人的肌体,身体的每一个部分都存在于鲜活的内在的联系中,哪怕一个细胞的死亡,也会牵动这个肌体的其他部分。事实上,一些古老的语言或者说地方性的语言正在逐渐地消失,这当然是一件令全人类痛心疾首的事。我曾经在一首诗中悼念过一种语言的消失,我还专门给智利巴塔哥尼亚地区卡尔斯卡尔族群中的最后一位印第安人写过一首致敬之诗,她活到九十八岁,被誉为"玫瑰祖母",她的死亡实际上也将这个族群的语言带进了坟墓。任何一种语言都携带着人类思维和记忆的基因。今天在研究人类漫长的迁徙史的时候,往往语言给我们提供的根据,要比那些所谓的考古挖掘发现更为可靠,因为语言就像人类身上的DNA,无论在时间的岁月中它经历过怎样的淘洗,其中都会始终保存着一些最基本的东西。保护传承好地球上的任何一种语言,就是在保护全人类的语言之塔。

奥尔达尼:在我们国家,存在方言被边缘化或仅被用于民俗学研究和制造电视喜剧效果的趋势。在你们那里有类似的问题吗?面对这样的发展趋势你将何去何从?

吉狄马加:这种情况是否是一个世界性的问题?在大多数国家和地方,通用语言往往被更为广泛地使用,而一些地方性的语言被边缘化也是一种必然。在全球化的今天,这种情况还会更加严重,特别是在非洲,这种情况更为明显:英语和法语是最主要的交流语言,而许多部落语言被使用的机会越来越少,好多出生在城里的年轻人也不再会讲自己的母语。在中国主要的通用语言是汉语,但在政府有关政策的支持和扶持下,许多民族自治的地方实行的都是双语教学,我的故乡凉山彝族聚居区就是这种教育模式。面对明天和未来,我们的母语和文字是会获得更多的生机,还是在传承中出现更多的难以预测的困难,我相信只要人类铭记语言和文字永远是我们精神遗产中不可分割的部分,我们就会客观地看待人类所有语言和文字存在的意义和价值。

奥尔达尼:我相信彝族作为你的民族,也有你钟爱的民族语言。彝语是否曾出现在你的作品中?有人主张世界上的语言越少越好,你对此持怎样的意见?在你看来,将会出现一种或几种语言垄断的情况吗?

吉狄马加:彝族是一个有着数千年文化史的民族,我们的语言和文字也同样古老,如果从中国古代原生文字的角度来讲,汉文和彝文都是中国最古老的文字。作为一个诗人,我长时间游离于彝语与汉语之间,但我的写作语言从一开始用的就是汉语,虽然在我的诗歌中没有直接使用彝文,但彝语中的许多表述方式、特殊的修辞隐喻以及彝族人独特的宇宙观都会自然地渗透于我的写作中,今天看来,这似乎是一种得天独厚的优势,我想这两种语言给我带来的养分,同样决定了我诗歌观和美学观的形成,因为就诗歌传统而言,彝语诗歌和汉语诗歌分别代表了两个不同的传统。我不认为这个世界的语言越少越好,我更不会赞同这个世界应该被一种或几种语言所垄断,从文明发展的历史来看,这肯定不是一种进步。

奥尔达尼:让我们回到你的诗歌创作上。我有一个看法:你作品中的文学形象就像是居于辽阔空间中的小点,处于一种近乎玄奥的境界。同时,每个个体又好像在讲述自己的故事,简单而具体,但作品中总是出现某种暗示,提示我们在其他地方可能发生着种种平行事件:你似乎是在告诉我,越简单就越丰富。你如何看待自己作品中的这一面?

吉狄马加:我的写作当然是个人性的,否则就不可能成为一种合理的存在,但这并不等于它仅仅只属于一个人。我想诗歌的普遍意义是我们任何一个诗人都在努力追寻的,当然并不是我们在写作前就去预设了这样一个目标。诗人的人类意识应该呈现在他作品的内容和细节中,一个诗人的作品如果能获得更多的心灵的共鸣,这说明他的作品是具有一定的普遍意义的。英国诗人塔德·休斯的这样一个观点我是赞成的,他认为一个诗人的作品所获得的人类普遍认同度越高,说明这个诗人就越伟大。我在写作中一直试图用一种简洁的方式去表达我所看见的历史和生活,而不是用繁复的修辞和意象去阐释所谓的主题。我早期的诗歌所采用的似乎更像是一种讲述故事的方式,追求语言的朴实和形式上的简约。正如你所言,我作品中总是经常出现某种暗示。在一个阶段我也深受隐逸派诗人朱塞培·翁加雷蒂和翁贝尔托·萨巴的影响,我还曾经用萨巴的名诗《山羊》的题目写了一首诗献给他,以表达我对这位生活在的里雅斯特、一生历尽了艰辛的诗人的致敬,那个时候他被翻译成中文的作品还很少,可以说我是最早关注和热爱他的一位中国诗人。

奥尔达尼:随着世界生活和交流方式的逐渐同质化,世界各国的诗歌似乎也逐渐趋同。难道真是朝着全球趋同的方向发展?在这个趋势下,我们应该如何确立自己的位置?我们可以说,诗歌是对过去的概括,是现在的回声,或许也将是未来的阴影吗?

吉狄马加:正因为我们置身于这个全球化的过程,诗歌也不能幸免于趋同,这个现象已经被诗人中的智者看到。正因为这种趋势的存在,似乎也引起了诗人们的警醒。据我观察,近几年有一个比较好的情况在出现,那就是不同地域的诗人一方面开始重新审视和接续自己的诗歌传统,另一方面开始在其母语的基础上进行新的形式上的创新,更重要的是,把自己所熟悉的日常生活作为诗歌的表现对象,可喜的是,这种反对同质化的写作也渐渐受到了评论界的关注。还有一个情况也值得我们思考,那就是与20世纪的那些大诗人相比较,我们今天的诗人虽然可以更便捷地获取资讯,但我们世界性的眼光和拥抱四海的胸怀与他们相比仍然存在着明显的差距,他们那一代人既是民族的诗人,又是真正意义上的世界公民。

奥尔达尼:诗人通过他所生活的时代的社会历史透镜来看待世界。今天,对于诗人而言,世界各地的社会交织在一起,以至于到了无法挽回的程度。也许,诗人可以选择将眼前所见清除或者视而不见,但这样做可能意味着要放弃很多。你怎么看待这个问题?

吉狄马加:诗人永远不可能是一个独处的人,当然我这里指的不是精神上的独处。广阔的社会生活中,我们也是无法独善其身的社会的人。我不是社会学家,我无法科学地预言当下世界各地的社会这样紧密地交织在一起,到底是好处更多还是坏处更多。按马克思的说法,社会发展总有其内在的规律,而这种发展的力量往往是不可抗拒、不可阻挡的。诗人除了面对自己的内心和灵魂,仍然会用平静的目光去看待周围的世界,有时还会去仰望无限的宇宙星空,因为生命和死亡的双重意义始终是我们终极的叩问。如果以见证者的身份来要求我们,我们并不承担辜负了谁的责任,但我们应该通过我们的诗,通过我们的语言,去记录和书写我们心灵的镜片上折射出的属于人的欢乐、悲伤、眼泪、幸福、痛苦、不幸和灾难。面对未来,我不是一个悲观主义者,但对未来,我的忧虑和思考从未变得轻松。

奥尔达尼:在我们终极现实主义者看来,自然似乎遵从于霸权事物的产生,你的诗歌中,也表达了类似的观念。但是,在我看来,自然也是一个广阔的诗意的舞台。在中国文化和传统中,戏剧曾是文学最前沿的表达形式。那么,我们可不可以认为,吉狄马加的诗与戏剧具有关联性,因此被自然额外赋予了一种独特的诗意?

吉狄马加:我不知道你在这里所说的"自然"是不是相对于社会而存在的大自然,如果是,自然无疑是滋养了中国诗歌的源头活水,因它的滋育,它诗歌的乳汁今天仍然在汩汩地流淌。自然在中国诗歌中不仅仅是一个主题,它已经内化成一种精神存在,进入了每一个中国诗人的血液和灵魂里面。中国古代诗人李白、王维、谢灵运和苏东坡等,很多时候他们的作品内容都成了自然元素的化身;在中国传统诗歌中,"山水""田园"也是很有生命力的流派,相关作品集中表达了中国人的自然观和人与天地合一的哲学思想。我的诗歌在叙述上呈现出了某种戏剧性,这并不是有意为之,我们彝族人的原始戏剧《撮泰吉》可能是中国历史上最古老的戏剧了,表演时,演员们都戴着面具,剧的主要内容分为祭祀、耕作、喜庆和祝福四个部分,这种庄重与谐谑的交织,充分表达了远古时代人与自然及诸神的关系。正因为我们彝族人相信万物有灵,我的诗歌中才会经常把主体之外的"他者"也视为有生命的东西,尤其是近期诗作中,特别是长诗《不朽者》和《迟到的挽歌》,实际上就具有十分鲜明的"万物有灵"的精神特质。

奥尔达尼:我们终极现实主义者确立了一种比喻的类型,我们称之为"颠倒比喻":例如"诗人像海绵一样吸收他的时代"。在我们看来,从第三个千年开始,这种对相似性的发现还是有意义的。然而,当我想起你的诗,我发现你在文体上的贡献一方面在于格律学中的精确音乐性,另一方面在于你的诗句和文本的极大程度的整齐性——它们体现在极度的建筑性平衡中。你的某些诗富有希腊神庙的气息,但同时又具有中文作品的灵巧。你如何看待我的这些想法?你还有什么要进一步说明的吗?

吉狄马加:我在很多地方说过,诗人中有很多惺惺相惜的同类,当然我在这里所说的同类,就是从彼此的气息中能发现对方最本质的东西,哪怕这一切是通过翻译后的文本所获得的,我想说的是,你对我的诗歌的判断是准确的。在写作过程中,我一直试图保持结构及表现形式上的平衡性,当然,诗歌的韵律和节奏一直是我没有放弃的非常重要的东西,我始终认为诗歌如果没有了韵律和节奏,那么它和那些冗长的叙事类文体又有什么区别呢?另外,我一直避免自己的诗歌进入一种世俗化的状态，那不是我想追求的一种写作，我始终认为，诗歌是一种高级的人类精神创造活动，哪怕我们就是书写残酷的现实，也不能放弃对诗歌品质和格调的追求。诗歌最终要提升、刷新大众的精神高度，而绝不是以降格以求的姿态去获得某种和解。在彝族的古典史诗中，诗歌的哲学性与神话被融合得天衣无缝，其典范意义无疑会深刻地影响我们这些后来者。在现在的写作中，我开始了对我们民族这些伟大经典的再认识，这让我想到了20世纪中叶希腊诗人卡赞扎斯基、塞弗里斯、埃里蒂斯以及扬尼斯·里佐斯所走过的道路。

奥尔达尼：关于意大利-欧洲自主诗歌和你与中国的同类诗歌，我们已经展开了很有营养的对话，并且收获颇丰。我们的文化是完全可以相互关联的。我们历史悠久的雨果·穆尔西亚（Ugo Mursia）出版社和意大利语言文学学者、诗人朱塞佩·兰格拉（Giuseppe Langella）都在为此而努力。你感觉或希望在不久的将来可以做些什么呢？

吉狄马加：正如你说的那样，中国诗歌和我与意大利-欧洲自主诗歌已经产生了深度的联系，最重要的标志就是你作为极简主义代表诗人对中国的访问，因为你让我们近距离地、有深度地了解到了当下意大利诗歌写作的真实情况，也让我们看到了自隐逸派诗歌以来，意大利诗歌在不同方面所取得的光辉成就，我非常荣幸与历史悠久的雨果·穆尔西亚（Ugo Mursia）出版社建立了特殊的友谊，我想这种特殊的友谊的形成与您和意大利语言文学学者、诗人朱塞佩·兰格拉（Giuseppe Langella）的慷慨和努力是分不开的。我想我们的友谊刚刚开始,我也相信因为这种友谊所建立的信任和理解,将会使我们承担起更重要的历史责任和使命,因为今天的中国需要诗歌,今天的意大利需要诗歌,今天的这个世界也同样需要诗歌,这个世界只要还有诗人存在,我们就有理由坚信人类的明天是可以期待的。

2020 年 6 月 5 日

选择诗歌,就是选择生命的方式
——答土耳其诗人阿塔欧尔·贝赫拉姆奥卢问

阿塔欧尔·贝赫拉姆奥卢(Ataol Behramoglu),被誉为土耳其最伟大的当代诗人之一,同时是一位作家、翻译家,1942年4月13日生于土耳其伊斯坦布尔。1970年因政治原因出国,在巴黎结识路易·阿拉贡和巴勃罗·聂鲁达。在阿拉贡的帮助下,由阿比丁·迪诺(Abidin Dino)翻译的《终有一天》在法国出版。应苏联作家联盟的邀请,1972年,阿塔欧尔前往莫斯科。他翻译了《普希金故事和小说全集》,随后相继出版《无雨······无诗······》等多部作品。1979年,阿塔欧尔当选土耳其作家协会秘书长,1981年获得亚非作家联盟颁发的莲花文学奖,1988年之后,他又相继出版了《献给西克梅特的美丽花环》等十余部诗文集。1995—1999年,阿塔欧尔担任了两届土耳其作家协会主席。2002年,诗人获得国际笔会土耳其作家协会颁发的"世界诗歌日"年度大奖。2008年阿塔欧尔的诗作精选本在美国出版,同年获得俄罗斯国际普希金诗歌奖。2016年,阿塔欧尔获欧洲诗歌与艺术荷马奖。

阿塔欧尔·贝赫拉姆奥卢(以下简称"阿塔欧尔"):亲爱的吉狄,我想基于你的诗歌来问你一些问题。再次一首一首地读你的诗歌时,我依旧动了感情,受到震撼;内心深处,视野与意识再次被拓宽,沉浸于对你的崇拜中。我的第一个问题就从这里起步吧:你自己什么时候、在生命的哪一个时期意识到自己是诗人?是否有一个明显的、纪念性的起因?

吉狄马加:我并不把一个人最终成为诗人看成是一种偶然,但我始终相信,一个人能成为诗人除了其成长经历外,当然还应该具备一个诗人所需要的诗的禀赋。在我的民族中,祭司以及宗教传承者往往是上一代传给下一代的,他们一方面要接受宗教仪式及程序的教育,同时还要熟记大量的经文,更重要的是,他们还要掌握这个民族中很少有人掌握的古老文字,而智者和说唱诗人却是在现实生活中应运而生的,这些人才华横溢,他们大多是在隆重的聚会中成名的,他们经常活跃于婚礼和葬礼上,并通过词语和舌头所创造的如同燧石击打出的火焰一般的即兴诗歌,让自己的名字像山风一样传遍有彝人居住的所有地方。我不是这类即兴创作的诗人,你们现在所能看见的我的全部的诗歌都是文本意义上的。我在多个场合讲过这样的话,我是因为在十五岁时偶然阅读到俄罗斯诗人普希金的作品,才萌发了成为一位诗人的意愿,是的,不是别人,就是普希金!是他的诗开启了我作为一个诗人的命运,虽然我是一个唯物主义者,但我并不认为命运的选择在人的个体生命中是全无意义的。但是真正强化自己的诗人意识,当然还有一个发展的过程。作为一个民族的诗人,我与我那些同时代的诗人有一个最大的不同,那就

阿塔欧尔·贝赫拉姆奥卢。

是一开始我就不由自主地、同时也是心悦诚服地将自己定位成一个民族忠实的代言人和号手。

阿塔欧尔：你的诗歌中，大自然——包括其中有生命的没有生命的一切——占有重要的一席之地。其实你的诗歌里跟大自然有关的一切都是有生命的。比如有一首诗中说"一座大山跟人一样在沉睡"，另一首诗中把它们看作"祖先的肌肉"，你把"岩石"比作人们的面容……诸如此类，河流、季节、森林、荞麦，一切存在，在你的诗歌中都好像拥有与人们一样的生命，栩栩如生……这是一种"泛神论（pantheism）"的视角吗？你的诗作中体现的这种意识，我想是跟你的民族彝族的信仰，跟诺苏文化有着联系的吧……

吉狄马加：在彝族的宗教生活中，没有对单一神的崇拜，在这一点上它完全不同于基督教、佛教以及其他有单一神崇拜的宗教，而"泛神论（pantheism）"普遍存在于彝族的现实生活中，也正因为这样，彝族人认为所有的物体都是有生命、有神性的，于是有了太阳神、山神、树神、水神、雷神、雨神、风神等，总之万事万物都是具有灵性的，它们由不同的神灵所代表。如果你了解了彝人的世界观和宇宙观，你就会通过阅读我的诗歌发现万物有灵并非是我诗歌所刻意呈现的一种观念，而是它们本身就浸润于我的潜意识和自然流淌出的语言中，在这一点上，我的写作与拉丁美洲诗人以及非洲诗人有许多极为相似的地方，比如秘鲁具有印第安血统的诗人塞萨尔·巴列霍，如果你仅仅知道克丘亚人和克里奥尔人有天主教背景，而不知道印第安人留存于生命意识中的万物有灵观念，你就不可能真正理解巴列霍诗里与万物隐秘的生命共振。每一个诗人都传承着某

吉狄马加与阿塔欧尔(左)等土耳其诗人合影。

种看不见的传统,那种传统似乎与血液和潜意识及文化基因有着密切的联系,我以为这才是一位诗人区别于另一位诗人最重要的东西。我曾经在一首短诗中写过这样一句看似很直白的话——"没有大凉山,就没有我这个诗人",其实它所包含的意蕴是深刻的,无法用一两句话去解释清楚。这种情况也并非特例。伟大的土耳其诗人纳齐姆·希克梅特虽然是一个世界公民,但离开了对土耳其历史文化和民族命运的了解,也就不可能真正读懂希克梅特,更不可能知道20世纪的土耳其为什么能造就这样一位伟大的诗人。诗人任何时候都不可能离开他所置身的历史、现实、文化以及语言。

阿塔欧尔:母亲和老年人在你的诗作中时常出现。显而易见,这是对过去、对祖先们的极大尊敬……你的诗作里处处都体现了这一点,我还是想要了解你在这个方面的想法……

吉狄马加:我刚才已经说过,在彝人的观念中,万物有灵,同时我们还有祖先崇拜的传统,应该说这是一种美德。现在在中国西南部大小凉山的彝族聚居区,大多数彝族男人都能背诵自己家族的族谱;在社会交往中,他们能通过族谱找到与自己有血亲关系的人;他们能在不同的聚会场所说出自己家族几百年来所涌现出的智者和英雄人物,这在世界其他民族中显然是很难想象的。不仅仅是在我的诗歌中,就是在彝族英雄史诗和传统的民间诗歌中,对祖先的赞颂也是一个鲜明的主题;在这些诗歌中,对祖先的崇拜和对英雄的崇拜往往是融合在一起的,20世纪50年代之前的彝族传统社会与古希腊奴隶制时代有许多相近的地方,等级制度和部落战争中的主要角色,都在那些典籍和诗歌中被记录了下来。崇拜母亲和女性同样是彝族的一个传统。在过去的部落战争中,杀害对方的女性被视为可耻的行为;有些战争因为德高望重的女性出面劝解,陷入激烈交战的双方很多时候也会因此退兵。在我们彝族语言中有一句很有名的谚语:"粮食中苦荞是王,人世间母亲为大。"因此歌颂母亲和女性的诗歌在我们的典籍中比比皆是。思念和赞颂自己的母亲同样被认为是一种美德,也被认为是对人世间美好感情的真挚寄托。正如你所言,在我出版的诗集中能读到不少这样的作品,我写给我母亲的组诗《献给妈妈的二十首十四行诗》就是其中最有代表性的作品,现在已被翻译成了近三十种语言。

阿塔欧尔:对于永生的追寻……或者不朽的情感……可是,关于这种感情,这种不同于结束,不是在未知的世界,而是在我们熟悉的世界里获得的感情……在你的许多诗里我感受到的这种追寻、这种感情,可以描述、解释一下吗?……

吉狄马加:对于永生的追寻其实与对生命意义永无止境的叩问密切相关。与探索生命的意义一样,描写死亡也是我诗歌中的一个主题。我经常在诗歌中写到个体的死亡,更重要的是把这种死亡与我们对死亡的态度联系在一起。在彝族的传统经典文学中,有专门论述什么是死亡的诗歌——这涉及人类的死亡,当然也涉及万事万物的死亡。彝族人的死亡观充满了对死亡本身的辩证认识,这些层层递进、逻辑严密的诗性论述,没有丝毫的悲戚和恐惧,也正因为受这种死亡观的深刻影响,居住在群山中的传统彝人在五十岁以后就准备好了自己的丧服,而死亡被视为一种最终的仪式;特别是老人自然的死亡,其丧葬活动更像是一场亲人们聚会的节日,他们会通过这样一种仪式来赞颂死者的一生,并将其灵魂超度到先辈们魂灵居住的地方。我的长诗《迟到的挽歌》就是写给我父亲的一首悼念之诗,也可以说它是我献给彝人死亡仪式的一首壮丽的挽歌。应该说这首诗集中地体现了我对这种感情个性化的表达。毫无疑问,这在世界当代诗歌史上是独一无二的。

阿塔欧尔:爱情"主题"也在你的诗作里多处出现。《通往吉勒布特的路》中那遗失的绣花针的针尖,刺在我心头一般,让我深深颤栗;《布拖女郎》,一字一字读着这个诗名的此刻,我眼中泪意涌现,我认为这是迄今为止,我见过的最美的爱情诗之一。如果我们还是诗人的话,爱情在我们的生命中始终存在并将继续存在,不是吗?

吉狄马加:一个真正的诗人,其诗歌中怎么可能缺少爱情这个

"主题"呢？《通往吉勒布特的路》以及《布拖女郎》，被不同国度的人所喜爱，它们深深地感动了不同肤色的共鸣者，这是诗歌的力量，当然同样也是爱情的力量。在世界诗歌史上，不乏伟大的诗人给我们留下有关爱情的诗篇，希腊神话中半人半羊的潘就是诗歌、音乐与爱情的象征，他手中的七弦琴所弹拨的最动人心弦的旋律是关于爱情的，就是诸神也会为这种旋律而陶醉。在我们彝族文学史上，富有影响的民间经典爱情长诗《呷嫫阿妞》《阿嫫妮惹》《阿诗玛》《珠尼阿依》《我的幺表妹》等都被广泛地传颂。追求纯洁神圣的爱情无疑是我们彝人自由精神的一个部分。在彝族传统社会中，为了追求自由和幸福而殉情的恋人更是成了艺术中的形象，他们的故事在歌手的说唱、月琴的演奏中一代代地流传，被演绎成了不朽的传说。而爱情这个永恒的"主题"从未有过衰落的时候，因为我们始终执着地相信，只要人类还存活在这个世界上，诗人就不可能停止对美好爱情的向往和歌咏。

阿塔欧尔：还有博爱……《星回节的祝愿》一诗中，从蜜蜂到金竹、公鸡、火塘、森林里的獐子、江河里的鱼，你都给予祝愿，美好的祝愿……你说诺苏人的心里都充满了这种祝愿……我想对于亲爱的人们，特别是孩子们而言，没有比这更好的启示了……我想了解：在我们所生活的世界里，关于诗歌的位置、作用和意义，你的看法是什么？

吉狄马加：在一个健康而美好的世界，诗歌理所应当居于人类精神世界的中心，这并非是过高地估计了诗歌的价值，而是因为诗歌的皇冠和神圣的座椅从一开始就在这个殿堂最核心的部位，那些已经过往的哲人和先贤对此早有过精辟的论述，无论是在西方还是在东方，对精神源头的敬畏和尊重并不是因为时间的久远，而是那些思想和精神的基石为我们构筑起了这座辉煌的殿堂，而诗歌就犹如一束形而上的光，像一根透明的柱子支撑着大地和苍穹。当然，我们在这里所说的诗歌是广义的，它蕴含哲学和思想。诗歌早已被证明是一切精神和艺术创造的最初的源头。是的，当下的人类已经离这个源头越来越远，人类在精神上的堕落和无知也要超过历史上任何一个时期，这似乎与社会的发展和科学的进步并没有太直接的关系，这主要是人对自身价值的认识出现了偏差和模糊。我以为所有的进步和发展只有一个考核标准，那就是它对人的全面发展是一种提升还是阻碍。法国阿尔及利亚裔作家、思想家阿尔贝·加缪以及德国思想家、社会学家尤尔根·哈贝马斯对此都做过深刻的论述，他们都从不同的角度试图回答一个问题，那就是人类存在的意义以及我们发展的最终目的是为了什么。我诗歌中有许多意象都来源于我们彝族的历史和现实生活，那些我经常使用的最古老的词汇，实际上是让我的诗歌一次又一次地回到原始的状态，象征和隐喻都隐含着我对人和这个世界的热爱。作为一个诗人，我不会去逃避见证并揭示这个世界还存在的不公和苦难，但我更希望的是用我的诗歌给人们送去些许的温暖和鼓舞，也因此我对那些将自己的诗歌与人类的社会生活紧密联系在一起的诗人，充满着由衷的热爱和敬意。

阿塔欧尔：我们称之为"人"的这种生物，是善，是恶？这是每一个有思考能力的人应该引起关注的问题……你是一个相信人和人之善的诗人……可是,除了看到最乐观的诗歌,有时候我们也可以看到被复杂的阴影笼罩的诗句……你怎么看?

吉狄马加:你所提出的这个问题不是今天才存在,许多哲人和思想家都从不同的角度做过自己的解答,对我而言,要回答这个问题,还必须与今天的现实生活联系在一起;对人类而言,善与恶古已有之,只要人类存在,它还会与我们长久地相伴而行,善与恶永远不会有所谓结束的一天。我以为不在于善与恶何时结束,重要的是,我们要从今天的现实中弄清楚这种不断翻新的恶又出于何种缘由。就在当下人类抗击新冠病毒的时刻,我们不就看见了人性中的善和人性中的恶的暴露吗?也正是被这种人类面临的境遇所触动,我近期创作了长诗《裂开的星球》,其实就是想回答"善"与"恶"如何存在于人类今天的现实中。我在长诗的结尾这样写道:"太阳还会在明天升起/黎明的曙光依然如同爱人的眼睛/温暖的风还会吹过大地的腹部/母亲和孩子还在那里嬉戏/大海的蓝色还会随梦一起升起/在子夜成为星辰的爱巢/劳动和创造还是人类获得幸福的主要方式/多数人都会同意/人类还会活着/善和恶都将随行/人与自身的斗争不会停止/时间的入口没有明显的提示/人类你要大胆而又加倍小心。"一个真正的诗人,就是要用你的诗歌来回答这个世界上人类所面临的共同问题。

阿塔欧尔:从你的诗歌里可以感受到你对于绘画和色彩的兴趣,印象派式的细腻、细节的描述……我想进一步了解你对于绘画的认识。

吉狄马加:经常有人告诉我在我的诗歌中发现了很强的画面

吉狄马加在土耳其。

感，同时所选择的一些意象也具有生动的色彩，哪怕是一些抒情的段落，也非常注重对细节的描绘，我想这很可能是源于我对绘画的兴趣。就这个话题我曾经向大诗人艾青讨教过，那是因为他的诗歌画面感十分突出。他告诉我这与他早期在法国学绘画有极大的关系。类似情况在西方 20 世纪的诗人中也并不少见，比如意大利诗人帕索里尼的诗歌就极具画面感，他的长诗阅读起来就如同一个又一个的分镜头，我想这与他同时是一个电影导演有极大的关系。这个道理告诉我们，艺术是相互影响的，在很多的时候它们也是相通的。另外，我还想说的是彝族人对色彩有着一种天然的敏感，到今天我也无法理解我们彝族的漆器艺人以及刺绣者，他们是凭着怎样的一种艺术直觉而设计出那么高贵的颜色的搭配方案，我不相信这仅仅来源于口传心授，因为那些色彩的选择和搭配所隐含的超原创性的东西绝不是程式化能产生的。我想我们的诗歌也一样,因为每一次通过词语所进行的创造都为语言提供了新的可能。

阿塔欧尔:还有你对于音乐、民歌的兴趣……《远山》一诗中有一句"我想到那个人的声浪里去"……有关音乐、民歌的兴趣,我想多了解一些你的想法……

吉狄马加:我不知道土耳其的诗歌是不是有格律诗和现代诗之分。中国汉语古典诗歌与现代诗歌有很大的区别,虽然现在还有不少诗人在按古典诗歌的方式写诗,但要真正做到严格遵守格律是很不容易的。彝族的传统诗歌也有一定的格律,但它更强调的是诗歌的韵律和节奏,这一点深刻地影响了现代彝族诗人的写作,更重要的是,彝族的抒情歌谣与音乐有着紧密的联系,这一点在我的诗歌中可以明显地感受到。西班牙诗人费德里科·加西亚·洛尔迦是这方面的典范,他的诗集《吉卜赛谣曲集》和《深歌集》就是最典型的音乐和词语的交融。我曾有机会到过他的家乡——西班牙南部的格拉拉达,当我第一次在现场观赏弗拉门戈(Flamenco)乐手的歌唱和舞蹈时,我才算真正进入了洛尔迦诗歌的灵魂。洛尔迦强调诗歌中 duende ——中义可译为"灵魔的力量"——的作用,就如他在一篇文章中所说的那样,当弗拉门戈乐手嘶哑的喉咙开始歌唱,这嗓音就被上天赋予了一种神奇的力量,仿佛它已经被燃烧的火焰点燃。我敢肯定,如果不能从心灵上真正感知什么是"灵魔的力量",你就不可能真正读懂洛尔迦诗歌中那些荡气回肠的部分。其实在我的诗歌中,许多节奏和旋律都来源于我们民族的原始音乐包括优美的抒情歌谣。

阿塔欧尔：亲爱的吉狄，作为与你亲如兄弟、感情和思想相通的诗友，我们的交流可以无限延展……你的诗歌蕴含的美，源源不绝，每一点都可以一个一个细细道来……Denis Mair把你的诗歌翻译成英文，让它们走进全世界，我深深地为你而高兴。这些诗歌，通过我的翻译，以土耳其语荟萃在诗集《天地之间》中在这里出版，成为我珍藏的所有书籍里具有独特形象、情感和思想的明珠……我想用你的诗《在绝望与希望之间》最后几句的描述来结束我们的对话：在希望与绝望之间只有一条道路是唯一的选择——那就是和平……句子涉及到诗与和平，我正好想听听你的一些想法。

吉狄马加：在今天这样一个面向未来十分茫然的世界，我们一次又一次地感受到诗歌的交流和翻译是多么重要。正是因为你杰出的翻译，我的诗歌才有幸在古老的土耳其语言之中获得了新生，从这个意义上来说，这种翻译所形成的精神价值要远远超过那些所谓的缺乏目标的交流。并非只是在传说中造物主才毁灭过人类的"巴别塔"，其实多少个世纪以来，人类之间正是因为缺乏真正的理解和沟通才出现过这么多的冲突和战争。我并不认为真正的文明之间就一定会发生不可调和的冲突，因为任何一种伟大的文明之所以能延续到今天，都有其强大的包容性与和解的能力。任何时代的战争与冲突——就是到了今天也不例外，都是一些利益集团为大多数善良的人类设置的陷阱，他们会以名目繁多的各种名义加害人类，其中最明显的是挑起诸如宗教冲突、民族冲突、文化冲突以及由地缘政治所引发的涉及各种利益的冲突，最令人担忧的是法西斯主义、民粹主义以及各种具有排他性的恐怖主义开始在一些国家兴起,这一切给今天的这个世界带来了严重的威胁。保卫人类的和平已经时不我待,生活在这个地球不同地域的诗人,都应该用各自的方式发出强有力的声音,那就是让这个世界上所有的执政者所做出的决策,都能造福于人类,并使我们这个蓝色的星球永远保有和谐、幸福和平安!

2020 年 6 月 8 日

愿诗歌能长久地敲响生命之门
——答乌拉圭诗人、评论家爱德华多·爱斯比纳问

爱德华多·爱斯比纳,当代最具原创性和影响力的拉丁美洲诗人之一。他出生在乌拉圭的蒙得维的亚。曾两次获得乌拉圭的国家图书奖;1998年,他的诗集 *Deslenguaje.* 获得乌拉圭最重要的诗歌奖德波西亚奖,2006年,获得了拉丁美洲文学奖。因其巨大成就,爱斯比纳的诗歌已被纳入美国、欧洲和拉丁美洲许多大学的研究课程,他的诗歌也已被译成英文、法文、意大利文、葡萄牙文、德文、阿尔巴尼亚文、荷兰文、中文和克罗地亚文。1980年,他被邀请参加爱荷华大学国际写作计划,也是被邀请的第一位乌拉圭作家。他曾被授予约翰西蒙古根海姆奖学金,现在美国多所大学担任拉丁美洲文学教授。

爱德华多·爱斯比纳(以下简称"爱斯比纳"):你可记得你是在生命中的哪一刻意识到要终生做一名诗人?那时候你多大?是什么促使你做出决定的?

吉狄马加:我常常会被问到这几个问题。不是别人触动了我的

爱斯比纳(右)在凉山彝族博物馆。

这根神经,或许这是一种宿命。那时候我十五岁,还生活在我的故乡大凉山,影响我的人不是别人,就是俄罗斯诗人普希金。从这个意义上来说,诗人是需要被唤醒的,他就如同一个躺在摇篮里的婴儿,一直在那里甜蜜地做着自己的梦,但他需要被唤醒,唤醒他的可能是他的母亲,也可能是他身边的任何一位亲人;可是,当他被一个来自远方的诗神唤醒的时候,便注定了一生的命运。当然这只是一个有趣的比喻,我只是想告诉你,是普希金让我相信自己将来会成为一个诗人。这么多年过去了,直到今天我还会想起那个寂静的黄昏,普希金的诗歌给我带来的感动。我不知道别的诗人第一次被诗歌感动是什么情况,当我第一次读到《致大海》时,仿佛全身的血液都在燃烧,我在想,这不就是真正的诗吗?是的,是普希金让我知道了什么是真正的诗人,什么是真正的诗。不是别人,是普希金让我选择了做一个诗人。在生命的旅途中,我常常感到庆幸:我曾做过这样正确的选择,这个选择让我平凡的生命绽放出了光芒和异彩。

爱斯比纳:为什么你做了一名诗人,而不是故事作者或小说家?你的哪些条件让你不得不成为一名诗人?

吉狄马加:诗人在我的同胞中常常被视为有特殊禀赋的人,他在很多时候更接近于原始宗教生活中的祭司。诗人的身上大都具有某种超验的能力,而语言和声音只是承载这种能力的载体。诗人不同于一般讲故事者和小说家,说一句极端的话,诗人身上超验的能力和直觉不是后天能培养的,真正天才的诗人他们都能从彼此的身上感受到这种超验和直觉的能力,我以为每一个真正的诗人,他们的身上都或多或少存在着这些东西。智利诗人巴勃罗·聂鲁达很年轻的时候,当他第一次读到西班牙诗人费德里科·加西亚·洛尔迦的作品时,他就敏感地知道对方是一个天才,同样聂鲁达也是最早认识到塞萨尔·巴列霍是一位不可多得的天才的诗人,尽管当时巴列霍还不为更多的人所了解。后来的历史证明,他激赏的这两位诗人的作品都是极富于创造性的,尤其是塞萨尔·巴列霍,在今天拉丁美洲诗歌史上的地位已经与聂鲁达比肩,有的评论家和诗人甚至认为其作品在语言和形式创新方面取得的成就甚至胜过了聂鲁达。

爱斯比纳:一首诗是如何开始的?是来自一种感觉、一个念头、一个语法结构还是其他东西?你写诗时有什么方法吗?会经常修改吗?

吉狄马加：我不是一个先有了某种结构才写诗的诗人。我的诗常常是来自于一个念头，或者说一种感觉，如果是一首长诗的话，这种感觉也许会反复地出现，当我真正拿起笔开始写作的时候，我会始终围绕着这个念头和感觉，然后不断地让它们扩充延续下去。我必须紧紧地抓住这个最初的念头和感觉，尽量不能让它们出现中断的情况，否则我再要将它们找回来就会遇到困难。不过长诗写作过程中，这种念头和感觉要是中断了，必须将它找回来方才可能继续写下去；我不能想象如果我刚完成的一首长诗被丢掉了，再去重写会是什么样子，可以肯定的是，再写出来的将会是另一首诗，因为这种感觉和念头所生发出来的气韵和节奏是不可重复的，就我个人而言，也不可能从头再写这样一首诗，我无法再找到当初的那种感觉，这与小说家将故事重新讲述一遍是完全不同的。我很少修改我的诗歌。许多长诗都是在很短的时间内完成的，我是那种需要激情和感觉支撑写作的诗人，我不愿意用所谓的经过雕饰的文字去伤害诗歌自然形成的风貌，在这一点上我更接近于巴勃罗·聂鲁达和鲁文·达里奥。

爱斯比纳：我记得第一次读到你的诗的时候，觉得你描写自然、植物和动物的方式卓尔不凡。雪豹的形象在我脑中挥之不去。在用文字表现自然时，你的手法和写作技巧是什么？你如何跳出现实主义，从散文式描述，进入一种事物同时既在又不在的超自然维度？

吉狄马加：《我，雪豹》是我诗歌写作中的一个重要转折点。这首诗或许是神授的。雪豹是一种存在，同样它也是一种形而上的非存在，写这样一首诗，起因于当时困扰我一年多的一个想法。这首

爱斯比纳(中)与他的诗人朋友在一起。

诗是写给乔治·夏勒的,他是近几十年来公认的最杰出的野生动物研究学者之一,也是闻名世界的最卓越的雪豹研究专家。当我最早告诉他我要写这样一首诗时,他的第一反应是:这样一首诗如何去写呢?这似乎也是我在写这首长诗之前反复思考的问题。我不希望这首诗仅仅是叙述一个有关雪豹与我们之间的一般性的故事。后来当他看到这首诗时,十分地惊喜,并高兴地将它推荐给了美国最重要的生态作家之一巴里·洛佩兹,后者还为在美国出版的这首长诗的单行本写了一篇精彩的序言。雪豹的形象不仅曾在我的脑子里挥之不去,它也似乎成了我灵魂中飘浮闪动的一束火焰,正如你所言,此刻的雪豹已经进入了一种既在又不在的超自然维度;它既是过去,又是现在,同时还置身于未来。这首长诗不是对现实的模拟，其通篇都洋溢着超现实的梦幻色彩。同时，它一个又一个的画面又由无数的细节组成，从整体上看，这首长诗的情节惊人地完整，作为作者，这一点我也是在后来重新阅读时才发现的。所谓长诗的结构需要匠心独运，但很多时候它也是自然形成的。我不知道奥克塔维奥·帕斯《太阳石》的写作过程，虽然他曾阐释过这首诗的结构与印第安人玛雅太阳历的关系，但我更相信这首诗的内在气韵是更重要的。

爱斯比纳：在中国，许多民族文化和不同语言共存在一个国家里。当你写作时，你描写的是彝族人民、你同时代的同龄人、一种抽象身份、当代中国，还是仅仅描写吉狄马加个体的灵魂？你在写诗时会把所有这些概念考虑在内吗？

吉狄马加：诗人的文化身份固然是存在的，但我并不认为一个诗人的写作要固守他的狭隘的文化身份。我是一个彝族诗人，但同时我也是一个深受中国多元文化影响的诗人。诗人的写作除了面对这个世界，更重要的还要面对自己的内心，也正因为此，我不可能在写作时将那些概念带入我的诗中。诗人不可能离开他所生活的时代，更不可能不通过他的诗歌来艺术地呈现他所经历的生活。美国诗人罗伯特·哈斯和他同样是诗人的夫人布兰达·希尔曼就曾经在成都问过我这样一句话：你认为今天的中国诗人与唐代的诗人谁更伟大？我告诉他们，唐朝的诗人再伟大，他们也不可能死而复生来见证今天，而我们的伟大在于这个时代需要我们来书写而且我们正在书写。诗人永远不是集体经验的简单的汇总者，但诗人的个体经验同样不会是孤立的存在；诗人的个体经验越具有普遍性，其作品的深度和广度也就会越大。任何时候我都不可能丧失了"吉狄马加的灵魂",而我的诗歌永远是从我的灵魂开始出发的,不过更重要的是,我希望在我的灵魂里能有这个时代和人民响亮的回声。

爱斯比纳:你认为灵感存在吗?或者它仅仅是每日坚持劳作,坐下去写,这样主意和灵感就会来到劳作者的身边?就你的情况而言,从一首诗开头到发表,整个创作的过程是怎样的?

吉狄马加:灵感当然是存在的,没有了灵感也就没有了诗歌,这并非是一个简单的逻辑关系;但更重要的还是思考,思考是多个侧面的。伟大的诗人都应该是思想家,不过需要纠正的是,并非思想家都能成为伟大的诗人。灵感可能会经常出现,但要真正形成一首诗,还要经历一个复杂的过程。每一首诗的写作过程是不尽相同的,这就如同原野上吹过来的风,它们在湖面会留下涟漪,而高高的树梢却会发出簌簌的声响,当它们吹过更高的天际的时候,你只能看见鸟在气流中翻飞的身影。

爱斯比纳:你的作品已被译成多种语言。你觉得诗歌翻译是可能的吗?还是说,你认为我们在另一种语言里所读到的是类似"创译"的再创造,也就是与原文大异其趣的不同作品?

吉狄马加:诗歌中有些东西是无法翻译的,诸如诗歌内部的旋律和节奏,或者说语言中那种能听见又不能听见的声音,这是因为语言不同而造成的。尽管如此,我还是相信,诗歌是能够被翻译的,那是因为在任何一种语言中,其基本词汇所规定的意义都是相对固定的,当然词语的多义性和词语在诗歌中的模糊性会给翻译带来意想不到的难度。罗伯特·弗罗斯特的那句名言"诗就是在翻译过程中丢失的东西",我以为只是说出了一个正确答案的一个很小的部分,因为翻译更重要的是对其词语所构成的意义的翻译,否则我们就不可能看到这个世界上通过翻译而积累起来的跨语言的文学经典。另外,就翻译来讲,我们还可以针对罗伯特·弗罗斯特那句话,从相反的角度去证明"诗就是在翻译过程中被创造性地增加的那个部分"。诗歌翻译在任何时候对译者都是一个考验,这个考验就是如何把握好"直译"和"创译"的关系,只有掌握好了这个度,翻译才会是可信赖的,也才可能成为真正意义上的翻译经典。在这方面有很多例子,中国现代诗人戴望舒翻译的西班牙诗人洛尔迦的抒情诗,就是里程碑式的典范。法国诗人伊夫·博纳富瓦在其著名的演讲《声音中的另一种语言》中就强调了这样一种观点:诗歌的首要任务就是对"在场"即人类在世经验的揭示和体验,翻译不但不会令诗意出现丢失,反而会成为延续诗意的重要方式。

爱斯比纳:中国文化里有一个传统我一直赞赏不已,即:尊敬长辈。你对于时光走廊和同年龄相关的生活中的变化是怎么看的?你觉得最好的诗是当老年来敲门时写成的吗?

吉狄马加:对传统道德和价值观念的承续是中国文化精神内核中一个很重要的部分,我们彝族就一直保持着祖先崇拜的传统,老人在家族中享有崇高的地位,特别是那些老年的妇女,越是到了耄耋之年她们越会受到普遍的尊重。对于任何人而言,生命都是一个过程,而诗人更应该在这个过程中去反复揭示生命在不同时空的意义。我记得巴勃罗·聂鲁达在老年时曾写过这样一首诗,其中有这样的句子:"就在那个年龄/诗歌来临/寻找我/我不知道/我不知道它从哪儿来/从冬天或从一条河/我不知道如何或何时/不，它们不是声音/它们不是词语/不是静寂/但我从街道上听到了它的召唤。"这既表达了聂鲁达晚年的一种心境，同时也表达一个诗人渴望无论到了什么年龄都有诗歌在不经意之间来敲自己的门的愿望。

爱斯比纳：美国诗人唐纳德·霍尔承认，当他八十岁时，一天早晨醒来，他再也写不出什么了。灵感消失了。你害怕有一天再也不能写作，或者不再喜欢写作吗？你能想象没有诗歌的生活吗？

吉狄马加：我不希望有那样一天，因为我相信诗歌之神不会抛弃我，而灵感也会长久地光顾我的大脑和心灵，这不是一种盲目的自信，而是基于直觉所做出的判断——我太相信自己的这种判断了，它很少在现实中被证明是错误的。我不能设想没有诗歌的生活，因为诗歌是我的肉体和生命存在下去的最重要的理由，你能想象鱼没有水吗？同样，你知道鸟一旦失去了天空意味着什么吗？人活下去都是需要理由的，特别是那些真正清醒和明白的人。

爱斯比纳：你认为吉狄马加对于中国诗歌传统最大的贡献是什么？你将因为什么被铭记？

吉狄马加：我无法准确地回答这两个问题，或者说这两个问题本身就不应该由我来回答。相信时间吧。我最近想写一首诗，题目就叫作"致未来"。未来的事情只有未来才会知道，你说呢？我的朋友，谢谢你提出的这些问题。

2020 年 6 月 9 日

让诗歌成为通向人类心灵的道路
——答委内瑞拉诗人弗莱迪·纳涅兹问

弗莱迪·纳涅兹（Freddy Náñez），诗人，散文家。现任委内瑞拉玻利瓦尔共和国副总统、国家新闻传播旅游部部长兼国家电视台台长。出版有《所有的瞬间》《低调》《所有事物的名称》《阴暗地下》《干旱明信片》《转》等诗文集。曾获委内瑞拉国家图书奖、国家艺术与文学奖、胡安·贝罗斯国际诗歌奖。

弗莱迪·纳涅兹：我注意到你的诗歌受着双重影响，一方面是它不断地趋近洛尔迦、惠特曼、聂鲁达和巴列霍式的声音，还有一部分趋近叶夫图中科、马雅可夫斯基，这使你的诗融进了诗歌的普遍原则，同时又敏锐地把握住了瞬间的美感。请谈谈你的诗歌的谱系。

吉狄马加：我的诗歌影响来自多个方面。中国古典汉语诗歌（其中就包括以屈原为代表的古典浪漫主义诗人，还有堪称高峰的唐诗宋词）、近现代诗歌，还有我们彝族的史诗和抒情诗，都为我提供了创作的养分。我诗歌中的抒情性很多都来自于彝族充满了民间意韵的具有歌谣特色的诗歌。当然,在我的写作历程中,外来诗歌的影响是不言而喻的。我在很多地方说过,除了欧美、俄罗斯诗歌对我的影响之外,拉丁美洲诗歌无疑是影响我诗歌写作的重要源头之一。如果说诗人这个群体是一个大家族的话,那么洛尔迦、惠特曼、聂鲁达和巴列霍就是我的父辈和兄长,而我与叶夫图申科和马雅可夫斯基,则是诗歌气质更为相近的诗人,我对他们怀有着一种天然的亲切感,就好像动物总是通过气味去寻找自己的同类,我在他们身上找到了很多与自己相同的东西,尤其是在诗人如何让自己的诗歌与人民和时代发生更紧密的关系方面,他们无疑都为我树立了光辉的榜样。他们的作品在面向大众的时候都不是孤立、抽象的存在,而是始终洋溢着对时代和生活的激情。是他们教会了我判断什么是真正具有人民性并能获得大多数人心灵共鸣的真正的诗歌。

弗莱迪·纳涅兹:让我们讨论一下从本土经验到普遍化的经验,以及在普遍化的同时葆有本土特色的经验。

吉狄马加:在这个世界上没有抽象的诗人,就如同这个世界上没有抽象的人一样,诗人的文化身份和社会角色并没有因为他的诗歌具有普遍的意义而丧失,恰恰相反,诗人的文化身份和社会角色从一开始就没有过改变,特别是那些真正意义上的民族诗人,他们的作品既有鲜明的个人色彩和生命经验,同时,他们的作品也会从本土经验中获得升华,从而呈现出具有普遍性的风貌。在世界文学史上,这样的例子举不胜举。俄罗斯伟大诗人普希金、波兰诗人密茨凯维奇、德国诗人歌德以及意大利诗人但丁等都是这方面的典范,他们的作品不仅仅属于他们的民族,同时也属于全世界。在我的少年时代,对我产生决定性影响的诗人是普希金,也因为普希金,我立志成为一个民族的诗人。

弗莱迪·纳涅兹:你的诗中有一个反复出现的主题——祖国。这个词在中国有着不同于西方的意义。能不能告诉我们,"祖国"在你心里具有什么样的意义?

吉狄马加:中国是一个多民族的国家,在历史上经历过非常复杂的民族融合的过程,中国各民族既保留了自身的文化传统和历史,同时中国又形成了一个多元一体的民族大家庭,这与许多国家有很大的区别。在中国这片土地上生活的各民族,他们的迁徙和居住地都与生于斯长于斯的土地有着永难割舍的联系。我以为我诗歌中所赞颂的祖国,不仅仅是地理上的概念,更重要的它还具有一种精神上、文化上的意涵。作为一个诗人,我从小就穿行在汉语和彝族语言两种语言之间,我很庆幸,古老的汉语和同样古老的彝族语言给了我母亲般的滋养,坦率地讲,我是从这两种古老的语言中获得了神奇的想象力和无穷的灵感。

弗莱迪·纳涅兹:你的书《从雪豹到马雅可夫斯基》是你的诗歌汇编。这本诗集是为西班牙语读者特制的吗?选编的标准是什么?

吉狄马加:这本书并非是为西班牙语读者特制的,此前这本诗集曾在许多国家被翻译成不同的文字出版过,美国曾出版过英文版,但是令我非常高兴的是这本诗集曾在拉丁美洲的多个国家出版,这无疑是我的荣幸,因为我历来把拉丁美洲视为自己诗歌创作的另一个源头。我对拉美这片神奇土地的热爱仿佛是与生俱来的。

我到访过大多数拉美国家,特别是当我看到世世代代生活在那里的人们时,就像回到了我的故乡四川大凉山彝族聚集区那般亲切。可以说对拉丁美洲的热爱是出于我的一种本能,我从那片神奇的土地上能发现某种久远而原初的记忆。

弗莱迪·纳涅兹:当谈论中国诗歌的时候,我们总会想起唐代。这就是为什么每个人都期望着从中国诗歌中感受到一种节制的、神秘的、审慎的气质,或者说是浪漫和忧郁的气质。你如何评价当下的中国诗歌?

吉狄马加:中国诗歌发展的历史是漫长的。唐朝不仅仅是中国诗歌的黄金时代,它同样也可以被认为是世界诗歌的一个黄金时代,因为在那个历史阶段,没有任何别的国家集中出现过那么多天才的诗人。中国的古典诗歌不仅深刻地影响了后世诗人的写作,它还在19世纪末20世纪初对西方后期象征主义诗歌产生过重要的影响,美国诗人庞德就是通过对唐诗和日本俳句的阅读和翻译,从而让西方现代诗歌与东方诗歌在他那里形成了精神和形式上的融合。当代的中国诗歌似乎更多元化,正是通过纵的继承和横的借鉴,让我们今天看到的中国诗歌更具有民族性、包容性、丰富性与世界性。或许正是这些特征,让中国诗歌的未来充满了无限的可能。我个人认为,当下是中国诗歌发展最好的时期之一。

弗莱迪·纳涅兹:你的诗具有一种隐喻的冲击力,富于神话性的意象,它有着一种近似古人口述体的激狂的韵律感。这和你所受的彝族文化的熏陶有关吗?

吉狄马加:作为诗歌表现手法的隐喻,在我的诗中毋庸讳言是经常出现的,这除了是出于诗歌表达的需要,更重要的是,在我的诗歌中有许多近似于神性的东西,这并非是我的一种凭空的创造,而是彝族万物有灵的意识在我写作过程中的自然体现,这种意识让我的写作常常如同来自于神灵的授予;就是在今天正在经历的现代化的过程中,在我的故乡,人们依然习惯于游走在现实世界与神灵世界之间,墨西哥作家胡安·鲁尔弗的《佩德罗·巴拉莫》中所写的情景,与我们彝族的山地生活极其相似。作为一个古老的民族,彝族与这个世界上大多数古老民族一样,都在经历一个现代化的过程,在这个过程中,回望过去、回望出发地是一种自然而然的精神反应,但要真正返回,似乎是不可能的,也正因为回不去,人们才更愿意回望与缅怀。我想,这体现了人类情感的丰富性和复杂性,乡愁是人类一种很美好的情感。我的许多诗歌体现了在变化的时代中,一个诗人的既本能又理性的反应。就如同马提尼克诗人艾梅·塞泽尔在其著名诗歌《返乡笔记》中所表达的那样。这是一个世界性的主题。

弗莱迪·纳涅兹:你曾担任过青海省副省长,你现在还担任中国全国人大常委会委员,你是一位兼具诗歌和政治生活的人。你是如何将这两个看似迥异的世界结合到一起的?

吉狄马加:不是所有的政治人物都能成为专业的诗人,当然也不是所有的诗人都有机会在政治领域服务社会。在此意义上,可以说我是十分幸运的。但从世界范围来看,能将这两个看似迥异的领域结合起来的不乏其人。刚才说到的马提尼克诗人艾梅·塞泽尔就是一位杰出的政治家,同时也是一个天才的诗人。青年时代与他同时期在巴黎留学的桑戈尔,也是一位身兼政治家和诗人双重身份的著名人物,他是塞内加尔独立后的第一任总统,同时作为一个诗人,他的诗歌在20世纪的法语诗坛无疑占有十分重要的地位。当然这样的诗人还有很多,比如法国诗人艾吕雅和阿拉贡,以及我们熟知的智利诗人巴波罗·聂鲁达等,都是兼具政治活动家身份的伟大诗人。有很多诗人、记者问过我相关的问题,我很想说明的是,从本质上讲,诗人不是一个职业,更准确地说,诗人是一个社会角色,仅此而已。熟悉中国古代历史的人都知道,中国古代的很多诗人都有过从政的经历,这曾是一个十分普遍的现象,那些诗歌史上众所周知的知名诗人,绝大多数都曾担任过或大或小的官职,古代还有过以诗取仕的传统,这个传统对于中国独特的诗歌文化的形成,应该说是起到了很大的推动作用的。广为人知的诗人如屈原、王维、白居易、李煜、王安石、欧阳修、苏轼、范仲淹等都具有政治家兼诗人、作家的身份,包括拥抱田园生活的陶渊明、窘困潦倒的伟大诗人杜甫,也都有过为官从政的经历。

弗莱迪·纳涅兹:委内瑞拉和中国是友好国家。两国除了贸易和政府间的合作,您对两国文化上的交流与合作有什么期望吗?

吉狄马加:毫无疑问,中国和委内瑞拉是两个关系密切的友好国家,我们在很多方面都有着合作,我想我们除了在贸易和政府合作方面有更多的工作要做之外,的确还应该在文化上加强交流和联系,让我们通过更多样化的形式和渠道搭建彼此心灵沟通的桥梁。我相信这不仅仅是我们作为诗人的美好愿望,同样也是两国人民的期待与需要,我相信只要我们一起不懈地努力,就一定能将愿望和期待变成现实。

弗莱迪·纳涅兹:最后,希望你能够为我们读一两首这本书里的诗,来结束今天的谈话。

吉狄马加:好的,这是我的荣幸。那我就朗诵一首我献给西班牙诗人洛尔迦的诗歌《寻找费德里科·加西亚·洛尔迦》吧。

我寻找你——
费德里科·加西亚·洛尔迦
在格拉纳达的天空下
你的影子弥漫在所有的空气中
我穿行在你曾经漫步过的街道
你的名字没有回声
只有瓜达基维河那轻柔的幻影
在橙子和橄榄林的头顶飘去
在格拉纳达,我虔诚地拜访过
你居住过的每一处房舍
从你睡过的婴儿时的摇篮
(虽然它已经停止了歌吟和晃动)
到你写作令人心碎的谣曲的书桌
费德里科·加西亚·洛尔迦——
我寻找你,并不仅仅是为了寻找
因为你的生命和巨大的死亡
让风旗旋转的安达卢西亚

直到今天它的吉他琴还在呜咽
因为你的灵魂和优雅的风度
以及喜悦底下看不见的悲哀
早已给这片绿色的土地盖上了银光
费德里科·加西亚·洛尔迦
一位真正的诗歌的通灵者,你不是
因为想成为诗人才来到这个世界上
而是因为通过语言和声音的通灵
才成为一个真正的诗歌的酋长
费德里科·加西亚·洛尔迦——
纵然你对语言以及文字的敏感
有着光一般的抽象和直觉
但你从来不是为了雕饰词语
而将神授的语言杀死的匠人
你的诗是天空的嘴唇
是泉水的渴望,是暝色的颅骨
是鸟语编的星星,是幽暗的思维
是蜥蜴的麦穗,是田园的杯子
是月桂的铃铛,是月亮的弱音器
是凄厉的晕光,是雪地上的磷火
是刺进利剑的心,是骷髅的睡眠
是舌尖的苦胆,是垂死的手鼓
是燃烧的喉咙,是被切开的血管

是死亡的前方,是红色的悲风
是固执的血,是死亡的技能
费德里科·加西亚·洛尔迦——
只有真正到了你的安达卢西亚,我们
才会知道,你的诗为什么
具有鲜血的滋味和金属的性质!

           2020 年 11 月 20 日